鈴木章能／安藤　聡　編著

文学に飽きた者は人生に飽きた者である

音羽書房鶴見書店

目次

特別寄稿　文学を読むことの意味

筒井　正明

私の後輩にあたるのですが、博識でもって知られる著名なアメリカ文学者がいます。その彼が、ある時、鬱病を患っていると告白してくれたことがあります。私は、その瞬間、「つまらない病気に罹っているんじゃねえよぉ！」と怒鳴りつけていました。彼はびっくりした顔をしていましたが、怒鳴りつけた私自身も自分のとっさの反応に驚きました。後輩がせっかく悩みを打ち明けてくれたのに、なんという冷たい、突き放すような態度をとってしまったのだろうか？

私は後輩が鬱病を患って、自分の思うがままの人生を生きられないと告白してくれたとき、どうしてあんなに激高してしまったのだろうかと、あとで自分なりに考えてみました。私は自分が単に他人の気持ちに鈍感な、冷たい人間であるだけではないことに思いいたりました。後輩は何のために文字通り万巻のアメリカ文学作品を読み、各所にすぐれた論文を発表してきたのだろうか？　あれだけ深く文学作品に触れてきて、膨大な知識の蓄積のその結果が、人生に行き暮れる鬱病でしかなかったのだろうか？――私の思いいたった激高の理由は、そこにありました。

いきなり大風呂敷を広げます。文学とは何であるのか？　その名に値する文学作品とは、世界とは何であるのか、人間社会はどうやって動いているのか、人間存在とは何であるのか、人が人間として生きるとはどういうことであるのか——神秘的で不可解な世界と存在に生まれついたある種の才能ある人間が、その問題について悩み、自分なりの解明と発見を文字で表現したもの、それが文学の名に値する文学作品です。ほとんどの場合、作家は〝作り事〟によって自分の発見を表現します。実際にあったことをあった通りに記す記録文書では、〝事実〟を伝えることはできても、不可解なリアリティの自分なりの〝真理〟を伝えることはできません。ドストエフスキーの『罪と罰』は、明治時代に日本で読まれていたような、思いあがった青年の老婆殺しとその犯罪の暴露を描く推理小説ではありません。メルヴィルの『白鯨』は、ある大卒のアメリカ人がぼくに語ってくれたような、かつて盛んだったアメリカ捕鯨業に対する郷愁に満ちた賛美の書なんかではありません。

文学作品を読むときは、その作品に込めた作家の意図をじょじょに読者として見つけ、理解し、それに対する自分なりの反応や感想を抱きつつ読み進めていかねばなりません。人物の造形や物語の展開を楽しむだけでは、文学を読むという行為は成立しません。文学作品を読むということは、じつはとんでもなく難しい行為です。「私は読書にひたすら努めてきたが、まだ完璧に本を読むということができるとは言い難い」と言ったのは、ゲーテ六十歳のときでした。ましていわんや、凡愚のこの私においておやですが、それでも訓練を続けていれば、作品に込めた作家の〝発見〟が少しずつ見えてくるようになります。その作品の意味を読み解くのに、昨今はやりの批評理論の助けを借りる必要など毛頭ありません。必要なのは、〝作り事〟を支えている作品の〝本体〟を見抜く読者のX光線的な眼だけです。

　そうやって文学作品に触れ続け、いろんな作家のいろんな世界解釈、人間観に触れ続け、同感、共感や反感を抱き続けていると、自分なりの世界観や人間観が形成されてきます。つまり、自己発見が達成されてくるのです。文学作品を読むことが大切なのは、平素自分の個別的で特殊なひとつの人生を生きながら、同時に普遍的な人生を生きることができるようになることにあると思います。

　私も人生の終焉に近づく歳に達しました。近づく自分の死を、面倒臭い儀式だと思いつつ忌避したくは思っても、特に恐怖を覚えたりはしません。それは、浅学の私なりに文学を通して自分だけの世界観、人間観が確立されたおかげだと思います。自己を見失った病気としか思えない鬱病に博学の後輩が陥ってしまったことに対し、私が無礼にも唐突に怒りだしてしまった理由も、そこらへんにある気がしています。

1

いま私たちが文学を読んだり教えたりすることは好ましいことなのか

J・ヒリス・ミラー（鈴木章能訳）

いわゆる文学——すべての文学がそうでないとして——の一時代全体は、遠隔通信のある一定のテクノロジー的体制より生き延びることはできない（政治的体制はその点に関しては副次的だ）……。哲学も精神分析も生き延びることはできない。ラヴレターも同じだ。

（ジャック・デリダ「送る言葉」、『絵葉書』[1]）

本論のタイトルの「私たち」とは、ここに集まった学生、教師、ならびに私たち「地球村」の一般住民——そのような言葉がいまも有意義であるのならば——のことである。「読む」とは、手元の文章《テクスト》をじっくり読むこと、すなわち「精読」のことである。「文学」とは、紙に印刷された小説、詩、劇のことである。「いま」とは、地球温暖化を肌で感じる人々にその感覚の正しさが記録としてはっきり示された、これまでになく暑い半年の中で一番暑い二〇一〇年のこの夏のことである。「いま」とは、目に見えて進んでいる世界的な財政危機と深刻な景気後退の日々のことでもある。

また、デスクトップ・コンピューター、インターネット、アイフォン、アイパッド、DVD、MP3、フェイスブック、ツイッター、グーグル、無数のコンピューターゲーム、テレビ、世界的な映画産業の時代のことでもある。さらに、少なくともアメリカでは、大学が財政的支援を減らし、民間企業の経営モデルに転換しつつある時代のことである。その結果、いまや大学の授業の七〇%を非常勤教員、すなわち終身地位保証がないだけでなく、その将来的可能性もない人々が担うようになっている。授業担当者の多くが「終身制《テニュア・トラック》」教員ではないのだ。「いま」とは、オバマ大統領から行政組織まで、また左翼系メディアも右翼系メディアも、いたるところで数学、科学、工学の教育を質量ともに高めるよう声高に主張する一方で、人文学教育の向上は質量ともにほとんど誰も求めない時代のことである。報道によると、ロレンス・サマーズは、たしかハーバード大学で学長をしていた頃だったと記憶しているが、人文学には「見込みがない」と、大学の経営責任者の一人として述べたという。

そのような「いま」、私たちが文学を読んだり教えたりすることは好ましいことなのか。倫理的責務があることなのか。もしそうであるというのであれば、どの文学作品をなのか。また、それらの文学作品はどのように読まれ、誰がそれを教えるのが望ましいのか。

私がジョンズ・ホプキンズ大学で教鞭をとっていた一九五三年から一九七二年までの一九年の間であれば、そうした問いに即答したことであろう。人文学の本質と使命を巡る、ジョンズ・ホプキンズ大学教員団の異論なき同意をそのまま口にしたことであろう。当時のジョンズ・ホプキンズ大学には、文学研究、とくに英文学研究への（いくぶん滑稽とも思われる）揺るぎないイデオロギー的擁護があった。我々英文学科の教員は落ち着いたものだった、というのも、国のために二つの点でお役に立っていると考えていたからだ。まず、若者たちに国民として最低限必要なアメリカの精神《エートス》を教えている（主に、独立戦争で打ち負かした外国——イギリス——の文学を通じて。だが、そのような教育がいかにおかしなものなのか、つい最近になって私は気づいたが）。二点目として、「真理」の発見という点で、言語、文学、芸術、歴史、哲学といった学問領域に携わる我々もみな、科学を専門とする同僚たちと同様の研究を行っている。「真理はあなたたちを自由にする」（Veritas vos liberabit）。これがジョンズ・ホプキンズ大学の校訓である（この句は聖書から引用されたもので、イエスが言ったとされる言葉〔ヨハネによる福音書八章三二節〕だが、イエスの口にした「真理」という言葉にはどう考えても科学的真理の意味はない）。イェール大学の校訓は「光と真理」（Lux et veritas）である。ハーバード大学の校訓はいたってシンプルで、「真理」（Veritas）である。ジョンズ・ホプキンズ大学の教員たちは、校訓の出所など考えることもなく、真理という言葉が、アルフレッド・テニソンの初期の詩に関する真理やバーナブ・グージの詩の真理をはじめ、あらゆる類の客観的真理を意味していると信じていた。詩の真理は、それが真理であるというだけで、ブラックホールや遺伝学の知識と同等の価値があるものだった。

　ジョンズ・ホプキンズ大学は、よく知られるように、アメリカで最初の研究大学として設立された。設立にあたって範を得たのは一九世紀のドイツの卓越した研究大学である。したがって文学研究は、ロマンス語の文献学、ゲルマン語派の文献学（英文学も含む）、古典文献学といったドイツの伝統を引き継ぐことになり、それらすべての研究がジョンズ・ホプキンズ大学で栄えた。こうした研究を行うことに理由説明など不要だった。文学研究には真理を探究するという内在的価値があり、人文学の研究者は、理想や習慣、制度をはじめ、アメリカ社会に生きる人々にとって好ましいと思われることをよく知っている貴重な存在であるため、優れた文学の教師であるはずだと大方が納得している限り、それで十分だった。私たちは常に研究を中心に動いていた。ジョンズ・ホプキンズ大学の教員は例外なく、彼の（女性の教員は皆無に等しかった）職務時間の半分を専門の研究に充てることが当然と考えられていた。人文学の教員も例外ではなかった。

大学運営は、驚くほど多くのことを教員が司っていた。少なくとも、我々はそう思っていた。雇用、昇進、プログラムの新設はすべて、教員が「大学評議会《アカデミック・カウンシル》」と呼ばれる教授組織を通して決定した。大学評議会のメンバーは教員の投票で選ばれた。定員は決まっておらず、評議会には自然科学だけでなく、人文科学と社会科学の教授も常にいた。つまり、数で人文学者に勝ることができたはずの科学者たちが、人文学者を進んで選出していたということである。外部研究資金援助は、産業界からではなく、主に全米科学財団、国立衛生研究所、国家防衛教育法、全国人文科学基金といった連邦政府の諸機関等から受けていた。私たちは、人文学を含め、すべてにおいてアメリカが一番であるべきと考える冷戦下の思考様式からかなりの恩恵を被っていた。非常勤教員が教える科目など一つもなかった。もっとも、作文や講義科目におけるグループディスカッションは大学院生が教えていたが。博士号を取った学生のほとんどが、終身在職権の職を手に入れた。にわかには信じられないような統計であっても、人文学の博士号が不足しかけている兆候があるとみるやいなや、ジョンズ・ホプキンズ大学の英文学科は三年制の博士課程を作った。その課程で私が指導し学位を取得した学生の内の二人は、アメリカの有力大学で教授の職を手に入れた。このことからわかることは、英文学の学位を取得するのに、平均して一二年はくだらないという今日要する歳月など必要ないということだ。

私がいた頃のジョンズ・ホプキンズ大学は、教育と研究に興味をもつようになった教師にとって楽園のようなところだった。二〇〇一年にジャック・デリダは「条件なき大学」という崇高な理想像、すなわち、人文学を中心に据え、すべての領域で利害を超えて真理の探究に専念する大学像について論じたが、当時のジョンズ・ホプキンズ大学は、私が知っている中で最もそれに近いものだった。[1] もっとも、デリダのこの魅力的な本がスタンフォード大学プレジデンシャル・レクチャーとして配布されたのは大いなる皮肉だった。というのも、スタンフォード大学はアメリカ株式会社と、また同大学にあるフーバー財団を通じてアメリカで最も保守的な政治勢力と、昔から関係を密にするアメリカの有力なエリート私立大学の一つなのだから。

それでは、かつての平和なよき時代のジョンズ・ホプキンズ大学には何の問題もなかったのか。問題はかなりあった。まず、女性教員がいなかったという実態がある。終身在職権のない教員も男性ばかりで、私が奉職した一九年間で英文学科に在籍した女性教員はただの一人もいなかった。英文学専攻の大学院生には、成績不良と判断して、入学当初に与える奨学金を取り消すという手段をよく用いて容赦なく競争を煽り、退学者もかなり出した。我々が「退学を勧めた」学生の中には、別のところで学位を取得し、英文学の教授として華々しい活躍を見せた者もいる。また、ジョンズ・ホプキンズ大学の応用物理学研究所は軍事研究にどっぷり浸かっていた。ジョンズ・ホプキンズ高等国際問題研究大学院は、当時もいまも、リベラルな思考の模範と呼べるようなところではない。それでも、一九五〇年代から六〇年代のジョンズ・ホプキンズ大学は人文学の教員にとって素晴らしいところだった。

＊＊＊

それから五〇年余りたったいま、関係者ならほとんどの人がよく知っているように、アメリカの大学は私がジョンズ・ホプキンズ大学で教えていた頃からなにもかもが変わってしまった。たしかに、一九五〇年代から六〇年代にかけてのジョンズ・ホプキンズ大学の状況は特殊なものであり、一般的なものではない。それでも、今日では、先に述べたように、七〇％以上の授業を終身在職権の見通しのない非常勤教員が行っている。半日未満の勤務契約も稀でなく、医療費や年金をはじめとする福利厚生の恩恵に預かることも彼らにはできない。私の三人の子どもはみな博士号を持っており、孫も一人学位を持っているが、四人とも〔二〇一〇年現在〕まだ終身在職権のある教員ではなく、ましてや一度も終身在職権を得たことがない。人文学分野の終身制《テニュア・トラック》教員のポストは非常に少なく、ポストが空くこともごく稀で、一人を募集すれば何百人もの応募者があるため、人文学の博士号を持った非常勤教員の数は永遠に増え続ける一方である。人文学分野の財源は公立私立問わず縮小しているが、そもそも大学に対する財政的支援自体が縮小している。マルク・ブスケ、クリストファー・ニューフィールド、フランク・ドナヒューらの著書は、[2]アメリカの大学経営が財務損益に支配された――ペギー・カムフの言葉を借りれば「出資に見合う見返りをもたらす」[3]――営利法人のようになってきた過程について、数ある書物の中でもとくに詳しく論じている。出資に見合う見返りをもたらすことなど人文学に証明できるわけがない。その結果、大学は経営学、工学、生物学、法学、医学、コンピューターサイエンスといった分野で仕事にありつくためのトレーニングを行う職業学校になってきている。アメリカの公立大学の弱体化は、フェニックス大学のような、オンライン授業を取り入れた営利目的の大学の目覚しい台頭に付随して起こってきた。そうした大学は、就職のためのトレーニングに徹底すると公約している。フェニックス大学を設立したアポログループのトップ、ジョン・スパーリングは次のように言っている。フェニックスは「企業である。（中略）この大学での四年間は通過儀礼ではない。我々には、（学生たちの）思考体系を発達させるとか、『視野を広げる』といった例のたわ言に携る考えなどない」[4]。イェール大学の学長であり経済学者のリチャード・レヴィンは、過日にイギリスの王立協会で行った「アジアの大学の台頭」という講演の中で、[5]中国の大学を絶賛した。高等教育機関の数が倍以上（一〇二二校から二二六三校）になり、一九九七年に一〇〇万人だった高等教育進学者が二〇〇七年には五五〇万人に増え、ハーバード大学やマサチューセッツ工科大学、オックスフォード大学、ケンブリッジ大学にいずれ肩を並べるような世界的な研究大学を数多く作る計画を進めていることを高く評価した。現在の数値がレヴィンの口にした数値を上回っていることは疑いない。しかし、レヴィンが強調したのは、中国は数学教育、科学教育、工学教育を増やしたことで、グローバル経済での競争力がいっそう高まるということであり、それ以上でも以下でもない。イェール大学における人文学部の名うての権勢にも関わらず、レヴィンは人文学教育についても、また人文学が中国やアメリカでいかに有益かということにも一切触れなかった。人文学をまったく取るに足らないものと考えていることは明らかだ。人文学の諸学科が出資に見合うだけの見返りをもたらすとか、英文学を専攻すれば低レベルのサービス業や低賃金の英語教師の職に就くことになるということを証明するのは甚だ難しい。イェール大学のようなエリート大学であれば、人文学を専攻することに躊躇いを覚える学生はそれほど多くないだろう。卒業後、自分の父親の会社を継いだり、ロースクールやビジネススクールに進学して職業訓練を受けたりするからだ。ひと昔前であれば、ビジネス界や政界や軍隊で将来を嘱望される人々との生涯に渡る交友が、どのような職業訓練よりもとにかく重要だった。ジョージ・W・ブッシュとジョン・ケリーの間でかつて繰り広げられた大統領選は、イェール大学で最も影響力をもつ秘密結社スカル・アンド・ボーンズに所属する、勉強そっちのけの二人の間で争われたもので、茶番のようなものだった。どちらが勝っても、イェール大学とスカル・アンド・ボーンズの構成員たちの政治権力が勝利することになっていたのだ。

非エリート大学では、特段驚くことではないが、学部も大学院もここのところ人文学課程の入学者と専攻の数を減らしている。[6] 同課程でうまくいっているのは、作文と初修外国語科目を中心としていくつかの必修科目を受けるコースだけである。国会議員や理事会、大学経営者たちは、昨今の悲劇的な景気後退を利用して、大学の管理を強め、教えられるべきことを削減し抑制している。たとえば、カリフォルニア州は財政危機に陥った。これにより、あのカリフォルニア大学で人事が凍結され、非常勤教員の雇用費用が縮小され、終身在職権のある教員と事務員の給与が職階に応じて五―一〇%カットされた。特別栄誉教授、すなわち、とくに優れた業績を残し、多くの研究時間を与えられてきた教授が教育に充てる時間は増加する一方である。人文学はとくに苦しんでいる。

＊＊＊

「いま私たちが文学を読んだり教えたりすることは好ましいことなのか、責務があることなのか」と問い、答えを出さなければならない背景には、こうした気の滅入るような状況がある。文学の研究や学びの正当性をそのように弁明しなければならなくなったのはなぜか。ここに考えられる三つの理由を挙げておく。

（一）文学はアメリカ国民の精神《エートス》を具現化しているのだから何人も文学を読むべきという確信が、ほとんど完全になくなってしまった。アメリカの善良な国民となるために、『ベーオウルフ』やシェイクスピア、ミルトン、サミュエル・ジョンソン、ワーズワース、ディケンズ、ウルフ、コンラッドを読む必要があると心の底から思っている人はもはやほとんどいない。

（二）支配メディアが紙媒体の書物から様々な形態の電子媒体――私が「奇術」と呼ぶもの――に大きく変化したため、紙に印刷された小説や詩や戯曲といった伝統的な文学はアメリカ国民の精神《エートス》の形成に影響を及ぼさなくなっている。ヴィクトリア朝のイギリスの中産階級は、チャールズ・ディケンズやジョージ・エリオット、アントニー・トロロプ、エリザベス・ギャスケルをはじめとする多くの作家たちが書いた小説の虚構世界に身を置くことで、求愛や結婚でどのように行動すべきかを学んだ。いま想像上の世界ないし虚構的現実《バーチャルリアリティ》を求めるのならば、映画やテレビやＤＶＤを観たり、コンピューターゲームをしたり、ポピュラー音楽を聴いたりすれば事足りる。過日のアマゾンの発表（二〇一〇年七月一九日）によると、ｉＰａｄやキンドルで読む電子書籍の売り上げが、ハードカバーの本の売り上げを初めて上回った。私の同僚であり友人でもある著名なある人文学の教授にとって、この夏一番の出来事は、ノルウェイのロッテルダムに行き、ノースジャズフェスティバルでスティーヴィー・ワンダーのライブを観た後、彼の地元のベルゲンで再びスティーヴィー・ワンダーのライブに出かけたことだった。彼は興奮冷めやらぬ様子で私にＥメールでライブのことについて書き送ってきた。スティーヴィー・ワンダーがこの人文学者の「精神《エートス》」の形成にかなり重要であることは明らかだ。私が文学作品について講義をするときは、世界のどこであれ、その作品が映画化されている場合、聴衆、とくに若い人々からいつも映画のことについて質問される。

（三）新しいメディアの台頭によって、伝統的な文学研究に代わって文化研究の勢いがますます増している。若い人々が映画や大衆文化、女性学、アフリカ系アメリカ人研究など、彼らにとって身近なことを教えたり論じたりしたいと思うのは当然である。アメリカの英文学科は今日、ほとんどすべてとまでは言わないが、その多くが自分たちの学科をどのような名前で呼び続けようとも、実際には文化研究学科となっている。アメリカの英文学科ではいま、文学がほとんど教えられていない。イギリス文学やアメリカ文学、英語で書かれた世界的な文学を研究する他国の学生たちも、そのうちにこうしたことをアメリカの学生以上に目の当たりにするであろう。ミネソタ大学出版社から出された「文学・文化研究」の最近の新書リストなど文学の専門書が一冊も載っていない。ここで、仕事の方向性を途中で変更した数多の例から三つだけ挙げておこう。エドワード・サイードは、ジョゼフ・コンラッドの長編および短編小説の専門家として研究者の道を歩み始めた。その後、彼は理論志向の『始まりの現象』を書き、『オリエンタリズム』、『パレスチナ問題』、『文化と帝国主義』といった政治的批評書で偉大な名声を獲得し、多大な影響を及ぼすようになった。二つめとして、かなりタイプの異なる例を。ジョアン・ドゥジャンはペンシルヴァニア大学の著名なロマンス語の教授である。しかし、いまではラシーヌの劇、マリヴォーやフローベルの小説、ボードレールの詩、デュラスの小説（デュラス以外はすべて男性作家であることに留意されたい）など、旧い意味でのフランス文学を論じることはない。彼女の影響力のある著書は、数ある中でも、とくに『気品の本質——フランス人はいかにしてハイファッション、卓越した料理、シックなカフェ、品のよさ、洗練された趣味を生み出したのか』と『快適さの時代——パリが気軽さを発見したとき・新しい家庭が生まれたとき』である。つまり、ドゥジャン教授はフェミニストの立場から文化研究を行っている。三つめの例に移ろう。フランク・ドナヒューは一八世紀英文学の専門家として研究活動を始めた。一九九六年には『名声のからくり――書評と一八世紀の作家業』という素晴らしい研究書を世に出した。しかし、二〇〇〇年頃になると、アメリカの大学における人文学の現状に関心を移す。二〇〇八年には『最後の教授――企業大学と人文学の運命』を発表する。いま彼は、アメリカの大学の企業化に関する専門家として合衆国中で頻繁に講演を行っている。

＊　＊　＊

これまで、「いま私たちが文学を読んだり教えたりすることは好ましいことなのか」と問わねばならないアメリカの今日的状況について概観してきた。いまや共通文化への文学の現実的影響力はどんどん弱まっている。文化学に対抗して文学を教える大学の教員はどんどん減っている。とにかく終身在職権を有する文学の教員が減少の一途を辿っている。文学批評の本の出版数も減り続け、出版されてもほとんど売れない。大学で文学を専攻する学生の数も劇的に減っている。文学部は急速に縮小し、作文技術を教え、外国語と外国の文化の初歩的内容を教えるサービス部門になっている有様である。

こうした事態の中で奮闘中の人文学者は大抵、手をもみ絞り、弱みを見せまいと身構え、自国の文化の歴史を知る必要があるとか、「視野を広げる」必要があるとか、文学作品であればこそ学べる倫理教育が必要であるとか理由を並べて、文学教育の必要性を主張する。米国現代語学文学協会（ＭＬＡ）の会長たちがここ数十年で行った会長演説は、マシュー・アーノルドが知っておく必要のあることとして『教養と無秩序』（一八六九）の中で言った「この世で考えられ語られてきた最高のもの」に繰り返し触れてきた。たとえば、ロバート・スコールズは、二〇〇四年のＭＬＡ会長演説で次のように主張した。「文学の学びは、学生の視野を広げ、我々の同胞がアメリカの文化形成に欠くことのできないテクストを思慮深く理解できるようになる（中略）という点からして、価値のあることだと証明する必要がある。（中略）我々には理性の甘美と学びの光明のほかに与えうるものはない」。[7]「甘美と光明」とは、もちろん、アーノルドが『教養と無秩序』の中で、文化がもたらすものとして繰り返し触れた言葉である。アーノルドの同書は、私が一九四四年に入学したオーバーリン・カレッジで、すべての学生が初年次に受講した英語の授業での必読書だった。

アーノルドの崇高な見識が示す文学研究や学びの恩恵はとっくに死に絶えていると私は思う。一つには、西洋の文学の伝統というものが実際、どれほど疑わしく、どれほど雑多なものからできているのか、明らかになっているからである。文学で統合精神《エートス》を学ぶことなどできないということだ。それに、最も偉大な文学作品には精神を高揚させるものがほとんどない。たとえば『リア王』がそうだ。詩人のジョン・キーツは『リア王』を読んだ後、ソネットの中で次のように言った。「改めていま一度　奈落への転落と／有情の土偶との熾烈な闘争を　燃えながら／行き尽さねばならぬ」（「『リア王』再読を期し席を正して」）。[8] キーツ自身については、マシュー・アーノルドがキーツの友人のクラフに宛てた手紙で次のようなことを言っている。「私にキーツの手紙を読むようになんて、あなたはなんと非情な人なのでしょう。しかし、もう済んだことです。沈思黙考すれば、心の乱れは再び収まるでしょう」[9]。『リア王』にしてもキーツにしても、読者にはあまり啓発的でなかったようだ。アメリカ文学にしても、それほど啓発的であるとは言えない。アメリカの偉大な古典の一つ『白鯨』について、作者のハーマン・メルヴィルは「私は邪悪な本を書きました」と言っている。おまけに、学生がシェイクスピアやキーツ、ディケンズ、ホイットマン、イェイツ、ウォレス・スティーヴンスを読んで、今日のアメリカ社会が直面する喫緊の課題にどれほど対処できるようになるのか、私にはまったくわからない。ホモ・サピエンスという種をいずれこの世から消してしまうかもしれない気候変動、深刻な世界経済の後退ならびに政治家と資本家の愚行と貪欲さが招いた悲劇的な失業者の数（二〇一〇年現在）その数三千万人）、大なり小なり虚言を流しながらも、多くの純真な国民から真実を語っていると信頼されている『フォックスニュース』のような右翼政党の宣伝工作部門たるニュースメディア、終息の目途が立たず勝つ見込みもないアフガニスタンでの戦争。こうした問題を知らないアメリカ人はいない。そして若者たちはいま、職に就き、飢え死にしないようにするためにトレーニングを受けなければならない。彼らにとっては、インターネット上の掲示板にある書き込みが真実であるのか、嘘であるのか、見分ける方法を学ぶ科目が有益なのかもしれない。[10]そうであれば、文学受難のいま、なぜ私たちは文学を読んだり教えたりしようとするのか。この問いに戻ることにしよう。

少し具体的に考えるために、W・B・イェイツの短い詩を用いて、この問いと相対することにしたい。それはとても素晴らしい詩だ。本当に感動する。あまりにも感動するので、耳を傾けてくれる人に読んで聞かせるだけでなく、解説し、いろいろなことが話したくなる。その詩は「冷たい天」という。一九一六年に刊行された『責任』という詩集に収められている。これがその詩である。

冷たい天

はっとして私は見たのだ、みやま烏のよろこぶ冷たい天を。
氷が燃え上り、ますます氷の量《かさ》を増すかに見える天を。
見入るうちに想像《おもい》も心情《こころ》も激しく掻き乱されてきて、
あれやこれやの取留めのない、その場かぎりの思念はすべて
霧散して、追憶だけが残った。とうの昔に挫折した恋、
青春の熱い血とともに時期はずれになって然るべき追憶が。
私はもう、めたらやたらと全責任をわが身に向け、
ついに叫びをあげ、身ぶるいし、左右に体をふるわせた。
光が謎となって射してきた。ああ、臨終の混乱も終わり、
亡霊となって動きはじめるときには、ものの本に言うように、

裸のまんま往来に送りだされて、処罰として冷たい天の
不当なさばきのもとで、苦しまされるのであろうか？[11]

ずいぶん昔に、私はこの詩について一本の論文を書いた。[12] また、最近も上海交通大学で開催された世界文学に関する国際会議で少し論じたことがある。同大学では、ある文化から他の文化に詩を翻訳することがいかに難しいか、その例としてイェイツの「冷たい天」を用いて話をした。今回は、いま私たちが文学を読んだり教えたりすることは好ましいことなのか、答えに窮する事例としてこの詩について考えてみたい。いま「冷たい天」を私が読んだり教えたりすることは好ましいことなのか。そのようなことに好ましさや責務などないというのが私の答えである。私はこの詩を読み教えることがよくある、そうしたいと思うときは。しかし、そうしようと思うのは、この詩自体が、読んだり教えたりしたいと私の心を揺り動かすからということ以外に何の理由もない。この詩を読み、私の解説を聞けば、就職の足しになるとか、気候変動の緩和に寄与できるとか、メディアがつく嘘に影響されなくなるといったようなことを学生や大学の経営者たちにまじめくさった顔で語ることなど私には到底できない。もっとも、優れた読者になれば、おそらく、虚言に翻弄されなくなるとは思うが。とはいえ、「冷たい天」を読んだり教えたりすることは、それ自体価値のあること、すなわち、カントがすべての芸術について言えることとして述べた究極目的である。神秘主義宗教詩人のアンゲルス・シレジウス（一六二四―一六七七）は『さすらいの天使』の中で「そのバ

ラに理由などない」と確言した。そのバラのように、「冷たい天」にも理由などない。「冷たい天」は、一輪のバラのように、それが存在する以上に存在理由はない。「冷たい天」を読むも読まないも、その人のお気に召すまま。それは究極目的である。映画を観たり、コンピューターゲームで遊んだり、ポピュラー音楽を聴いたりする今日の若い人々が、自分がなぜそれをしているのか一々説明することなどまずない。彼らはそれがしたいから、楽しいからするのだ。ベルゲン出身の私の同僚も、ロッテルダムとベルゲンで計二回、大金をはたいて同じスティーヴィー・ワンダーのライブに出かけて興奮し満足した理由など説明しなかった。Eメールでそのときの体験をとても熱狂的に書いて寄こしただけだった。スティーヴィー・ワンダーのライブは彼にとって非常に重要なことだったのだ。ちょうど、イェイツの「冷たい天」を読み、語り、論じることが私にとってとても重要なことであるように。そのような重要性は実益を並べて理由づけする必要性すらないものだ。たとえそのようなことをしてみても、うまくいくはずがない。

私が映画を見たり、ライブで音楽を聴いたりして感動すれば、ベルゲンで私にメールを送ってきた同僚がスティーヴィー・ワンダーのライブのことをみんなに話したがったように、他の人に話したくなるというのが自然な反応だ。そのようなときは大抵、「すごかった！　昨日の夜、素晴らしい映画を観たんだ。その映画について喋らせてほしい」と言うだろう。イェイツの「冷たい天」について教えたいという私の思いは、まさにそれと同じような言葉で表されるものだ。「すごかった！ちょうどいま素晴らしいイェイツの詩を読み終えた。君にその詩を読んで聞かせて、詩について語らせてほしい」。他の人に、ここがわかれば自分と同じようにこの詩に感動するだろうと思うことを伝えたいという気持ちが、そのような言葉を言わせるのである。

「冷たい天」について、中国の読者だけでなく、ヨーロッパの詩に何の興味も示さずコンピューターゲームに興じる西洋の若者たちにも、おそらく説明の必要があると考えられることを、詩の流れに沿って一覧にしてみる。デイヴィッド・ダムロッシュは、ある文学作品が、誕生した地域と異なる文化に流通するとき、その作品は異なる読まれ方がされるものだと冷静に考えるが、私もそう思う。もっとも、私はここで、文化の違いに左右される高度な解釈をするつもりはない。イェイツの詩の意味の理解についてのみ語ろうと考えている。ここで述べるような意味の理解は、たとえば、いろいろな語句を翻訳するときにどのような言葉を選べばよいか決めるときに必要になる。ここに「冷たい天」を理解しようとする際に知っておくべきと思われることを並べてみる。（一）イェイツの人生と作品について。（二）用いられている韻文の形式――弱強六歩格でababと韻を踏む四行連句――が説明できること。この形式は弱強五歩格というよりも、むしろ一風変わった六歩格のソネットと言った方がいいのかどうか。（三）イェイツの韻文詩では「突然」という意味の形容詞(sudden)や副詞(suddenly)がよく使われるという知識。（四）みやま鳥《ルーク》とはどのような鳥で、なぜ寒空を喜ぶのか。（五）「天」(heaven)という言葉には「空」(skies)と空の彼方にある霊界の二重の意味があること。多くのキリスト教徒が日々、主の祈りの初めに「天にまします我らの父よ」(Our Father who art in heaven)と言うときもそうだ。詩の最後にある「処罰として冷たい天の不当な裁きの」(the injustice of the skies for punishment) の「天」(skies) と比較せよ。（六）矛盾語法（「氷が燃え上がる」）、ならびに西洋詩におけるこの特殊な語法の歴史が説明できること。（七）想像《おもい》(imagination) と心情《こころ》(heart) の語義の違い、ならびに各々の言葉のニュアンスを説明してみること。（八）「追憶だけが残った。とうの昔に挫折した恋、／青春の熱い血とともに時期外れになって然るべき追憶が」(left but memories, that should be out of season/ With the hot blood of youth, of love crossed long ago) の中にある「挫折した」(crossed) という言葉について説明できること。この言葉は、「不幸な星の元に生まれついた恋人たち」(star-crossed lovers)、つまり不幸な星めぐりで添い遂げることができないシェイクスピア劇のロミオとジュリエットを想起させるとともに、モード・ゴンへの恋の挫折というイェイツの伝記的事実に暗に触れている。モード・ゴンはイェイツの求婚を繰り返し断った。したがって、イェイツが恋の挫折の責任を引き受けることはいささか道理に合わない。彼は心を尽くして彼女に求婚したのだから。（九）「私はもう、めたらやたらと全責任をわが身に向け」(I took the blame out of all sense and reason) にある「めたらやたら」(sense and reason) の“sense”と“reason”の違いが説明できること。あるいは、両語は単なる同語重複であるのかどうか考えてみること。A・ノーマン・ジェフリーは、注釈で「“out of all sense”は『常識によって正しいとされることからかけ離れて』と『気持ちが届かない』の両方の意味をもつアイルランド（の両義的）表現である」というT・R・ヘンの説明に言及している。[13]（一〇）「光が謎となって射してきた」(riddled with light) という不思議な句にある“riddle”という動詞の二重の意味が説明できること。"riddle" には穴だらけにするという意味と答えのない難問、もしくはナゾナゾという意味がある。光は不明瞭にするのではなく明るく照らすはずなので、光が謎となって射してきたというのは逆説的である。（一一）「臨終の混乱も終わり、亡霊（肉体から離れた魂の意味）となって動きはじめる」(when the ghost begins to quicken,/Confusion of the death bed over) において「動く」(quicken) を中心に展開する詩句の複雑な意味を解明できること。"quicken" は通常、子宮の中で胎児が胎動を始めることを意味するため、「臨終」の場面には性愛の場面が重ねられている。（一二）「ものの本に言うように」(as the books say) とは、どの本のことか。（一三）「処罰としての冷たい天の不当な裁き」(the injustice of the skies for punishment) を、天はただ公平な裁きをするのみ、死後はただ当然の報いを与えるのみという通常の想定に結びつけて考えてみること。なぜ、また、いかに天は不当なのか。自分のせいでもないことで裁きを与えるからか。このことをギリシア悲劇や後世の悲劇と関連づけてみること。実父を殺し、実母との間に子をもうけたのは、オイディプスの過失ではない、それともやはり過失なのか。（一四）なぜ最後の行が疑問文なのか。これは本当の意味での疑問文なのか、それとも修辞疑問文なのか。その答えは、この行足らずのソネットの一二行目の後に続く部分が書かれていれば、見出せるものなのか。この詩は一節が長すぎ、行の数が短すぎる気がする。（一五）最後に、中国の読者なら、イェイツが同時代のヨーロッパの詩人と同じように翻訳を通して知った中国の詩や思惟様式のうち、どのような知識が「冷たい天」や他の彼の詩に影響しているのか知りたいと思うかもしれないし、意見のある人もいるかもしれない。「冷たい天」が収められた詩集『責任』の冒頭には、イェイツがあまり意味を理解することなく「Khoung-Fou-Tseu」と呼ぶ――おそらく、孔子と思われる――人物のエピグラフがある。「さて私も気力が衰えたものだ。ずっとこのかた、夢に周公を見ることがなくなった」(*Variorum Poems*, 269)。[2] 中国の読者であれば、孔子との結びつきや、それによって「冷たい天」が世界文学の地図上にどのように位置づけられるのか、いろいろ言いたいことがあるだろう。

こうした知識はすべて、私の話を聴く人々や私の論を読む読者が、「視野を広げる」ためでなく、私と同じようにこの詩を感嘆し、私と同じようにこの詩に心動かされるであろうと期待するために、語られうるものだ。「冷たい天」が「精神を高揚させる」詩であるとは言い難い。なぜなら、主題としての山場は、罪を犯したわけでもない人々を天が不当にさばくところにあるからだ。高揚させるどころか、恐ろしい見識である。私がこの詩を人に語るのは、そうすることが好ましいと思うからではなく、そうしなくてはいられないからであり、この詩が私にそうしろと執拗に呼びかけるからである。

私はアメリカの大学や紀要雑誌、大学出版局に洋々たる前途があると考えているか。答えは否である。文学研究の未来が暗い理由は、大学が就職準備のための職業学校になり、人文学の居場所がどんどん狭まっていることにもあるが、それ以上のこととして、おそらく、驚くような速さで新しいコンピューターテクノロジーが発達しているために、文学が急速に廃れていっている、過去のものになっていっているからだと思う。文学を教えることができる人々、文学を教えるために雇用されている人々自体、その多くが文学の代わりに文化学――ファッションデザイン、西洋帝国主義の歴史、映画、その他、文学に取って代わった無数の関心事――を好んで教えている。

しかし、私は結論として、このゆゆしい時代に文学と文学理論の学びがもっている、あるいはもっているはずだと思われる効用について、いささか恐る恐る、また試みとして加えておく。国民、少なくともアメリカ国民は今日、政治家、ニュースメディア、テレビやラジオのコマーシャルが止め処なく流すあからさまな嘘や歪曲された事実に晒されている。私が住んでいる地域の公共テレビ放送局は客観的であることを建て前としているが、大手石油会社のシェブロン社は「人的エネルギーの力」という標語を掲げて販売促進のためのコマーシャルを毎日繰り返し流している。シェブロン社の利益は石油エネルギーによるものであり、人的エネルギーによるものではないことなど少し考えただけでわかる。シェブロン社は、地中から化石燃料を掘り出し、それゆえ、膨大な時間を地球温暖化に捧げて、できる限り利益を上げる（年間数十億ドル）ことに専心している。したがって、このコマーシャルの言っていることは嘘である。文学を「修辞的に」読む方法を学べば、そのような嘘や事実の歪曲を見抜く最高の訓練ができる。というのも、まず、非常に多くの文学が他人を誤解する人間をテーマとして扱っているからだ。たとえば、ジェイン・オースティンの『自負と偏見』にはダーシーを誤解するエリザベス・ベネット、ジョージ・エリオットの『ミドルマーチ』にはエドワード・カソーボンを誤解するドロシア・ブルック、ヘンリー・ジェイムズの『ある婦人の肖像』にはギルバート・オズモンドを誤解するイザベル・アーチャーがいる。文学はまた、進句や説得における巧言がどのように機能しているのかを理解することで身につけられる技能という点でも、嘘や事実の歪曲に騙されないための訓練になる。文学を専門に学んで身につけられることは、政治家やトークショーの司会者が世間に広める嘘やイデオロギーによる事実の歪曲、たとえば、気候変動の否定であるとか、バラク・オバマはイスラム教徒である、社会主義者である、アメリカ生まれではない、したがって正当な大統領ではないといったような、非常に多くのアメリカ人が実際に信じてしまった嘘や事実の歪曲に対してぬかりなく抵抗できることと言い換えられるかもしれない。ポール・ド・マンが「理論への抵抗」で展開した挑戦的で刺激的な主張は、そうした文学擁護の方針のことだったのかもしれない。ド・マン曰く、「いわゆるイデオロギーは言語的現実と自然的現実の、対象指示の働きと現象の混同にほかならない。したがって、経済学をも含むその他のどんな研究にもまして文学性の言語学は、イデオロギー的逸脱を暴露するさいに強力で不可欠な道具であるだけでなく、その生起を説明する決定的な要素でもあるのだ」[14]。

もっとも、文学の学びが、こうした有益な効果を多くの人々にもたらす見込みはあまりない。文学や文学理論を学べば、今日のアメリカ社会に蔓延するイデオロギー的逸脱を暴露する習慣を身につける人もいるだろうと無謀にも希望し信じる以上のことはできまい。見込みがあまりないのは、たとえば、『ある婦人の肖像』を精読することで身につくかもしれないことを、みんなが短期間で富を最大限に増やすことを唯一の目標としている社会で収入が国民の上位二％にある思慮深い人間であれば共和党に投票することになるという支配的イデオロギーの暴露に応用することなど至難の業だからだ。別の難題は、すでに概観したアメリカの大学の現況にある。デリダの『条件なき大学』はスタンフォード大学での講演録だが、講演に対し喜びに満ちた賛意の歓声が沸き起こることはなかった。今日、アメリカの公立私立いずれの大学をも管理する政治家や企業の取締役たちは、いわゆる「批判的思考」が大切だと口では言うが、誰がどのようなことを教えるのか決定する際、根拠に納得できないものは支持しない。仮に彼らが大学を必要としているにしても、それは数学や科学、科学技術、工学、コンピューターサイエンス、基本的な英語作文をはじめ、高度工業化資本主義経済のもとで働くのに必要な技術を主として教える大学である。そのような要請に、『自負と偏見』を修辞的に読むことができ、その技術を政治家や広告の嘘を見破ることに応用できる能力は入っていない。バラク・オバマ大統領はこれまで、アメリカの教育改善のために必要なことを演説で雄弁に語ってきたが、文学教育に言及したことは今日まで一度もない。

注

1 Jacques Derrida, *L'Université sans condition*. Paris: Galilée, 2001; *ibid*., "The University Without Condition." Trans. Peggy Kamuf. In *Without Alibi*, ed. and trans. Peggy Kamuf, 202–37. Stanford, CA.: Stanford University Press, 2002.

2 二〇世紀末から二一世紀初頭にかけて、このような大学の変化を跡づける著書や論文が多く出版された。最近では次のようなものがある。Marc Bousquet, *How the University Works: Higher Education and the Low-*

Wage Nation (New York and London: New York University Press, 2008); Christopher Newfield, *Unmaking the Public University: The Forty-Year Assault on the Middle Class* (Cambridge, Mass.: Harvard University Press, 2008); Frank Donoghue, *The Last Professors: The Corporate University and the Fate of the Humanities* (New York: Fordham University Press, 2008); Jeffrey J. Williams, "The Post-Welfare State University," *American Literary History*, 18: 1 (2006): 190–216. これらの著作物には膨大な参考文献が挙げられている。

3　Peggy Kamuf, "Counting Madness," in *The Future of the Humanities: U.S. Domination and Other Issues*, a special issue of *The Oxford Literary Review*, ed. Timothy Clark and Nicholas Royle, vol. 28 (2006): 67–77.

4　Frank Donoghue, "Prestige," *Profession 2006* (New York: The Modern Language Association of America, 2006): 156.

5　http://opa.yale.edu/president/message.aspx?id=91（二〇一〇年九月六日アクセス）

6　ドナヒューによれば、「一九七〇年から二〇〇〇年の間に、英文学の学士号は七・六パーセントから四パーセントまで落ち込み、外国語文学の学士号は二・四パーセントから一パーセントに減っている」(*The Last Professors*, 91)。

7　Donoghue, *op. cit.*, 20.

8　http://www.poemhunter.com/poem/on-sitting-down-to-read-king-lear-once-again/（二〇一〇年九月六日アクセス）〔『対訳キーツ詩集　イギリス詩人選（一〇）』宮崎雄行訳、岩波文庫、五九頁〕

9　*The Letters of Matthew Arnold to Arthur Hugh Clough*, ed. Howard Foster Lowry (London and New York: Oxford University Press, 1932): 96.

10　このようなコースの提言については、David Pogue's interview of John Palfrey, Harvard Law School professor and co-director of Harvard's Berkman Center for Internet & Society at http://www.nytimes.com/indexes/2010/07/22/technology/personaltechemail/index.html（二〇一〇年九月六日アクセス）を参照。

11　W. B. Yeats, *The Variorum Edition of the Poems*, ed. Peter Allt and Russell K. Alspach (New York: Macmillan,

1977), 316.〔「冷たい天」、『W・B・イェイツ全詩集』鈴木宏訳、北星堂書店、一九八二年、七四頁〕

12 Hillis Miller, "W. B. Yeats: 'The Cold Heaven,'" in *Others* (Princeton, NJ: Princeton University Press, 2001), 170–182.

13 A Norman Jeffares, *A Commentary on the Collected Poems of W. B. Yeats* (Stanford, CA: Stanford University Press, 1968), 146.

14 Paul de Man, "The Resistance to Theory," in *The Resistance to Theory* (Minneapolis, MN: University of Minnesota Press, 1986), 11.〔ポール・ド・マン「理論への抵抗」、『理論への抵抗』大河内昌・富山太佳夫訳、国文社、一九九二年、三九頁〕

訳注

[1]〔ジャック・デリダ『絵葉書Ⅰ　ソクラテスからフロイトへ、そしてその彼方（叢書　言語の政治）』若森栄樹・大西雅一郎訳、水声社、二〇〇七年、二八九頁〕

[2]『論語』述而第七。「甚矣。吾衰也。久矣。／吾不復夢見周公」〔甚しいかな。吾が衰えたるや。久しいかな。吾また夢に周公を見ず〕。

2 文学に飽きた者は人間に飽きた者である

鈴木　章能

文学に飽きた者は他者に飽きた者である

フランス文学の作家たちが繰り返し用い、アメリカのスーザン・ソンタグも用いた比喩の一つに、中国人の殺害というものがある。[1] この比喩を辿れば、アダム・スミスに行き着く (cf. Zhang, *From Comparison*, 24–27)。アダム・スミスは『道徳感情論』(一七五九) の中で、大地震による清国の滅亡を例えにして、遠くに住む見知らぬ他者に対する人倫の問題を提起した。「たとえ一億人に破滅が訪れるとしても、会ったこともない人々であれば、安心して高いびきをかくだろう。これほど大勢の人の破滅といえども、自分自身のささやかな不幸に比べたら、あきらかに興味を引かない出来事なのである」(132)。スミスが中国人の死をもって問うたのは、心理的にも地理的にも文化的にも距離のある他者に対して、自分の身内や友人とどれくらい同じように関心をもち、思いやりをもって考え、共感し、行動できるのかということである。スミスは『道徳感情論』の刊行の後、今日の経済学の始祖とみなされる『国富論』(一七七六) を上梓した。スミスは、富や繁栄と人倫をセットにして考えていたということである。人々が自分のスキルや仕事や経済的繁栄ばかりに気をとられ、他者への倫理、関心、共感、理解を軽んじれば、そして他者の存在が目に入らなくなってしまえば、地球上にどのようなことが起こるであろうか。グローバル資本経済のなか、地理的にも文化的にも言語的にも遠くの人々が日頃、現実の空間でもサイバースペースでも頻繁に交流するいま、人類の平和的発展にとってスミスが『道徳感情論』で問うたこと、また中国人の殺害という比喩をもってフランスやアメリカの作家たちが問うたことは、思想書やフィクションの中のこととしてではなく、我々の現実生活における事柄として真摯に考える必要がある。

我々はいかにして、自分や自分の近しい人だけでなく、遠くの他者に対しても、あたかも自分や自分の近しい人のように関心をもち、思いやりをもち、共感し、倫理的責任を拡張できるようになるのか。この問いに対して、文学の意義を主張する学者や文学者は少なくない。たとえば、ウィリアム・サマーセット・モームは『読書案内――世界文学』の中で次のように述べている。「世間には小説はよめない、というひとがよくあるが、わたくしの気がついたところでは、そういう人びとは、精神のすべてを重要な仕事にうばわれているため、想像上の出来事などに頭を用いる余裕はまったくないのだから、よめないのだと考えがちである」。だが、「それは思い違いなのであり、そういう人びとに小説がよめないのは、自分のことだけに心をうばわれていて、自分以外の者の身におこることには、ぜんぜん興味がもてないためであるか、あるいは、想像力が不足していて、小説にあらわれた思想を理解することも、作中人物の喜びや悲しみに共感することもできないためであるか、そのいずれかである」(vii–viii)。だからこそ、モームは世界の様々な文学を読み、世界主義をもって世界的な視野で他者に関心を寄せ、共感理解してもらおうと、世界の様々な文学作品――といっても、実際には西方の文学作品であるが――の中からいくつかを選んで読書案内を著した。日本でも菊池寛が『世界文學案内』でモームと同様のことを述べている。

社会が分化して、職業が分業的になり、部分的に狭い分野に限られて来ると、益々社会とか人生とかに対する人々の視野が狭められて、認識不足の片輪者が出来て来る。また分化作用が激烈になって、科学主義、機械主義が謳歌されると、機械を作ったり、会社を経営する才能はあるが、人生に就いての認識なり、理解が零の人間や、人間の心理の動きにはまるで無関心な男が殖えて来る。〔中略〕社会が複雑になり、人間心理、対人関係が刻一刻複雑になって行くのに、社会に就いて、人生に就いて、人間に就いての知識や認識を得る方法がまた不便且、困難を極めて来た。然るに文芸の世界では凡ゆる人生が描かれている。現代許りでなく凡ゆる人生、社会が描かれているから、文芸に依って人生を研究するのが、一番正しく、一番簡単な方法である。人々の生活は如上のように非常に狭くなっているが、文芸の世界に一歩踏み出せば、どんな人生でも総てのことが出ているから人生の本当のことがわかる。（三―四）

「本当に苦労し、人生を知るということの中には、人間を知るということが含まれていなければならない」（二〇）のであり、「作品のうちには、いかに多種多様の人間性が描かれているか、どういう風に人間の気持は動くものであるかをよく注意していれば、自ら人間性の研究は出来るものである」(四)とも述べる菊池は、世界の様々な文学作品を読み、自己に閉じたあり方から脱することを勧める。「文芸に親しみ得る人は僅かのお金で、東西古今幾万人の生活——源氏物語を読めば王朝時代の貴族になれる。西鶴をよめば元禄時代の蕩児の生活を味わえる。カルメンを読めば、ジプシーの娘になれる。ハムレットを読めば、デンマークの王子になれる。トルストイを読めば、ロシアの農奴にでもなれる」。したがって、「文芸によって、人は初めてより広い、より深い人生を知ることが出来るのである。文芸の分からない人程不幸なものはないのだ。彼は、狭い自分一人の生活にとじこもっているのだ」(一三)。

最近では、アメリカの哲学者マーサ・C・ヌスバウムが『詩的正義』のなかで「私は文学的想像力を擁護する、それはまさに文学が我々とはかけ離れた生活を送る他者の幸福への関心を招来する倫理的態度に欠かせない材料だと思うからである」(xvi)と言う。別の著書『経済成長がすべてか?』でも、ヌスバウムはモームや菊池と同じように、他者への関心、共感、思いやり、倫理の地球規模的な拡張の重要性と文芸の意義を強く主張している。アダム・スミスらが中国人の死という比喩で問うてきた問題はいまやもっとも意味のない事柄に成り下がっていると批判するヌスバウムは、その要因の一つとして、世界の市民として活動する人間を生み出すというギリシア・ローマ時代のストア学派の考えに端を発する、また、セネカが人間性の涵養で意味した世界市民を育てるためのリベラル・エデュケーション、そして人文学、とくに文学や芸術の軽視があると指摘する。[2] 文学や芸術は他者をあたかも自分のことのように思いやり、共感し、倫理を拡張するのに重要なものと考えるためである。「思いやりは感情移入、すなわち『立場を変えた思考』の能力——別の個体の観点から世界を捉える能力——と結びついて」おり、この「思いやりの感情は他人を助ける行動と関連している」(36)とヌスバウムは言う。その根拠として、ヌスバウムはたとえば、C・ダニエル・バトソンの実験を挙げる。バトソンは、「他人の生々しい苦労話を注意深く聞くように頼まれた人は、その相手の立場に立つため、もっと距離を置いて聞くように頼まれた人よりも共感をもって応答する傾向がずっと高くな」り、「彼らは思いやりをもって反応し、それから相手を助けることを選ぶ」(36)ことを明らかにした。その他、多くの書物や実験結果を根拠にして、ヌスバウムは文学作品に書かれた他者の「声」に耳を傾けることに「思いやりを養う」ための「多くの道筋がある」(106)と言う。

他者に対して関心や共感、理解、思いやりがもてないということは、目の前に他者がいないことに等しい。その意味では、ヌスバウムが考える以上に他者はいま、人々の視界から消えつつある。現代のグローバル社会はインターネット社会、言い換えればアルゴリズムに支配された社会である。アルゴリズムが制御する教育は、直接顔を合わせる価値を低下させた、アルゴリズムが制御する仕事の獲得ないし遂行における競争を煽り、日常生活はアルゴリズムが制御するSNSやいわゆるGAFAなどに支配されている。人々は他者とサイバースペースで繋がりながらも、出会いは一回のマウスのクリックに等しく、各々孤独な身体となって、アルゴリズムが制御する世界で思考や省察を止められたクローンのごとく生きる。[3] そうしたクローン人間は他者の立場を考えようとしなくなり、犯罪者や殺人者と似たような考え方や行動をとるようになると精神科医のダニエル・ザグリーは警告する（111）。ジャック・デリダは「情熱と理性を追放することは文学を抹殺することである」（110）と言ったが、右のような現代人の生のあり方からも、文学は他者への関心、共感、倫理的責任、そして共生にとって大きな意味をもつ。

モームや菊池やヌスバウムらの文学観には文化や言語、伝統を越えた類似性がある。ましてや西洋—非西洋間の根源的な差異もない。[4] 彼らによれば、文学は、他者への関心、共感理解に欠かせないものであり、世界の様々な文学を読むことは、地球規模の視野で他者に関心を寄せ、共感理解に欠かせないことである。反対に、文学を読まない者は自分の金や仕事のことばかりに関心をもち、他者になんの関心もない。かつて、イギリスの文豪サミュエル・ジョンソンは「ロンドンに飽きた者は人生に飽きた者である」と言った。これをもじって、こう言っておこう。「文学に飽きた者は他者に飽きた者である」。

文学に飽きた者は自己に飽きた者である

文学に飽きた者は他者に飽きた者である一方で、文学に飽きた者は金や仕事など、自己に属する物事ばかりに、すなわち、自己ではなく自己に付随する事物そのものにばかり関心があるということであるから、自己への関心は、はなはだ乏しい。ラルフ・ウォルド・エマソンは有名なエッセイ「円」の中で次のように述べた。「文学は、我々が現在描いている円の外側にある一点であり、新しい円を描くための起点になるかもしれないものだ。文学の用途は、我々が自分たちの現在の生活を見渡せるような足場、現在の生活を動かせるような梃子を、我々に提供してくれることだ。〔中略〕百科事典、形而上学に関する論文、あるいは『神学総覧』にも、議論がすべてつくされているわけではないが、ソネットや劇詩にはそれがある」(178)。オーストリアの詩人リルケは、檻の中の「疲れた豹」は「もう何も見えず」、「背後の世界はない」も同然、「このうえなく小さな輪をえがいてまわる」その「歩みはそこを痺れて大きな意志が立っている一つの中心を取り巻く舞踏のようだ」(八三)と詠う。檻の中の豹は、生きる意志のやりどころなく、ただ体を動かすことによって不満を押さえつける。文学は監禁された自己、日常に埋没した自己、言ってみれば〈社会―内―存在〉をまなざす「足場」を提供する。上手くいかぬ人生、あるいは上手くいっているような人生を生きる「私」を見直し、「円」を広げて「檻」から「私」を連れ出す「足場」となる。

法学者兼小説家のセイン・ローゼンバウムが述べる、アメリカの法曹界ならびにロースクールを変革すべく展開する「文学運動」は、そうした「足場」を設ける具体的な活動である。ロースクールが法的勝敗を重視する偏狭な専門教育ばかり行った結果、法の受益者たちの間に不満が蔓延していると見るローゼンバウムは、法律家の卵や法律家は文学作品を読み、自分が何をしているのか、将来どのようなことになるのか、自己を俯瞰すること、また専門家としてやっていくに足る思考や技術を学ぶだけでなく、「感じること」(291, 297) を学ぶ必要があると言う。「我々が屈辱や不正から解放されるのは、法律家が単なる有罪・無罪といった判決を越えたところにあるヒューマニティーに気づくときである」(318)。したがって、彼らは「どれも改革のマニフェスト、法律家の魂なき精神的暴力に抗う文学的反抗が描かれている」「カフカ、ディケンズ、シェイクスピア、カミュ、ドストエフスキーたち」の作品を読むべきである (317)。先述のヌスバウムもまた、自身が担当する「法と文学」のコースで同様のことを行っていると言う(『詩的正義』xvii)。ローゼンバウム曰く、「私が述べているのは倫理改革である。それは機械的な改革ではない。法に吹き込めるはずの価値、人間性というまさに最高のものに由来する価値」であり、「アメリカ中のロースクールでの法と文学運動は、小説や演劇、映画、倫理性と正義の接点を将来の法律家たちのもとに届けてきた」(316–17)[50]。ハンナ・アーレントは、悪とはシステムを無批判に受け入れることであると言った。文学は、自分がどのような環境に生きているのか俯瞰させ、アーレントの言う悪から人々を遠ざける。

　最近では経営の世界からも文学の重要性を主張する声があがっている。たとえば、自身が経営コンサルタントの山口周は、数値や理性、論理、情報処理スキルの重要性ばかりを喧伝した経営コンサルティングの否を認め、ビジネスパースンは自分を俯瞰して顧みる「自己認識」(一六一)が必要であり、「内在的に真・善・美を判断するための『美意識』」(二〇)を養成すべきであり、そのためにとくに文学を読むべきであると強調する(二三九―五〇)。一方で、そうしたことをせず、ただシステムに適応し、「何ができれば階層を上がれるか、どうすれば上がれるか」(一七三)ということばかりを考えるビジネスパースンは地下鉄サリン事件を起こしたオウム真理教の面々と大差がないとも言う。

自分にとっての「真・善・美」を考えるにあたって、最も有効なエクササイズになるのが「文学を読む」ことだと思います。

地下鉄サリン事件の後、あれほど高学歴の人々がなぜかくも愚かで邪悪な営みに人生を捧げようとしたのか、という疑問を晴らすために、オウム真理教の幹部にインタビューを重ねた宮内勝典氏は、彼らがことごとく文学に親しんでいないことに気づいた、と著書の中で記しています。

実は私もまた、戦略コンサルティング業界の先輩や後輩の多くが、その学歴の高さにそぐわないほどに、文学作品を読んでいないということに気づいて非常に奇異に感じたことがあります。

「偏差値は高いけど美意識は低い」という人に共通しているのが、「文学を読んでいない」という点であることは見過ごしてはいけない何かを示唆しているように思います。（一三九―四〇）[6]

前節で、ヌスバウムらの言葉を引きながら、文学は他者への関心、共感理解にとって欠かせないものであると述べたが、一方で、文学は他者との関わりの中で自己を見つめさせ、自己を刷新させるものでもある。J・ヒリス・ミラーが推薦文を寄せるクリスティーナ・ブランズの『なぜ文学か？』は、まさにそのことについて、ゲシュタルト心理学から論じている。文学が他者との関わりの中で自己を刷新する一例として、再び菊池を引用しておこう。菊池は「アンナ・カレーニナ」の姦通を例にとり、「因習に捕らわれた」人間からすれば、彼女は「不道徳を犯した女性かも知れない」が、彼女の「良心」は、保守的な道学者よりも「余程強く働いているし、自分の性情に対して真実で誠実な女性であることが分かる。真の道徳は単純にはそれは悪いとか、そんなことをしてはならぬとか即断したり、禁止したりすることではない」（二三）と述べる。文学は、地理的・社会的・文化的に遠い他者のみならず、自分が因習に捕われることによって遠くの存在にしてしまっている他者に対し、因習に縛られた、あるいは「檻」の中に閉じ込められた自己の地平＝視点を広げながら、思いやりや共感理解を育む。

そもそも理解とは、おのが信念体系や期待を確認することではない。各々の地平や立脚点からものごとを見て、理解しようとしている事柄に対してすでにもっている理解の先行条件、すなわちハイデガーの言う理解の先行構造を強化することではない。理解の先行構造に抵抗する他者に出会うとき、他者を否定するのではなく、先行構造を疑い、刷新していくことである。理解とは解釈的循環内の移動が伴うものだが、ハンス＝ゲオルク・ガダマー曰く、「正しい解釈はすべて、思いつきの恣意性や、気づくことのない思考習慣からくる偏狭さに対して自己を守り、《事柄そのものへ》とまなざしを向けなければならない」（266–67）。理解とは、既存の知識を新たに吸収するなどといった一過性の自己処方ではなく、自己の根本的刷新である。だからこそ、エマソンは「文学は、自分のいまの生活を見渡す足場を与えてくれる。〔中略〕なにが真であるかという論拠や智慧は、百科事典にも形而上学の論文にも神学要論にもない。ソネットや劇にこそある」と述べるのだ。エマソンは個々の人間の生を円に喩え、絶えず新たな円を描いていくことを豊かな生として捉え、文学はそのための「足場」を与える重要なものであると述べるが、彼の「円」はハイデガーやガダマーをはじめとするドイツの解釈学に伝統的な円環的理解と類似するものである。思い起こせば、村上春樹も最近、短編「クリーム」で、理解と人生を巡り、中心がいくつもあって外周をもたない円を引き合いに出していた。

文学は、別の「足場」から日常に埋没した自己、言ってみれば〈社会―内―存在〉を見つめ、理解の先行構造、すなわち世界の理解の仕方を刷新し、自己の地平を広げていく。他者への関心と関わりの中で自己に関心をもち、人生の「円」を広げていく。一方、文学に飽きた者は偏狭な地平にとどまり、自己を狭い「檻」の中に閉じ込め、小さな「円」を絶えず回りながら、憤懣やるかたない生を歩む。そこで、ジョンソン博士の言葉を再びもじって、こう言っておこう。「文学に飽きた者は自己に飽きた者である」。

文学に飽きた者は人間に飽きた者である

文学が他者への関心と関わりの中で自己に関わり、人生の「円」を広げていくのであれば、文学作品は、自己を形成し自己が属する規範＝他者性を上書きし、自己変革を実現させる新たな規範＝他者性と言っていいかもしれない。そもそも「私」とは、他者の欲望を疎遠なものとして刻印することで形成される。こうした他者性は幼児期のみならず、その後も常に書き込まれ続ける。ドイツの哲学者アクセル・ホネットはラルフ・エリソンの『見えない人間』を例にとり、白人たちは主人公の「私」に関心がないわけではなく、上書きされた他者性のために、「私」をあたかも自分や自分の近しい人々のように関心や思いやり、共感、倫理的責任をもとうとしないこと、すなわち同じ人間として応答せず承認しないために「見えない」存在としている点に問題があると指摘する（七―三一参照）。

そもそも自己の形成が他者への受動性に起因すればこそ、他者への責任は人間にとって根源的なものである。[7] したがって、他者への責任放棄は自己の存在否定であり、存在論的な倫理放棄でもある。倫理学者のスティーヴン・ダーウォルは、責任や倫理的義務は二人称的観点の中に顕現すると述べ、二人称的観点を「あなたとわたしが、互いの行動や意志に対する要求を行ったり承認したりする際にとるパースペクティヴ」（九）であると言う。だが、『見えない人間』のような二人称的観点の中に暴力が内在している場合はどうであろうか。ヌスバウムは「内なる目」たる暴力的規範の

刷新を支持する (*Not For Profit*, 107)。

文学作品はこれまで、そのような規範の刷新に寄与する他者性をいくつも提供してきた。他方、文学作品は「見えない」人間を生み出す暴力となることもある。ポストモダン批評のテクスト批判、とくにその表象批判は暴力的な他者性批判として展開し、そうした他者性によって形成されている自己の解体と再創造を促してきた。したがって、文学作品を無批判に受け入れること、言ってみれば、過度の右傾化には注意を要する。一方で、すべての文学作品が批判すべき暴力としてのみ存在するわけでもない。文学作品は多様であり、また多様な要素から成り立っているのであるから、あらゆる文学作品をおのが信念体系のアレゴリーとみなすとき以外、そのような画一的な認識は生まれまい。したがって、過度な左傾化にも注意を要する。[8]

文学作品の多様性を考えてみれば、文学作品が暴力となる一つの要因は、ある作品が唯一の規範となるときであろう。たった一つの物語を信頼して、そこに他者を、そして自己を見るとき、暴力的な規範を内面化し理解や自己変革が他者への、そして自己への暴力になるということである。ジュディス・バトラーは、普遍的な規範が個別性を蹂躙するときに暴力になると考えた (二六五)。そうであれば、多様な文学作品を読むことが規範としての他者を批判的に問い直し、そこに属する自己を変貌させせられることになるのではなかろうか。ナイジェリアの小説家チママンダ・ンゴズィ・アディーチェはこのことについて、現実からかけ離れたアフリカ大陸の人々が描かれたイギリスの小説を読んだ経験を基に「シングルストーリーの危険性」("The Danger," *TED*) と言った。そこに描かれた物語が唯一の物語となるとき、それはステレオタイプとなり、「パワーをもつ」ようになり、アフリカ大陸の人々の個別性を蹂躙する暴力になる、と。したがって、文学の暴力への抵抗、正しい他者と自己の理解のためには様々な物語を読むべきである、と。こうしたことはアフリカ大陸だけでなく、あらゆる地域の人々の物語に言える。[9]

もっとも、ある地域の内部に暮らす人間の目で書かれた多様な物語だけが真実を語っているとは言えない。中国の詩人蘇軾が書いた「題西林壁」という詩で、「廬山の中に身をおいている」語り手は、見る場所によって山の姿が異なって見えるため「廬山そのもののまことの姿」（二一四）はわからないと言う。もっとも、語り手が言いたいことは、山の外部の人間の方が廬山を適切に理解できるということではない。山の外部にいる人間には山の姿はよく見えるが山の内部はよく見えず、山の内部にいる人間には山の内部はよく見えるが、山の姿は見えないということである。すなわち、「まことの姿」の理解には内部と外部の人間の適切な意見を組み合わせることが必要だということである (Zhang, *From Comparison*, 84)。[10] 正しい他者ならびに自己の理解には、ある地域の内部に暮らす人間とその外部に暮らす人間の目で書かれた多様な物語を読むことによって近づくことができる。

世界は広く、人間は多様である。したがって、真の人間理解にはシングルストーリーはもちろん、一地域のストーリーでも心許ない。地域と地平を地球規模に広げていき、他者を、そして自己を多元的に理解していくことが、とくにいまのグローバル社会で重要なことになろう。その過程で、多様性の中の類似性、類似性の中の多様性にも気づくことであろう。類似性の発見は、オリエンタリズムにオクシデンタリズムで対抗することは無益であると言うにとどまったエドワード・サイードへの回答にもなろう。文学作品ではないが、たとえば、ヘーゲルは「アウフヘーベン」という概念と言葉をもってドイツ語を人類最高の言葉であると誇ったが、中国の『老子』四〇にある一節「反者道之動」の「反」も同じ概念と意味をもつ言葉であり、ドイツ人も中国人も同じような考え方をしていることがわかる（銭『管錐編』四四五―四六）。傷心の詩人の書いた詩が人々の心を動かすことは、五世紀の中国の批評家劉勰が『文心雕龍』で、また『論語』や『淮南子』も、オーストリアのグリルパルツァーも、フランスのフローベールも、ドイツのハイネも、イギリスのハウスマンも、傷心の詩人を病気になった二枚貝、哀歌を真珠に各々喩えて同じように表現している（銭『七綴集』一〇四）。地球上の様々な地域の人々の発想や精神、想像などの類似性の発見こそが特定の一国・一地域・一民族の優越性を否定する。そして、類似性があるからこそ人間は共感理解できることがわかる。異なる言語や文化伝統、社会的現実、すなわち多様性の中に類似性が、また類似性の中に多様性があるからこそ、他者と自己は、また多様な人間同士は差異を尊重し同時に差異を越えて共感理解できる。だからこそ、世界の多様な文学作品を読み続けることで、文学の暴力を適切に見極めつつ、地球規模での他者への共感理解と自己の「円」の拡張が可能となる。それは世界平和への道でもある。

文学に関心がないということは、他者にも自己にも、つまり人間にも、人類の平和にも関心がないということである。したがって、ジョンソン博士の言葉をみたびもじって最後にこう結んでおこう。「文学に飽きた者は人間に飽きた者である」。

注

1 スミス、モーム、菊池の議論については、鈴木「日本の世界文学小史」の第二節「大戦から世界平和へ」の冒頭部分を加筆修正したものである。

2 Nussbaum, *Cultivating Humanity*, p. 8も参照。

3 O'Sullivan, *Cloneliness* を参照。

4 さらに例を挙げることもできるが、紙面の都合でここまでとしておく。他者を巡る議論としては田中・須貝、他者への共感はWoodらも参照。人文学の危機に力点を置いたものとしては、本書訳出のJ. Hillis Millerの論の注1と2を参照。

5 ほかの職業も同じである。たとえば、教師であればアカデミック・ノベルがある。Showalter, Moseley, O'Sullivan (*Academic Barbarism*) などを参照。

6 ただし、山口の著書には少し距離を置く必要もある。彼の書は、その題名に示されているように『世界のエリートはなぜ「美意識」を鍛えるのか？』を問うものである。つまり、自分の社会的・経済的な優位さにとって自己認識や美意識や文学が必要であると言っているのであり、実際、同書はビジネス書として出版され、ベストセラーになっている。つまり、山口の立ち位置は、自分の職業や財産にしか興味のない人間を批判したモームや菊池、また『経済成長だけがすべてか？』と問うたヌスバウムの対極にある。

7 ジュディス・バトラー『自分自身を説明すること』の訳者解説を参照のこと。

8　左傾化に関し、真実の了知可能性や言語の指示性、解釈可能性への懐疑論を巡る議論は紙面の都合で割愛する。それらについては *Zhang* が *Allegoresis* や *From Comparison* で説得力ある反論をしているので、そちらを参照されたい。

9　昨今であればイスラム教徒の多様性が重要である。たとえば、上岡の第四章「ステレオタイプに抵抗する」が参考になる。

10　ここに、日本人が海外文学を読んで意見を海外に発信する意義の一つがあろう。

参考文献

アクセル・ホネット『見えないこと——相互主体性理論の諸段階について』宮本真也・日暮雅夫・水上英徳訳、法政大学出版社、二〇一五年.

上岡伸雄『テロと文学——9・11後のアメリカと世界』集英社、二〇一六年.

菊池寛『世界文學案内——文壇入門』高須書房、一九四七年.

佐藤嘉幸「訳者解説『倫理への転回』」、ジュディス・バトラー『自己を語るということ——倫理的暴力の批判』佐藤嘉幸・清水知子訳、月曜社、二〇〇八年、二五八—二八一.

鈴木章能「日本の世界文学小史と今後の展望としての言語対比研究——土居光知と銭鍾書を例に——」『英語英文学論叢片平』五四号、二〇一九年、一一七—一四一.

スティーヴン・ダーウォル『二人称的観点の倫理学——道徳・尊敬・責任』寺田俊郎監訳・会澤久仁子訳、法政大学出版社、二〇一七年.

銭鍾書『管錐編』第二版. 北京：中華書局、一九八六年.

——『七綴集』上海：上海古籍、一九八五年.

蘇軾「題西林壁」、『蘇東坡』近藤光男訳、集英社、一九七五年.

田中実・須貝千里編『文学の力×教材の力』教育出版、二〇〇一年.
山口周『世界のエリートはなぜ「美意識」を鍛えるのか？——経営における「アート」と「サイエンス」』光文社、二〇一七年.
ライナー・マリア・リルケ「豹」富士川英郎訳、『世界文学大系五三リルケ』筑摩書房、一九五九年.
Adichie, Chimamanda Ngozi."The Danger of a Single Story." *TED Global 2009*. [https://www.ted.com/talks/chimamanda_adichie_the_danger_of_a_single_story?language=en]. Accessed on March 3, 2019.
Bruns, Cristina V. *Why Literature?: The Value of Literary Reading and What It Means for Teaching*. New York: Continuum, 2011.
Derrida, Jacques. *The Gift of Death and Literature in Silence*. 2nd ed., transition by David Willis. Chicago, IL: University of Chicago Press, 1996.
Emerson, Ralph Waldo. "Circles." *Essays: First and Second Series*. New York: The Library of America, 1990.〔『エマソン論文集（下）』酒本雅之訳、岩波文庫、一九九六年〕
Gadamer, Hans-Georg. *Truth and Method*, 2nd rev. ed., translation and revised by Joel Weinsheimer and Donald G. Marshall. New York: Crossroad, 1991.〔『真理と方法Ⅱ』轡田収・牧田悦郎訳、法政大学出版局、二〇一五年〕
Maugham, William Somerset. *Books and You*. London: William Heinemann, 1940.〔ウィリアム・サマーセット・モーム『読書案内——世界文学』西川正身訳、岩波書店、一九九七年〕
Moseley Merritt. *The Academic Novel: New and Classic Essays*. Chester: Chester Academic Press, 2007.
Nussbaum, Martha C. *Cultivating Humanity: A Classical Defense of Reform in Liberal Education*. Cambridge, MA: Harvard University Press, 1997.
——. *Not For Profit: Why Democracy Needs the Humanities*. Princeton, NJ: Princeton University Press, 2010.〔『経済成長がすべてか——デモクラシーが人文学を必要とする理由』小沢自然・小野正嗣訳、岩波書店、二〇

一三年〕
O'Sullivan, Michael. *Academic Barbarism, Universities and Inequality* (Palgrave Critical University Studies). London: Palgrave Macmillan, 2016.
——. *Cloneliness: On the Reproduction of Loneliness*. New York: Bloomsburry, 2019.
Rosenbaum, Thane. *The Myth of Moral Justice: Why Our Legal System Fails to Do What's Right*. New York: Harper, 2005.
Showalter, Elaine. *Faculty of Tower: The Academic Novel and Its Discontents*. Philadelphia, PA: University of Pennsylvania Press, 2005.
Smith, Adam. *The Theory of Moral Sentiments*. Mineola, NY: Dover Publications, 2012.〔アダム・スミス『道徳感情論』村井章子・北川知子訳、日経ＢＰ社、二〇一四年〕
Wood, James. *How Fiction Works*. New York: Picador, 2008.
Zagary, Daniel. *La Barbarie des Hommes Ordinaires: Ces criminels qui pourraient être nous*. Paris: Éditions de l'Observatoire/Humensis, 2018.
Zhang, Longxi. *Allegoresis: Reading Canonical Literature East and West*. Ithaca, NY: Cornell University Press, 2005.〔『アレゴレシス――東洋と西洋の文学と文学理論の翻訳可能性』鈴木章能・鳥飼真人訳、水声社、二〇一六年〕
——. *From Comparison to World Literature*. New York: SUNY, 2015.〔『比較から世界文学へ』鈴木章能訳、水声社、二〇一八年〕

3

文学の意義

——児童文学から考える

安藤　聡

児童文学は子供だけのものではない。「子供しか楽しめない児童文学は出来の悪い児童文学だ」と言い切ったのはC・S・ルイスである（Lewis, 33）。優れた児童文学は大人が真剣に読むのに値するものであり、子供の頃に読んだ本を成人後に再読すればそこには必ず懐かしさだけでない価値があり、新たな発見があるということである。ルイスはまた、児童文学は自分が言うべきことを表現するのに理想的な媒体であるとも言っている（Lewis, 32, 47）。これらの発言は『ナルニア国物語』執筆中あるいは執筆後のものであり、全七巻からなるこの児童向けファンタジー小説もまた、卓越した文学研究者のルイスが自分の「言うべきこと」を真摯に表現し、大人の精読にも耐えるものを意図して書かれたに違いない。その「言うべきこと」とは、壮大なファンタジーを通して表現する想像力の意義、主人公が失われた自己同一性を回復して成長する過程、信仰の意味、善と悪の関係、同時代へのアンチテーゼ、あるいはナルニアという別世界での冒険を通して再認識される現実世界を生きることとの意味など、極めて多岐にわたる。ルイスが師と仰ぐジョージ・マクドナルドは

「真の芸術作品は多義的でなければならない。その芸術性が本物であればあるだけ、その作品は多くの意味を持つ」と言う (MacDonald, 425)。

当然のことながら、子供が児童文学作品を読む際には想像力を駆使して物語を鑑賞し、登場人物に共感しつつ日常生活では得られない経験を疑似的に楽しむのであって、その作者の多岐にわたる「言うべきこと」すなわち主題を一つ一つ解読するわけではない。だがその物語の「面白さ」を根底で支えているのはその「言うべきこと」の真実性であろう。物語と主題が有機的に関係しているからこそ物語が説得力のあるものになり、その物語は子供を楽しませることが出来、大人の再読にも耐え得るのである。『ナルニア国物語』は想像力の意義と同時に物語の意義、文学の意義を説くメタフィクションとしての側面をも併せ持つ。本章では物語の意義や本を読むことの重要性を主題の一つとするロアルド・ダールの『マティルダ』(一九八八)、サルマン・ルシュディの『ハルーンと物語の海』(一九九〇)、キット・ピアソンの『覚醒と夢(丘の家、夢の家族)』(一九九四)の三作品を通して、文学の意義について考えたい。

ロアルド・ダール『マティルダ』

『マティルダ』の主人公マティルダ・ワームウッドは一歳半で完璧な言葉を話し三歳になる頃には独学で読み方を習得していた。だが家には一冊の料理本を除いて本はなく、父に頼んでも買ってもらえなかったので、毎日村の図書館に通い詰め、四歳三カ月でそこにあった児童書をすべて読み尽してしまい、「大人が読む本当に良い本」(Dahl, 9) を読みたいと司書ミセス・フェルプスに訴え、勧められたディケンズを読み始める。こうして彼女は半年でディケンズ、オースティン、ブロンテ、ハーディ、キプリング、ウェルズ、オーウェル、グリーンに加えてヘミングウェイ、フォークナー、スタインベックなど十五冊を読破する。

マティルダの父は中古車販売業を営んでいるが事実上は詐欺師に他ならない。ワームウッド家に本がないのは父も母も兄マイケルも本の価値を知らないからであり、マティルダ以外の三人は家にいるほとんどの時間テレビに耽溺している。それどころか彼ら（特に父）はマティルダにもテレビを見ることを強要し、一度は本を読んでいるマティルダに腹を立てて読んでいた本（当然図書館で借りたもの）を奪い取り引き裂いている。このような父の無理解と横暴にマティルダは知恵で対抗するしかないのだが、それはつねに身体的危害を加えたり理屈で論破したりというやり方ではなく、ナルシシストの父が醜態を晒すように仕向けるというユーモアを駆使した手段を取る。

マティルダが入学した小学校は女校長ミス・トランチブルの独裁的支配の下に運営されていた。だが担任のミス・ハニーは図書館のミセス・フェルプスと並んで数少ないマティルダの理解者であり、初日にマティルダの人並み外れた能力に気づいた彼女は校長やワームウッド夫妻にマティルダの扱い方について相談しようと試みるが、いずれにも相手にされない。彼女は自力でマティルダの能力をさらに伸ばすよう決意を固め、以後この二人の関係が物語の中で重要な意味を持つ。

第七章（本作品には章番号が付されていないので、これは前から七番目の章という意味）末尾近くのマティルダとミス・ハニーの対話の場面で、好きな本を訊かれたマティルダが『ライオンと魔女』と答えつつも「C・S・ルイスさんはとてもいい作家だと思うけれど、一つ欠点があります。物語にユーモアがないのです」と付け加え、これに対してミス・ハニーは「あなたの言う通りね」と同意している（74-75）。この発言は、先のミセス・フェルプスが勧めた本のリストと並んで、作者ダール自身の好みや文学観を反映していると解釈できよう。ここで、四歳の時にマティルダが半年で読んだ十五冊の中にディケンズが三冊（『大いなる遺産』、『ニコラス・ニクルビー』、『オリヴァー・トゥイスト』）含まれていたことに注目したい。第七章末尾で、ルイスにおけるユーモアの欠如（『ライオンと魔女』に始まる『ナルニア国物語』にユーモアがないとは到底思えないが、確かにルイスのユーモアとダールのそれとは質的に異なる。ここは当然のことながらダール的な意味でのユーモアがルイスには見られないということであろう）を指摘したマティルダは物語におけるユーモアの重要性を強調し、最も良質なユーモアの例としてディケンズを挙げ、特に面白い人物としてピックウィック氏を挙げている（このことから例のリスト以外に『ピックウィック報告書』をも読んだことが分かる。というよりもこの時点でほぼ全作品読んでいると考える方が自然かも知れない）。文学におけるユーモアの重要性はそのままダールの文学論の中核でもあり、そのことはダールのどの作品を読んでも明白であろう。

『マティルダ』の前半では主にマティルダの賢さと両親の愚かさを示すエピソードが連続し、後半ではトランチブルの横暴が強調される。トランチブルによる授業の最中に悪戯の濡れ衣を着せられたマティルダが図らずも発揮した「視線で物を動かす〈超能力〉」は、結果的にトランチブルの独裁的支配の下に置かれたミス・ハニーを窮地から救出するために利用される。ある日の放課後、ミス・ハニーはマティルダにだけ自分の秘密を語るが、それはトランチブルが実は自分の伯母で、幼くして母と死別した彼女は父の死後、住んでいた屋敷をこの伯母に強奪され、給与の大半も搾取されているという。父の死因は自殺ということになっているが、話を聞くにつれてマティルダはトランチブルに殺されたのではないかと疑うようになり、ミス・ハニーも明言はしないがそうとしか考えられないことを仄めかす。マティルダは次のトランチブルの授業の際、眼力でチョークを動かして天国のハニー氏（ミス・ハニーの父すなわちトランチブルの義弟）からのメッセージ（娘に屋敷と給与を返せ、さもなくばお前が私を殺したように私がお前を殺す、という内容）を黒板に書き、目論見通り恐れ戦いたトランチブルが屋敷と学校を捨てて失踪するという結果に至る。一見したところこの作品は前半で読書の意義を強調しているものの後半ではトランチブルとの「戦い」に焦点が移動し、前半と後半に一貫性がないような印象があるが、マティルダが自分の超能力を使って天国のハニー氏の言葉を板書するという「物語」を破綻なく構成できたのはそれまでの膨大な読書の成果に他ならない。この意味で前半と後半は密接に関係しているのであり、全体を通して重要な主題はやはり物語の価値や読書の意義ということであろう。前半で物語を数多く読んだマティルダが、後半では物語に参加して自らの「能力」で物語を展開させている、とも解釈できる。

マティルダがこのような劣悪な家庭環境にもスポイルされずその生来の優れた知性（と〈超能力〉）を学校の再生やミス・ハニーの救済のために行使できたのは、そういうわけで膨大な読書量の結果に違いない。『マティルダ』では物語や本を読むことの意義がこのような形で強調され、一方でテレビは本を読む機会や想像力、さらには家族の会話の時間を奪う元凶として批判に晒される。最終章で父親の詐欺行為が発覚して一家は国外に逃亡することになるが、マティルダは自分の意志で両親（と兄）には同行しないと決め、ミス・ハニーの屋敷に住みたいと訴える。英国の児童文学において親子の絆は伝統的にそれほど重要な主題ではなく、ましてワームウッド夫妻のような理解のない親よりは理解のある他人の方が子供にとって遥かによいということであり、またテレビに耽溺して一冊の本も買ってもらえない家庭環境より、多くの本があって好きな本について語り合えるミス・ハニーの許の方がマティルダに相応しいということに他ならない。ダールの文学擁護論とテレビ批判は『チャーリーとチョコレート工場』でもテレビ好きの少年マイク・ティーヴィーを通して（いささか度を越して）表現されている。

サルマン・ルシュディ『ハルーンと物語の海』

一九八〇年代末期にルシュディは『悪魔の詩』で一世を風靡した。この小説はイスラム教冒涜の書と解釈され、当時のシーア派最高指導者アヤトラー・ホメイニによって「死刑宣告《ファトワ》」が発令され、今日に至るまでルシュディは潜伏生活を余儀なくされている（ホメイニは翌年死去したため、宣告した当人にしか撤回できないこのファトワは現在も有効であるらしい）。英国政府は言論の自由を守るためもあってルシュディの保護に尽力し、多くの作家がルシュディに同情的だったが、ダールは一貫してルシュディに対して批判的であった。ダールの伝記の多くに書かれている通り、ダールの批判のポイントは書いた内容によって自身のみならず家族や関係者をも危険に晒した（日本では翻訳者が殺害された）ルシュディの「思慮のなさ」に対してであって、当然のことながらダールが言論の自由を軽視していたというわけではない。いずれにせよその翌年に出版された『ハルーンと物語の海』は騒動の渦中の厳重な潜伏生活の中で書かれたのであり、公に反論できないルシュディが「言うべきこと」を児童文学という媒体を使って表現した作品なのである。そういうわけで『ハルーンと物語の海』は独裁や狂信への揶揄と言論の自由の擁護を中心的テーマとする作品だが、それと同程度に重要なもう一つの主題は「物語とは何か」と「物語の意義」に他ならない。

『ハルーンと物語の海』は架空のアリフベイ国の名前を忘れられた「悲しい町」に住む語り部ラシッド・カリファーの息子ハルーンを主人公とする。ラシッドは有能な語り手だが、隣人の小役人センガプタ氏はいつも「真実でない物語が何の役に立つのか」とラシッドを批判していた(Rushdie, 19–20)。ある日、ラシッドの妻すなわちハルーンの母ソラーヤが夫の仕事に疑問を持ち、センガプタと駆け落ちしてしまう。当惑したラシッドの不甲斐ない態度にハルーンは苛立ち、「真実でない物語が何の役に立つのか」と思わず父に向かって言ってしまい (22)、深く傷ついた父は物語を語れなくなる。ハルーンはラシッドを救うために「物語の海」があるもう一つの月「カハーニ」(ヒンドスタニー語で「物語」の意)に冒険に赴く。「物語の海」の話はラシッドのレパートリーの一つでもあり、ハルーンはラシッドの物語の世界に入り込んでいるのである。カハーニでは物語や会話を好む国ガップ(「談話」「無駄話」の意)と沈黙の国チュープ(「静寂」)が対立し、自転が止まって前者はつねに昼、後者はつねに夜という状態が続いている。チュープは独裁者カタームニシャド(「完了」)の支配下にあり、物語の海はこの独裁者によって汚染され続けている。

物語の海では一つの物語が一つの波となり、波は絶えず幾重にも重なり合って新しい物語を形成する。ガップの首都ガップ・シティには波を調合して物語を創る研究機関 P2C2E (place too complicated to explain:「複雑すぎて説明できない場所」)もある。カハーニの南極付近は昔話や神話、古典文学など古い物語の波が集中する「古典海域」(Old Zone)であり、その海域の汚染が最も深刻であるという。これはもちろん、あらゆる物語の根源である古い物語を汚染すればすべての物語を一掃できると考えたカターム=シャドがこの海域を集中的に攻撃しているのでもあるが、同時に昨今の人々の古い物語への無関心がこの状況を引き起こしていると説明される(86)。確かに今日では日常生活においても学校教育においても古い物語の軽視が目に余る。このくだりはそういった風潮に対する痛烈な批判であると同時に、物語は無から生まれるのではなくつねに古い物語の多層的な影響の下に創造されるという、作者ルシュディの物語論・文学観の表明でもあろう。ルシュディ自身も幼年時代に父親が(独白のアレンジを加えて)語る『アラビアン・ナイト』の物語に強い影響を受けていて、そのことは『ハルーンと物語の海』の随所に読み取れる。ルシュディ自身が経験から示している通り、あらゆる物語はそれ以前のさまざまな物語から（波がいくつも重なり合って一つの波を形成するように）創られ、その過程は「複雑すぎて説明できない」のである。

ハルーンがガップ・シティの宮殿に案内されると、そこにラシッドがスパイと間違われて連行されて来る。ガップではバッチート姫が行方不明になっていて、ラシッドはチュープ軍が姫を誘拐するのを目撃したと証言する。こうして物語の海を守るための戦いの物語に「姫救出物語」が絡み合い、さらに軍人ブラバーマウスが男装の少女兵士だと知ったハルーンのブラバーマウスへの片想いなど、さまざまな物語が同時進行で展開する。だがここで最も重要な物語はハルーンの内面の冒険であると言えよう。父の態度に苛立っていたとは言え、母を失ったことで（母がセンガプタの言葉を真に受けて出て行ってしまったことで）ハルーンには父の仕事（物語）の価値に対する疑惑が芽生えたのであった。この意味で、物語の海の汚染やカハーニの自転の停止は、父の天職すなわち物語の価値への確信が揺らいだハルーンの内面の表象に他ならない。この疑惑と戦い物語の価値を確信することが、この主人公の内面に課された冒険なのである。

カターム＝シャドが物語を憎悪するのは、彼自身が語っている通り、物語の世界を支配することが不可能だからである。この意味で、物語は言論の自由に代表されるあらゆる自由を象徴する。ガップ軍とチュープ軍の戦いは前者の勝利に終わり、物語の海の汚染もハルーンらによって阻止され、姫も無事救出され、ガップとチュープは和解に至る。ガップ軍の勝利は一つには宮廷や軍隊が作戦を自由に議論できたからでもある。この両者の和解は、ハルーンが冒険の途上で気づいているように、この両者が完全な白と黒に分けられる善と悪ではないということを示す。物語は多弁ならいいというものではなく、そこには間や沈黙も必要であり、言わずに伝える要素こそが重要であるということに違いない。ガップとチュープの和解はこのことを暗示する。

最終的にハルーンは物語とは何かを理解してその価値を確信し、ラシッドは再び物語を語れるようになり、依頼されていた講演で「ハルーンと物語の海」と題してこの物語の一部始終を語って好評を博す。ハルーンとラシッドが帰ると、「悲しい町」は名前を回復し（ここはカハーニ、すなわち物語の町であった）、家では母が彼らを待っていた。母はセングプタとのことは「完全に終わった《カターム・シャド》」と説明し、セングプタ夫人は一人で生きるべく町のチョコレート工場で働き始める。一見したところこれはすべての問題が解決した「完全な結末」のように見えるが、ここでは例えばメアリー・ノートンが『借り暮らしの小人たち』の最終章で述べているような「物語は終わらない」(Norton, 102)という結論だと考えたい。なぜなら物語は波であり、つねに流動的なものであり、語られることによって少しずつ変化しつつ生き続け、また別の波（物語）と混ざり合って新しい物語を生み出す。物語の海では絶えず新しい物語が生まれ続けるに違いなく、物語の町に住むハルーンもラシッドの物語を聞いて成長し続けるに違いないからである。カターム＝シャドすなわち「完全な結末」は物語の最大の敵なのである。ハルーンの冒険が内面的なものでもあることには先に触れた。この主人公は、物語を経験することと物語の意味を知ることを通して内面の再生を実現していると言えよう。

キット・ピアソン『覚醒と夢』

ピアソンはカナダを代表する児童文学作家で、二〇〇二年秋に来日して明治学院大学で講演している。『覚醒と夢』はヴァンクーヴァーに住む少女シーオを主人公とする。母リーは二十五歳のシングル・マザーで、母親としての自覚に欠け、恋人キャルと同棲するためにシーオを姉シャロンに押し付け、この九歳の少女は対岸のヴィクトリアに転居することになる。ジョージア海峡を渡るフェリーで彼女は孤独と不安から夢の家族を空想し、そこには両親と兄・姉・弟・妹に自分を含めた七人がいる。この小説は三部構成で、ここまでが第一部である。

第二部冒頭でシーオは船内で夢想した通りの家族と出逢う。ジョン、アンナ、リズベス、ベンの四人兄弟姉妹で、年齢的にはシーオがアンナとリズベスの間に位置する。ヴィクトリア大学で文学を講ずる父と挿絵画家の母を含めた六人家族のカルダー家とシーオは懇意になり、ヴィクトリアでの再会を約束する。シーオはカルダー家の一員になれるよう月に願い、次に気づくとカルダー家のベッドで目覚め、船室で気を失ったシーオをこの家族が介抱して家まで連れて来たと説明される。彼女はこれを夢（本文中の言葉では「魔法」）だと疑いつつも、この丘の上の古い家での日常を満喫し、そこから学校にも通い始める。だが憧れの家族生活を楽しむシーオの幸福も長くは続かず、次第に自分の声が家族に届かなくなり、学校でも無視されることが多くなり、シーオの存在は認識されなくなる。絶望した彼女が床に倒れたところで第二部が終わる。

第三部冒頭は第一部の結末から続く。シーオは船の中でいつの間にか眠っていた。港でシャロンに迎えられ、この伯母のアパートに落ち着くが、シーオはカルダー家のことがすべて夢だったことに喪失感を禁じ得ない。シーオはよくシャロンとテレビを見るようになり、次第に本から遠ざかって行く。それは叶うはずのない憧れを虚構の世界によって刺激されるのに耐えられなくなったからである。夢の中のカルダー家の近くには墓地があり、そこに天使の石像があったのだが、これはシャロンのアパートの近くに実在し、丘の上にカルダー家も実在することがわかった。思わずその家の扉を叩いたシーオはベンに出迎えられ、そこで気を失って倒れる。だがこれを機にカルダー家との交友が始まる。現実のカルダー家は夢で見た理想的な家族ではなく、日常生活にはさまざまな不満がぶつかり合い、小さな諍いが絶えない。何事もなく円満な時でさえ、シーオは自分がこの家族の一員にはなれないと痛感する。やがて彼女は、些細な喧嘩がいつも繰り返されるのが現実の家族だということと、完璧なまでに理想的な家族など存在しないということを知るに到る。

シーオが再び本を読めるようになったのは、一人の作家との出会いが誘因であった。それはカルダー家の本棚から床に落ちていた古い本で、セシリー・ストウンというシーオの知らない作家が書いた『夏の時間』という小説であり、その作家はかつてこの家に住んでいた、とアンナに教えられその本を読み始める。この作家はカルダー家が今住んでいる丘の上の家で生まれ育ち、四十年ほど前に四十一歳で病死した。その本を見つけた日の前夜、シーオはカルダー家に背の高い女の「幽霊」が現われるのを目撃している。『夏の時間』には作者の写真も添えられていて、それが昨晩現われた「幽霊」であることにシーオは気づく。翌朝早く目覚めた彼女は、およそ百年前のヴィクトリアを舞台にしたそのファンタジー小説を読み終え、街の図書館でこの作家のもう一つの小説『ハーリー・ホールのハントリー一家』を発見し、これも夢中になって読む。やがてシーオは例の墓地でその作者セシリーの「幽霊」と出会い、まだ書くべきテーマがあり現世に思いを残していると聞かされる。その物語をシーオに託してセシリーは、幸福も不幸もすべてありのままに見て、つらい時には周囲の人々を「物語の登場人物だと思って」距離を置いて観察し、「現実よりもいい世界」を空想で創り上げそこに逃避するよう助言し、「次の段階へ」去って行く (Pearson, 244–245)。

母は恋人キャルと別れ、ヴァンクーヴァーにシーオを呼び戻そうとするが、シーオがヴィクトリアを離れたくないと主張したので、リーはヴィクトリアで仕事を探すことを決意する。こうしてシーオとリーは和解に到り、最終章ではリーとシャロン、それにシーオの級友も含め皆でカルダー家でシーオの十歳の誕生日を祝う。

シーオにとって読書は現実逃避の手段であった。彼女はさまざまな種類の児童文学や伝承文学を読んでいるが、とりわけ大勢の兄弟姉妹が登場する『砂の妖精』、『ふくろ小路一番地』、『元気なモファットきょうだい』、『若草物語』、『つばめ号とアマゾン号』、『ライオンと魔女』などを好んだ。こうして彼女は空想上の家族を創り上げたのである。シーオにとっては本の中の虚構の世界こそが「本当の世界」であった (40)。だが無論この物語の中心的テーマは読書という「逃避」の勧めなどではなく、「逃避」を通して現実世界を再認識するということである。シーオが過酷な日常生活にどうにか耐えられたのは、そして最終的に（セシリーの助言もあって）現実の全てを受け入れて生きることを決意したのは、読書という逃避を通して現実世界を生きる方法を身に付け、傷ついた内面を再生したからに他ならない。『マティルダ』が読書案内書の機能をも果たしていたのと同様、『覚醒と夢』でもシーオが読む本のタイトルはそのまま作者ピアソンの推薦図書リストになっている。この作品が出版された当初、書店や図書館でセシリー・ストウンの『夏の時間』と『ハーリー・ホールのハントリー一家』を探し求める読者がいたらしい。

文学は逃避か、暇潰しか

シーオにとって本は確かに現実逃避の手段であった。だがすでに言及した通り、それは単なる逃避ではなく、現実世界を再発見する過程として不可欠な逃避である。ルイスも『ナルニア』第二巻『カスピアン王子の角笛』の最終章末尾で、四人の兄弟姉妹がナルニアから現実世界に帰った後、ありふれた日常世界が以前より魅力を増した、と語り手に言わせている。ルイスはまた、魔法の森の物語を読んだ子供は、現実世界の森をつまらないと思うのではなく、現実のあらゆる森を以前より魅惑的に感じるようになる、と指摘する (Lewis, 38)。J・R・R・トルキーンもまた、「言葉の力、石や木材や鉄、樹木や草花、家や暖炉の炎、パンや葡萄酒といったものの不思議さに私が気づいたのは妖精物語の中でのことだった」と証言している (Tolkien, 147)。

言うまでもないことだが、文学は想像力の営みであり、文学的経験を通して現実世界を再認識するにも想像力がなければならない。ダールが文学を擁護してテレビを批判し続けたのも前者が想像力を育み後者がそれを減退させるからである。ルシュディが言う物語を形成する「複雑すぎて説明できない場所」もまた「作者の想像力と独創性」と言い換えることが出来よう。シーオにとってそうであったように想像力は逃避の手段であり慰めであったが、同時にそれは現実を再発見するために不可欠な能力でもあった。人間の経験には当然のことながら限界があり、個人が知ることの出来る世界も極めて狭い範囲に限定される。文学は読者の想像力を培うと同時に、自分の知る世界がすべてではないという当たり前のことを（再）認識させる。文学を楽しめない人はほぼ例外なく想像力が足りない人であり、毎日が退屈だと思っている人の多くは文学の楽しみを知らない人であろう。ある人にとって文学は確かに暇潰しの手段の一つかも知れないが、無論ただの暇潰しというだけではない。『ナルニア国物語』のいくつかの巻で結末に示されている、ナルニア国での冒険を経験した子供が現実世界での（ナルニアと比べて）「退屈な」日常を見直しているという図式は、文学が読者に一時的な「逃避」や「暇潰し」だけでなく現実の日常を楽しむ方法を教えるという事実を暗示しているに違いない。シーオの例に典型的に示されているように、日常の再発見は現実世界に「居場所」を見出すことでもあり、それは自己の再生に他ならない。文学の意義の重要な一部はそこにあると言えよう。

引用文献

Dahl, Roald. *Matilda*. London: Puffin, 2001.
Lewis, C. S. *On Stories and Other Essays on Literature*. Walter Hooper ed. New York and London: Harcourt Brace Jovanovich, 1982.
MacDonald, George. *The Heart of George MacDonald*. Rolland Hein ed. Wheaton: Harold Shaw Publishers, 1994.
Norton, Mary. *The Complete Borrowers*. London: Puffin, 1994.
Pearson, Kit. *Awake and Dreaming*. Toronto: Puffin, 2013.
Rushdie, Salman. *Haroun and the Sea of Stories*. London: Granta, 1991.
Tolkien, J. R. R. *The Monster and the Critics and Other Essays*. London: HarperCollins, 1997.

4

文学の破壊力、そして…
——W・P・キンセラ「モカシン電報」を中心に

大木　理恵子

カナダ人現代作家ウィリアム・パトリック・キンセラ（一九三五—二〇一六）の経歴は、かなり特異である。早くに読み書きを覚え、母親を喜ばせようと掌編小説を書き始めたのが五歳の頃。ひとり息子のクリエイティヴィティを喜び励ましてくれる両親のもとで、執筆活動を楽しみ育ったが、高校を卒業後は役所や信用調査会社に勤めたり、タクシー運転手をしたり、さまざまな職業を転々とし、三〇歳代半ばで、初めて創作の教育を受けることとなる。ヴィクトリア大学で学士号（クリエイティヴ・ライティング専攻）を取得した後は、名門アイオワ大学大学院の創作専攻コースに進み、七八年に修士号を取得した。

大学院在学中の七七年に授業の課題作品として書いた『ダンス・ミー・アウトサイド』でプロ作家デビュー。大学院修了と同時にカルガリー大学英文科の教員となり、約五年間同大学で学生の指導にあたった。小説単行本および短編集の出版に限れば、作家活動を始めてから亡くなるまでに、長編七冊と短編集一九冊、合計二六冊が発表された（そのほかに詩集やアーティストとのコラボレーションによる大型本などがある）。

ところでこの作家は、カナダ西部を拠点とした商業作家のなかでは最も成功したひとりであり、決してマイナーな作家ではないのに、筆者がキンセラと言って、即座に認知してもらえたことは、これまでただの一度を例外として（作家・エッセイストの東理夫氏のみ）皆無である。というわけで、彼を紹介するときには通常、ケビン・コスナー主演『フィールド・オブ・ドリームス』（一九八九）の原作『シューレス・ジョー』（一九八二）の作者と言うことにしている。アイオワのトウモロコシ畑を舞台としたこの野球ファンタジー映画は、各国のボックス・オフィスでヒットを記録し、第六二回アカデミー賞で作品賞、脚色賞、作曲賞にノミネートされたほか、いくつもの映画賞を受賞するなど評判を呼び、多くの人々の心に感動を刻んだ。一方で原作もまたホートン・ミフリン文学賞を受賞した名著であり、多くのファンを持つ。筆者もそのひとりだ。

前述のとおり、二六冊以上の著書をもつキンセラだが、その作品の大半は前述の『シューレス・ジョー』をはじめとする野球をテーマとした作品と、インディアン居留地に住む先住民をめぐる物語に大別される。

本稿で取りあげる後者はすべて短編で、①『ダンス・ミー・アウトサイド』（一九七七）②『傷痕』（七八）③『インディアンに生まれて』（八一）④『「モカシン電報」とその他の短篇』（八三）⑤『フェンスポスト年代記』（八六。八七年度スティーヴン・リーコック・メダル受賞作）⑥『ミス・ホッベマ・コンテスト』（八九）⑦『ブラザー・フランクの福音の時間』（九四）⑧『オーロラの秘密』（九八）の八冊の短編集にまとめられている。これらを筆者は、便宜的にインディアンもの、と呼ぶことにしたいのだが、それらは全体をひとつの作品と見ることも、それぞれ切り口を異にする独立した作品として読むこともできる趣になっている。

語り手として設定されているのは、「ホッベマ居留地」に住む若者サイラス・アーミンスキンである。彼の属する「アーミンスキン族」の母語はクリー語で、英語は外国語だが、サイラスは政府提供の無料講座で英語の読み書きを学び（といっても完全に習得したわけではなく、未だ修業中）英語で作品を発表している小説家という設定である。

サイラスはふたつの顔をもつ。ひとつは、体重四百ポンド（一八〇キロ超え）の巨漢女性呪師《メディスン・ウーマン》マッド・エッタの助手をしながら居留地に暮らす普通の若者としての顔。もう一方は居留地外のマスメディアの世界に出入りし白人社会と居留地社会との仲介者の役割も果たす文化人としての顔である。小説は全て、その彼が執筆した、居留地の内外で起きるさまざまな出来事をテーマとした短篇という形式で作られている。

これらの作品群には、白人とインディアン、居留地のインディアンと居留地外にすむインディアン、社会活動に熱心なインディアンとそうでないインディアンなど、さまざまな人物が登場する。そして、その多様な価値観や判断基準、社会通念が交わり、ぶつかりあったときに生じる不協和音が、独特のユーモアに変換され、完成度の高いトールテイルとして提示されている。そのトールテイルは、単なるユーモア小説にとどまらない。すなわち、読者である私たちの価値観、判断基準、社会通念をも覆すような大きな力を内包しているという点で、卓越しているのだ。

本稿では、著者キンセラの、四番目のインディアンもの短編集の表題作「モカシン電報」を例にとり、マーク・トウェインを彷彿とさせるトールテイルとしての特徴を分析するとともに、その破壊力について考察していく。なお、引用は、「モカシン電報」の本文については本稿末に記した村上春樹訳を使用し、引用元として示したページ数は翻訳ではなく原典のものを示すことにする。そのほかの和訳は筆者による。

文学的トールテイル

物語は、居留地きってのならず者バート・レイムマンが、酒と薬による酩酊状態で、盗んだ銃を手にウェタスキウィンの町のセブン・イレブンに乱入したことについての、サイラスの聞き書きから始まる。アルバイト店員である白人の高校生を無言で射殺したバートは、レジの金を奪って立ち去る。彼は警官によって射殺されるが、遺族は貧しく、またバートに同情するものもいなかったので、彼の葬式は延期されるのだが、それを聞きつけた全米最大規模のインディアン権利運動団体であるＡＩＭ（アメリカインディアン運動 American Indian Movement）の幹部は、「警官に射殺された強盗殺人犯」を、「謀殺された同胞」と読み替え、その死を好機ととらえることで、葬式を利用した新入会員募集のキャンペーンを企てようとする。ＡＩＭの組織を通じて、北米大陸各地の居留地から、さまざまな部族のインディアンが続々と集まってきて、町には前代未聞の数のインディアンが溢れることになる。先住民たちの突然の大移動に驚いた白人報道関係者は居留地を訪れ、取材インタビューを試みるものの、インディアンたちは真面目に応じようとしない。「謀殺された同胞」のための葬式は、最終的にホッケー場を借り切り、多くのインディアンが参列して盛大に執り行われた。しかしこのイベントを通じてＡＩＭが獲得した新入会員は、たったの三人だけだったというのが落ちである。

まずは、文学的トールテイルとしての特徴を、表現的なテクニックの面から指摘してみることにする。第一に挙げたいのは、語り手サイラスの使う「インディアン英語」である。当然のことながら、実際に執筆しているのはカナダ生まれの英語を母語とする白人作家なので、この「インディアン英語」自体がフェイクであることは押さえておかなければいけないが、主語や時制にとらわれない自由な動詞の活用、人称代名詞の主格と目的格の混同などを織り交ぜて語られる滑稽なフィクションは、まるで直接当事者から聞くノンフィクションであるかのように、迫真の臨場感を帯びて聞こえてくる。

第二に、数字や所番地などについて、具体的かつ詳細に描写されていることがあげられる。たとえばバートが押し入ったコンビニエンスストアの屋号と場所（四九番街沿いのセブン・イレブン）、そこでレジから奪った金の妙に半端な金額（二七ドル）、臨時のＡＩＭ新会員募集受け付けカウンターが設けられた場所（アリス・ホテル Alice Hotel の向かいの、五一番街の角）など。ＡＩＭの幹部らの一時的な詰所として使われるトラヴェロッヂは、どこにでもあるモーテル・チェーンであり、セブン・イレブン同様、親しみ深くまた知名度の高い施設である。これらが具体的に示されることによって、読者の意識の中では、キンセラの構築したフィクションの世界と現実社会との間に厳然と存在するはずの境界が曖昧になっていく。そして、いつのまにか、サイラスの語る世界が、現実の世界の延長に、ごく自然に存在しているような錯覚に陥るのだ。

第三に、ナレーターの口調が終始一定のトーンを保っていることがあげられる。どのような面白い場面でも、語り手自身の笑いや高揚感を表に出さず、淡々とつづられるサイラスの話はマーク・トウェインの笑いにも通じるデッドパン・ユーモアであり、その語りそのものが、デッドパン・パフォーマンスといえよう。葬儀を執り行ったカトリック司祭アルフォンス神父がバートについて語ったのは、「彼がこんなに若くして死んだのは遺憾であるということだけであった」、と述べた直後に、「ちょうどそのタイミングで神父さんのマイクが壊れてしまったので、何かそれ以上話すつもりでいたとしてもどうせ無理だったんだけどね」と読者の不意をつく追加情報が加えられる部分などがその典型的な例である。

第四に挙げられるのが、AIMが仕組んだ新入会員募集キャンペーンの規模が、トールからトーラーへと、短期間のうちに、読者の予想を裏切るほど巨大化したのち、急速に元に戻るという状況である。「普通なら二十人も人は集まらなかっただろう。親戚が何人かと、友達が一人二人。それもバートにそんなにたくさんの親戚・友人がいてとしての話だ(28)」とあるとおり、本来ほとんど参列者が集まるはずもない極悪人で嫌われ者のバートの葬式にやってきた人々で、町があふれかえり、参列見込み者が加速的に増加し、一週間で三〇〇倍の六〇〇〇人に膨れ上がったかと思うと、葬式が終わると同時に居留地からきれいさっぱりと姿を消すくだりは、数字上の急高下であると同時に、常識と非常識、日常と非日常の急反転でもあり、圧巻だ。引用を示しながら、順を追ってその経緯を見てみたい。

「金が無かったので、バートの葬式は延期」(21)→「AIMの連中が町に乗り込んできた。まず荷台の車とサウス・ダコタのナンバープレートのついたヴァンが姿を現し、そこからAIMのアルバータのオルガナイザーであるガンナー・ラフランボワーズが姿を見せた。クールなルックスの洒落た連中が五人ほどトラヴェロッジのカクテル・ラウンジで彼の周りに座っていた。彼らは髪をかっこよく三つあみにして、百ドルはする黒のステットソン・ハットをかぶり、プラスチックのインディアン・ジュエリーを身に着けていた(21)」→『一週間後に殺されたブラザーの葬式をやる』(21)」と、ガンナーが宣言→「一日か二日のうちにウェタスキウィンの町の通りはこれまで見たこともないくらいの数のインディアンで溢れるようになった(22)」→街にある「ゴールド・ナゲット・カフェ」が「火曜日だってのに週末より忙しい」(22)→「葬式の前日の夜はどこのカフェも店もバーもインディアンで一杯」、「ラコームからエドモントンにいたるモテルというモテルは皆満員」(29)→「葬儀は十時に始まることになっていたが、アリーナは八時にはもう人で埋まり始めていた(29)」→「葬儀には六千に近い人が集まったに違いない。…中略…でも外に出たとき、僕はもっと度肝を抜かれてしまった。アリーナの正面から五十一番街までずっと、おおよそ六フィートごとに道の両側にインディアンが気をつけの姿勢をして胸の上で両腕をくんで立っていたのだ。年老いた白馬が棺を乗せたトラヴォイを牽いてその儀仗兵のあいだを通って遺体安置所に向かった(30)」

葬儀会場もまた、参列者の予想数が増えるに伴い、次々と変更されていった。

「葬儀。最初それは居留地にあるアルフォンス神父がやっている小さな教会でとりおこなわれるはずだった」(28)→「翌日葬儀の会場はウェタスキウィンにある大きなセイクリッド・ハート教会の方に変更された。そしてそれから五百人収容できるカナダ在郷軍人会館に移された。しかし人はどんどん増え続け、町はまるで干し草を詰めたズック袋みたいに膨れ上がり、会場はホッケーアリーナにまた変更された(28–29)

ここでもたらされる笑いは、会場が無名な殺人犯の葬儀会場としては異例の規模に、加速的に拡大していくことによって誘発されるものだが、それは同時に、会場の性質が、葬儀主催者ＡＩＭの活動趣旨とも、嫌われ者バートの人物像とも乖離した方向に変化するという相乗効果により、さらにその質を高められている。

国家レベルの搾取と抑圧の被害者ともいえる先住民の中でも、政府を相手取った人権要求や裁判などで知られる活動家集団ＡＩＭが、国家権力の象徴でもある軍隊の施設を借り受けるという諧謔。また、同朋からも愛想をつかされた極悪人マイノリティの葬儀と、カナダ国技のひとつであるホッケーの競技場という組み合わせほどちぐはぐなものはない。組み合わせは、似合わなければ似合わないほど、ダイナミックな笑いを生む。会場設営のドタバタ劇は、会場がホッケー場に落ち着いた後も続く。その広さに見合う巨大な祭壇を建築させたところ、こんどはその祭壇が大きすぎてしまい、今度はそれを覆う布を調達するのに四苦八苦する(29)というところで話はクライマックスに達する。

葬儀終了後、各地から終結したインディアンたちが消えるのも早かった。「ほどなく乗用車やピップアップやヴァンがハイウェイ2Aのほうに向けて町を出て行った。そして北なり南なりに行ってしまった(31)」のだ。

こうしたいきさつがるからこそ、最後の落ちがより際立って効果的なものとなってくる――「あれだけ騒ぎまわったというのにAIMが得た新入会員はたったの三人だったと誰かが教えてくれた」(31)。

六〇〇〇人を動員し、凝りに凝った演出の末の三人である。動機はどうあれ、家族の代わりに莫大な労力と時間を投じて殺人犯の葬式を出し、母親には葬儀にふさわしい上着まで支給してくれたAIMに、彼女も、そしてバート以外の四人の同胞たちも、加入しなかったのだ。

次に指摘したいのは、先住民に対する白人の固定観念や先入観を逆手に取ったインディアン式の法螺の技巧である。虚偽を真実であるかのように語るホークスもまた、伝統的なトールテイルの手法の一つである。

インディアンと白人報道関係者との攻防を描いたシーンは、インディアンの大集結について取材するために、マスコミが大挙して訪れるところから始まる。数冊の本を出版した小説家ならいくらか話の通じる文化人に違いない、格好のスポークスマンになってくれるだろうという安易な考えからか、「呪師助手の」「サイラス・アーミンスキンさん」を名指しで居留地を訪れ、何が起きているのか事情説明を求めるのだ。

「葬式に人がいっぱい集まってるんだ」と僕は言った。…中略…「でもこの今もぞくぞくと人が集まってるんですよ。北オンタリオのスー・ルックアウトみたいな遠くから来てるのもいるし、北西テリトリーとか、アリゾナとかニュー・メキシコとか、コロラドとかからも来てるし、プレイリー諸州いたるところから集まってますよ。……」(23)

夜の一一時を過ぎた突然の取材攻撃に戸惑うサイラスのもとに、親友フランク・フェンスポストがどこからともなく現れ、自分はサイラスのマネージャーだと名乗る。フランクはまず唐突に「ある不吉な週末、熊は自らの仔を食うであろう」(24)という一言を発する。もちろん出まかせである。続けて彼は「フランク酋長と呼んでくれ給え」(24)という。これも事実ではない。フランクは非常に頭のきれ機知に富んだ若者だが、白人的価値基準でいえば、生まれてこのかた十分な教育を受けたこともまともな職業に就いたこともないダメ人間である。もちろんAIMの活動などには、一切興味関心がない。

白人の記者たちが思い通りの反応をするのを見て取ったフランクは調子づいて、さらに出まかせを重ねる。

彼は、我々インディアンは生まれた後で父親が初めて目に留めたものを名前としてつけられるのだという話をした。これはなかなか面白い話ではあったが、最後にラジオの女性レポーターを仰天させるような卑猥な言葉が出てきた。(24)

それでもなお、白人記者たちは、自分たちがフランクにだまされていることに気付かない。そして「しゃれた黄色い髪の、耳に大きなフライパンのようなヘッドフォンをつけたテレビの人間」(25)は、「フランク酋長、ここに集まっているというのがみんなにどうしてわかったのでしょう?」と、まじめに質問をなげかけ、相手を自分のペースに巻き込んでいく。

「あんたモカシン電報っての聞いたことないのかね?」…中略…「モカシン電報というものはだな、我我インディアンが遠くにいるインディアンにメッセージを伝える方法に白人が付けた名前だ。あんたにはその秘密を教えてやろう。秋になるとソウゲンライチョウが森の下ばえの中で太鼓をたたくような音を立て、それが何マイルも遠くまで届くことをあんたも知ってるだろう。さて、遥か昔にバッファロー・フー・ウォークス・ライク・ア・マン(人みたいな歩き方をする野牛)という偉い呪師がいて、この人がいろんな薬草やら根やらをヤマアラシの膀胱のなかで混ぜて、それを使ってソウゲンライチョウの皮をなめしたんだ。そしてその皮を特別な太鼓に張ると、その音はだいたい百マイルくらいは遠くまで届くんだ。…中略…メッセージがヒュウと音を立てて平原を横切っていくのだ。呪師から呪師へと。そしてすべてのインディアンにいつ集会やら、儀式やら、あるいは今回のようにバート・レイムマンの葬式に集まれと伝えるのだ」(25)

百マイル(一六〇キロ)離れた所でも聞こえるというモカシン電報の話に圧倒された記者たちは、「テレビから飛び出してきたビッグバードを見た三歳児」(25)のごとく呆然となる。

彼の態度や話は、本物のインディアンよりもインディアンらしい(この本物よりも本物らしいインディアン、というテーマは、『フェンスポスト年代記』所収の「本物のインディアン」他で繰り返し語られることになる)。そんな彼の話は、もちろんほぼ全てがでまかせの法螺である。フランクは、不正確で乱暴なステレオタイプと持ちうる限りの知識の断片をもとに、白人が期待するインディアン像を構築し、それを提示しているに過ぎない。ヴァラスカキスの的を射た表現を借りれば、「…先住民らは、ステレオタイプ化、文化の盗用、そしてアシュリン[カナダの政治漫画家。一九四三—]が漫画で表現(一九九〇年四月三〇日付『モントリオール・ガゼット』紙B二面)したようにインディアンを『マフィアの戦士』として犯罪者扱いする原始主義のポリティクスに苦しんできた」(Valskakis, 83)に違いない。しかしAIMの活動家らが、政治的行動を通じてその不条理を糾し権利を主張しようとするのに対し、サイラスやフランクにとってはただのAIMは「モカシンをはいた馬鹿」(22)、アスホール・イン・モカシンズ(Assholes In Moccasins)なのだ。

騒ぎに便乗して白人をからかってやろうと考えたのはフランクばかりではない。サイラスのガールフレンドの兄デイヴィッド・ワン・ウーンドは、「幾種類かの創造的無断拝借」(27)で生計を立てている。そのひとつが、車のタイヤを無断拝借し、その後再び持ち主にそれを売りつける手口を使っての荒稼ぎである。常に携帯している「自動車用のジャッキやラグ・レンチや六種類のドライヴァー」(27)を使い、四分未満で車のタイヤを四つとも外すことができるのが自慢である。彼と仲間たちは、「フランク酋長」が白人報道関係者たちと話をしているすきに、瞬く間にCBSの報道車からタイヤ二つを外し、代わりに木のブロックをあてておくという早業をやってのける。車の中にいた放送局の技術者さえまったく外されたことに気付かない。タイヤがなくなっているのを見た白人は、怒って警察を呼べと言い出すが、インディアンたちは全く慌てることがない。そこに、先刻外したばかりのタイヤとホイールを手にしたデイヴィッドとその仲間が登場し、「ひとつ百ドルで売ってあげるよ」(28)と持ちかける。騙されたことに気付いた白人たちは「でもそれ俺たちのタイヤだ」(28)と主張するが、インディアンたちは、心外だと言わんばかりに白人社会の民主的方法、つまり多数決で決めようと提案する。「……これがインディアンのタイヤだと思うもの何人いるか、これが白人のタイヤだと思うもの何人いるか」(28)　なんと白人の中にも前者に投票した者がおり、圧倒的な多数決で負けた白人は二百ドルでタイヤを買い戻す羽目になる。

フランクの演技にすっかり騙され振り回され、面白いように右往左往する白人たちに対し、インディアンたちは彼らをからかうことを悠然と楽しんでいるように見える。

「今何人くらい集まっていると思われますか？　そして葬儀の日まで何人くらい集まると思いますか？」と銀色の髪をした若い女が質問した。…中略…

フランクはぎゅっと顔をしかめた。「…中略…俺は数のことほんとによくわからんのだ。十一まで数える時のために俺はいつもズボンのチャック開けとかなきゃならんのだわ」(25)


フランクが満足したのは、自分の作り話の出来栄えではなく、女性レポーターの視線が思惑どおりに自分の下半身に向けられるのを確認したことであった。

笑いの破壊力

以上のように、この作品にはインディアン風のアクセントを生かした語り口、具体的かつ詳細な描写、数字や規模の急激な変化、法螺の多用をはじめとする、多くの伝統的トールテイルの手法が使われ、完成度の高い逸品に仕上がっている。しかしこれ読んだ読者の心に残るのは、よくできた話を読んだ後の満足感だけだろうか。少なくとも筆者の場合はそうではなかった。抱腹絶倒の笑いの中に、読者が日ごろ疑いもなく受け入れている既成概念を思いもよらぬ形で根底から覆すような力、ヴァンダリズム、破壊力を痛烈に感じるのだ。

そうした破壊力は、この作品にみられる騙す側と騙される側の関係、マイノリティとマジョリティの関係、圧力を加える側と加えられる側の関係、勝者と敗者の関係などを、予想される読者（英語圏の、一定以上のレベルの教育を受けている白人および知的文化的レベルが彼らと同等以上の人たち。いずれにしても非インディアン）が共有する社会通念と比較するとき、くっきりと浮かび上がってくる。歴史、特にアメリカ大陸における白人対インディアン史のなかで、開拓という大義名分の下、騙し、圧力を加え、勝利をあげるマジョリティは、常に白人であったはずだ。ところがキンセラの小説の中で、騙し、圧力を加えるのはインディアン、騙され、迫害されて悔しい思いをするのは白人だ。日常の世界ではあらゆる面で優勢の側に立つ白人たちが、居留地の中では、圧倒的多数のインディアンたちのなかで少数派になる。そして、先住民のために「とっておいた土地」、リザーヴとは名目ばかりの不毛の地に強制的に囲い込まれたインディアンを代表して、フランク・フェンスポストは、その名のとおり、白人報道関係者たち、ひいては物語外の現実世界に飛び出し、読者までをも囲い込むフェンスの杭となる。しかもトールテイルという全くの非暴力的手段を使って。

以下の引用は、葬儀のあとに、ラジオのレポーターがバートの母親に行ったインタビューを聞きかじったサイラスの感想である。

「ミセス・レインマン、他のお子さんのことを聞かせてください」…中略…彼女は長くしゃべったが、要するに三人の子どもはまともに育ったが、あとの三人は駄目だったという内容だった。レポーターはその答えにあまり感心しなかったが、僕は感心した。このあたりの平均に比べると遥かに上出来だったからだった(30)

ここでサイラスが読者に提示するのは、まともな大人に成長する確率が六分の三、（五割）で上出来という、一般の価値観が全く通用しないトンデモ社会だ。しかし自然体で生きるインディアンの現代っ子たちの生き方を、彼らのでたらめさやずるさを含め、まるごと受け容れた時、読者にとって本来身内であるはずの白人記者は本当にフライパンをつけた奇妙な人間に見えてくる。そして圧倒的な破壊力を前に、読者の既成のインディアン観は意味を失う。

とはいえ、所詮それは白人作家の描くフィクションに過ぎず、白人目線のステレオタイプを前提としたユーモアであるとする批判もある。現にアルバータ大学ルディ・ウィーブ名誉教授が、キンセラの一連のインディアン小説について、先住民を愚弄し、彼らの声を盗用したものだ、と発言したことに端を発し、作家本人と大論争になったのも、記憶に新しい。作家はウィーブに対してさまざまな場面で猛反発した（もともと、精力的にインディアン物を発表していた時期に、本物のインディアンに直接取材して書いたものではなく、新聞報道などを通じて知り得たエピソードに着想を得て、全て創造していると繰り返し公言するなど、そもそも文化の盗用問題について著者は自分なりの見解をもって執筆にあたっていたのは明らかだし、当事者のインディアンからの抗議も受けていないことにもたびたび言及していたのだが）。キンセラは、インディアンだけでなく、どんなマイノリティにもなりきって描く自信があるという。つまり彼は、人道的な立場から先住民再評価を訴えているのではないのだ。インディアンという縛りを差し引いてなお残るのは、キンセラが「文化のぶつかり合い」(Murry 3) と呼ぶところに生じる思いがけない展開、そして、マイノリティの人々がすべからく持っていると作家が信じる「マイノリティのメンタリティ」(同) の作用、すなわちマジョリティの横暴に逆襲する常套手段、揶揄いの内に潜む、笑いの破壊力といえる。

おわりに

一九九七年、作家は交通事故に遭い、大けがを負った。一命は取り留めたものの頭部に大きなダメージを受け、嗅覚と味覚、そして集中力を失い、事実上の断筆を余儀なくされてしまった。五感のうちのふたつを失った彼の一四年ぶりの長編小説『蝶々の冬』(二〇一一) をみると、以前の作風との差は痛々しいほどである。さらに病を得、治る見込みのない重い糖尿病と腎臓病に苦しんで数年を送った彼は、二〇一六年六月に可決されたC－一四法案による安楽死の手続きを行い、同年九月一六日、医師の幇助を受けこの世を去った。

その二ヵ月後の二〇一六年一一月、小説家にとって最後の著作となった『マトリョーシカ』が死後出版された。それは、キンセラが生涯を自ら閉じる決心をしてからの数ヶ月間、持ちうる集中力のすべてをかけてまとめた短編集で、タイトルの通りマトリョーシカのような入れ子構造を持つ物語だ。

その枠物語の主人公は苦悩する小説家のウィリーという男で、素性の知れぬ女性クリスティと同居している。そんな女とは関わらないほうがいいと、友人に忠告されるが、断固耳を貸そうとしない。その理由が序章にはっきりと、語られている。

「ミューズ、彼女はまさにミューズだ。僕が信じれば、それは真実。文学は一〇人目のミューズの物語に満ちている。クリスティ、そして彼女に付随してくるものは、たとえそれがどんなものであっても、僕は決して離さない」(*Russian Dolls* 3)

何があろうと文学の女神と運命を共にするというウィリーの宣言には、まさに死を前にした作家の、文学に対する覚悟が託されている。――破壊力だけではない。文学は、人が生きる意味そのものであり、その命を左右する力まで持ちうるのだ。

参考文献

Kinsella, W. P. *The Moccasin Telegraph and Other Indian Tales*. David R. Godine, 1984.

——. *Russian Dolls: Stories from the Breathing Castle*, Coteau Books, 2016.

Murray, Don. *The Fiction of W.P. Kinsella: Tall Tale in Various Voices*. York P, 1987.

Valaskakis, Gail Guthrie. *Indian Country on Contemporary Native Culture*. Wilfrid Laurier UP, 2005.

文学に飽きた者は人生に飽きた者である

W・P・キンセラ「モカシン電報」村上春樹訳『and Other Stories: とっておきのアメリカ小説一二篇』文藝春秋、一九八八年.

5

ヴェトナム・ヴェテランの経験の行方と「対幻想」
――ティム・オブライエン『イン・ザ・レイク・オヴ・ザ・ウッズ』

松本　一裕

ヴェトナム・ヴェテラン――消されゆくマイノリティの経験

ヴェトナム・ヴェテランたちはアメリカ社会におけるきわめて特異なマイノリティである。しかし、彼らをいわゆる「マイノリティ」という概念で捉えることに対する違和感は別にしても、「特異なマイノリティ」という表現が不自然に響くのは否めないだろう。もとより「マイノリティ」自体が、特異という烙印を、支配的な既存秩序の主体をなす「マジョリティ」によって捺され、差別されてきた存在であるのだから。そしてなによりもその上で彼らが集団として目指してきたのが、一九六〇年代からことに顕著になったマイノリティの差別撤廃運動や市民権運動をはじめ、多文化主義を背景にしたハイフン付きアメリカ人のエスニック・アイデンティティの主張、さらには昨今のLGBTの認知運動に明らかなように、社会におけるその特異性に対する偏見を払拭し、個性は異なっても同等の存在として自分たちを一般に受け入れてもらうことなのだから。すなわちマイノリティ集団としてそれぞれ経験してきたことや経験しつつあることが、アメリカ社会全体の経験を構成する重要な要素としておのずと違和感なく承認され受け入れられることこそ、マイノリティ運動の担い手たちが望んできたことである。その意味で「マイノリティ」という用語は、特異性の烙印からその解消にむかう動きを内包している。だからこそ、「特異性」をめぐるこのような方向への動きを示唆する用語にあらためて「特異な」という表現を付加することは、その動きと撞着し、不自然としか言いようがない。だがヴェトナム・ヴェテランたちがアメリカ社会において置かれているそれこそ「不自然」な状態を適切に示すには、この撞着した表現でしかありえないのである。

アメリカは差別のめだつ国である。しかしその差別された対象を実に意欲的に受容する国でもある。サクヴァン・バーコヴィッチはそのような一見矛盾したアメリカの特質を「排斥による包容」(to incorporate by exclusion) 能力と洞察したが、要は、一方でいわゆる「想像の共同体」の準拠として歴史的に「アメリカ」という言葉に凝縮され育まれてきた象徴やイデオロギー、それに対しても一方で現実のアメリカ社会に蠢くその準拠から外れたさまざまな異質な存在や物事、これら両者が単純にネガティヴな緊張関係にあるのではなく、排斥と包容をつうじて本質的に互いに補完し合う関係にあるということである (Bercovitch, 14)。つまり「アメリカ」はその秩序からはみ出る異質なものを積極的に差別し拒否するが、ついには自らのリベラルな理想に照らし合わせて、それまで拒否していた対象を受容し、結局は「アメリカ」の理想に基づく圧倒的な包容力、ひいては「アメリカ」と政治的構築物である「合衆国」とを結びつける建国の要である「自由」と「平等」の価値観をあらためて確認することになるのである（同前）。だから、このような「排斥による包容」のメカニズムによって「想像の共同体」としての「アメリカ合衆国」の堅固さは保証されてきたと言えるだろうし、さらにはこのメカニズムにおける「排斥」と「包容」の関係を裏書きするように「特異性の烙印からその解消へ」と向かうマイノリティの運動も進展してきたと見なせるだろう。

しかしヴェトナム帰還兵たちはこのメカニズムから排除されている。より正確には、ヴェトナムでの経験を否定することでしか、すなわち自分たちを「ヴェトナム・ヴェテラン」として本質的に結び付ける（さらには自分たちの存在根拠でもある）ヴェトナムでの戦場経験を奪われることでしか、アメリカ市民として「想像の共同体」に復帰できない状況におかれている。共通の特別な経験を核にした「マイノリティ」集団として自己の存在を主張し、自らの存在をその経験とともにアメリカという「想像の共同体」に受け容れられる——そのような道筋を彼らは拒まれているのである。

例えば、ヴェトナム戦争文学の代表的な作家ティム・オブライエンは彼の自伝的な第一作『僕が戦場で死んだら』(1973) でこのことを象徴的に語っている。戦場からの帰還が最終的に完了するのは、兵士たちが母国の土を踏んだときではなく、戦場での彼らの体験と精神的な重荷を母国社会が受容してくれたときであろうが、そのような帰還はヴェトナム帰還兵たちに訪れはしないことを彼は示唆している。

〔母国に帰還する兵士たちを乗せたチャーター機内で〕客室乗務員《スチュワーデス》が客室にやってきて……目に見えない殺菌スプレーを噴霧し、蚊を殺し未知の病気をやっつけて、彼女らとアメリカをア

ジアの悪から保護し、われわれ帰還兵を永遠に浄化しようとする。(*If I Die*, 203)

母国に降り立つにあたって、帰還兵は殺菌消毒を必要としている。すなわち、彼らの戦場での忌わしい経験は、毒気を抜かれて人畜無害なものになり果てる必要があるわけだ。しかしオブライエンがこの第一作品発表のほぼ二十年後、「ニューヨークタイムズ」日曜版付録誌掲載のエッセイで、「ナムに行かなくてもナムにいるんだ」「とにかく一分一分が今もって戦時なんだ」(「私の中のヴェトナム」、一二〇、一二五)と赤裸々に訴えたように、社会側が「浄化」したつもりでも、多くの帰還兵にとってヴェトナムでの経験は自らの存在自体と切り離すことなどできなく、彼らの日常生活は色濃くその影に覆われている。

ヴェトナム・ヴェテランと彼らの経験を拒否しようとする社会をめぐるそのような葛藤の問題は、戦場での経験を担わざるをえない帰還兵を「異常」であり「特異」であるとすることで処理されてきた。例えば、戦場での経験の記憶に苛まれるヴェトナム帰還兵の息子に耐えきれず、「おまえは私の息子ではない」と発するに至る母親は稀ではないと精神科医のジョナサン・シェイが報告しているが (Shay, 2)、一般社会の場ではこの極端な事例における苦悶が消え去り(すなわち苦悶は帰還兵のみに押しつけられ)、ヴェトナム帰還兵たちは「おまえはわれわれの仲間ではない」ときわめて安易に排斥されてきたのである。だからこそそのような社会の態度に抗うように、ラリー・ハイネマンは『パコの物語』(1986) において、訪れる先々のコミュニティーから拒否されるままに次々と州境を越えて西へさらに西へと放浪を余儀なくされるヴェトナム帰還兵にこだわり、フィリップ・カプートは『インディアン・カントリー』(1987) において、ヴェトナムから帰還後に身を寄せた実家に居場所がなく放浪し、その後ミシガンの森林地帯で自らの家庭を築くも現実社会と齟齬をきたし、戦死者との妄想世界での交流に引き込まれていく元兵士の姿を描き、ティム・オブライエンは『兵士たちの担うもの』(1990) において、ヴェトナムの戦場で兵士たちが担った物質的および精神的な荷物だけではなく、帰還後にも彼らが担わざるをえない不明瞭な精神的な重荷(「顔を持たぬ責任と、顔を持たぬ悲しみ」、*The Things*, 203) の存在を訴えているのである。

オブライエンはニューヨークタイムズ掲載の先のエッセイで、直接の当事者でなくとも自分たちに精神的な重荷を抱かせるヴェトナムでのアメリカ兵による残虐行為をいともたやすく処理してしまう国家と司法システムに対して、「裏切られたという気持ちをもっている」と宣言している(「私の中のヴェトナム」、一一一)。つまり惨劇に直接に関わった兵士のみが一般の殺人犯と同様に裁かれて「罪あり」とされ、ヴェトナム帰還兵を含む一般市民はその犯罪には関係なき者として浄化されることになる、すなわち「アメリカは自らを罪なしと宣言した」(同前) のである。だからこそ、いつまでもヴェトナムでの経験の痕跡を引きずる帰還兵の存在はアメリカにとって疎ましい。「罪あり」と「罪なし」の秩序づけに収まり切れない経験や感情や記憶を抱え込まざるをえないヴェトナム・ヴェテランたちには居場所がない。アメリカは悪を示唆する経験を排斥するが、自らを構成し育む経験としてそれを受容することはありえないのである。そのようなアメリカの本質についてオブライエンは「われわれの国家の神話の中に、悪なるものが占める位置はないようだ。われわれはそれを消去してしまう」(一〇七)と指摘する。

そのようにアメリカ社会から排斥され、バーコヴィッチのいわゆる「排斥による包容」のメカニズムから外されたヴェトナム・ヴェテランたちの経験は、彼らのみに担われてかろうじて存在していると言うほかない。その彼らもそろそろ余命いくばくもない年齢に差しかかりつつある。そして人知れず、彼らとともに(さらには彼らの内面においても)その経験はしだいに消えつつある。他のマイノリティ集団とは異なり、ヴェトナム・ヴェテランには彼らの経験や記憶を直接に受け継ぎ担う後継の者たちは存在しない。この意味でも彼らは「特異なマイノリティ」なのである。確かに、公共の歴史的記録や記憶として彼らについての膨大な資料が残されてはいるが、それらはあくまで知識世界のことであり、「顔を持たぬ責任と、顔を持たぬ悲しみ」の経験は彼らとともにその存在が失われようとしているのである。

その神話の中に悪なるものを容認しようとしないアメリカという「想像の共同体」に受け容れられることなく、ヴェトナムの経験を担ったままヴェトナム・ヴェテランたちはアメリカ合衆国に居住しながらも、「特異なマイノリティ」として社会的には居場所を与えられないままに彷徨っている。一方にアメリカという共同体、もう一方にヴェトナム・ヴェテランが担う経験、この特異な両者の関係を突きつめたとき何が明らかになるのか――ティム・オブライエンの現在のところヴェトナム戦争を直接に扱った最後の作品『イン・ザ・レイク・オヴ・ザ・ウッズ』(1994)が、この問題をほぼ究極まで描き切っている。

承認という「愛の問題」の偏在

『イン・ザ・レイク・オヴ・ザ・ウッズ』は極めて複雑な小説である。中心軸に、ヴェトナム・ヴェテランで上院議員選挙に敗れたジョン・ウェイドをめぐる客観的視点による語りの章があり、この章と交互に、ウェイドと失踪した彼の妻に関連する様々な人物の証言のみならず、ヴェトナムでの惨劇に関する法廷証言、さらに専門書や文学作品の引用などが箇条書き的に提出される「証拠」と題された章、これらの証拠を基に語り手がウェイドの妻の失踪の謎と彼の過去に迫ろうとする「仮説」の章が挿入されている。そしておもに「証拠」の章で（まれには「仮説」の章でも）「脚注」が施されており、ときおりその脚注でこの小説の作者であるはずの「私」が前面に出て、ウェイドという人物を追求することの難しさ、歴史を掘り起こすことの限界、また自己のヴェトナムでの経験について語ったりもする。ただし本論では必要以上にこの複雑な構成の詳細には立ち入らずに、この作品が結局のところ何を成し遂げているのかについてのみ焦点をしぼり考察してゆくことにする。

『イン・ザ・レイク・オヴ・ザ・ウッズ』は、一九九五年度の「ジェイムズ・フェニモア・クーパー賞」を受賞している。この賞はアメリカの歴史上の出来事に関して何らかの理解を深めることに寄与した文学作品に与えられるもので、『イン・ザ・レイク』はいわゆる歴史小説として評価されたことになる。確かに作品では一九六八年に起きたソンミ村ミライ集落虐殺事件が、主人公のジョン・ウェイドと関連づけられながら、様々な証言や証拠に基づき掘り下げられている。ただ、この作品が最終的に成し遂げていることは、この文学賞が典型的に示している世間一般の評価とは随分と異なったところに存在する。すなわちこの作品においては歴史的事件の探求がそれだけで意味あることではなく、その事件の当事者の一人である登場人物を設定することで、その人物がヴェトナムにおける負の経験と将来どのように関係していくのか、さらには「脚注」で顔を出す作者がこの人物を想像力をもって追求することで、自らの「顔を持たぬ責任と、顔を持たぬ悲しみ」に明瞭な輪郭をいかに与えるのか、これらの観点こそ注目されるべきである。

作品最後の「証拠」の章の脚注で、「作者」があからさまに「私」としてこのような告白をしている。

あの醜悪な戦争から二十五年たち、私に関しては、記憶らしい記憶はほとんど残っていない。……私はろくに思い出せず、ろくに感じもしない。消去は必要なのかもしれない。人間の精神は身体同様、防衛機能を備えているのかもしれない。感染を防ぎ、悪性腫瘍を封じ込めてしまわなければ、こっちがやられてしまうのかも。……そうだとしても、やはり奇妙だ。ときおり、特に一人きりでいる時だが、この古い断片的な記憶はだれか別の人間から盗ってきたものではないか、かつて読んだり耳にしたりした小説の断片の名残ではないかと、ふと思ってしまうことがある。私の経験した戦争は私に属してはいない。奇妙だが、今この瞬間でも、数十年の長きにわたるジョン・ウェイドの沈黙と虚偽と秘密の苦しみに満ちた歩みの方が生き生きと鮮明に迫ってきて、遥か昔の自分の体験よりも本物らしく思える。たぶんそのためにこの本は書かれたのかもしれない。私が記憶を蘇らせるように。私の消え去った人生を取り戻すように。(*In the Lake*, 298)

この作品とほぼ同時期に執筆されたエッセイ「私の中のヴェトナム」でティム・オブライエンは、ヴェトナムの経験や記憶が現在と地続きであることを強調しているのに対し、ここで姿を現した「作者」は現在の自分にとってその経験や記憶が疎遠になってしまっていることを告白している。この作品に出現する「作者」と本来の作者であるオブライエンを安易に同一視するわけにいかないのは常識だが、ノンフィクション「私の中のヴェトナム」に「私」として姿を現すティム・オブライエンとこの「作者」の関係はかなり緊密と推測しても誤らないだろう。というのもオブライエン本人がインタビューで『イン・ザ・レイク』に触れ、「この小説は実のところ〔ニューヨークタイムズ〕掲載文を先取りしている」(Herzog, 157) と述べているし、インタビューを行ったハーツォグ自身もこのエッセイを、『イン・ザ・レイク』に対する「最終的な脚注」とみなすべきと断言している(同前)からである。この観点からすると、ヴェトナムでの経験に関して「ろくに思い出せず、ろくに感じもしない」という「私」が、『イン・ザ・レイク』においてジョン・ウェイドという仮想人物を追求し創作していく過程で、社会的にも排除され、個人的にも時間の経過と社会適応優先によって失われつつあった「記憶を蘇らせ、私の消え去った人生を取り戻し」た。すなわちジョン・ウェイドを通じて「顔を持たぬ責任と、顔を持たぬ悲しみ」に輪郭を与えて意識的に引き受けるに至った。そしてその「責任と悲しみ」を一九九四年の現在においてまともに担っている人物の姿が、ノンフィクション「私の中のヴェトナム」で戦争から二十五年後のヴェトナム再訪と年下の恋人との愛情問題を同時に語っている「私」ということになる。このノンフィクションを介することによって生身のオブライエンと『イン・ザ・レイク』の脚注の「私」、すなわち「作者」は、緊密に結び付く。すなわち、この「作者」から括弧を外しても的外れにはならないはずと思う。

「私の中のヴェトナム」はヴェトナム再訪報告でありながら奇妙なことに、オブライエンの愛情問題、すなわち当時ハーヴァード大学大学院生であった恋人との破局が、その報告と交互に語られ、しまいにはヴェトナム再訪で呼び起こされたヴェトナムの経験と恋人との破局が相互に重なり合ってしまう。読み返すと、冒頭近くの「昨夜、私の頭の中には自殺という文字が浮かんでいた。問題はするかしないかじゃなくて、どうやって自殺したらいいだろうということだった」（九八）から始まり先に引用した「とにかく一分一分が今もって戦時なんだ」に至るオブライエンの自己の現在の情況についての述懐は、彼の恋愛の破局ともヴェトナムの記憶とも、双方に関連して区別がつかない。すなわち男女関係の問題とヴェトナムの経験とはオブライエンの現在の苦しみにおいて地続き的に結びついている。この結びつきこそこのエッセイの要であり、『イン・ザ・レイク』における最重要テーマである。

『イン・ザ・レイク』における愛情問題は、男女関係以前に父との問題を有している。例えば、ジョン・ウェイドがヴェトナム戦争へ行った動機は次のようなものだった（と作者が想像している）。

ジョン・ウェイドが戦争へ行ったのは、愛の本質に従ったからだった。……ただ愛のために行ったのだ。ただ愛されるために。死んだ父の言葉を想像した。「ああ、よくやった。頑張ったな。お前のことを誇りに思うよ。心の底から誇りに思うよ」……愛を失う危険など絶対に冒すまい。そして目に見えぬ秘密の観衆、いつか会うだろう人々、すでに出会った人々から、愛を永遠に勝ちとることも想像した。愛されたいがゆえに悪事を働くこともあり、そんなにしてまで愛を欲する自分を憎んだこともあった。(59–60)

ウェイドの父が亡くなったのは彼が十四歳の時で、それ以前から彼は父による承認という愛を渇望していた。例えば、小学六年生のころ彼は「愛されたいと思っていた。自慢の息子だと思われたかった」(208) ので、小遣いでダイエット食品を買って肥満を克服しようとしてもいる。父の死によっていったんは奪われた承認の機会を、ヴェトナム兵志願という形で得ようとしている。オブライエン自身、一九九五年になされたインタビューで、「〔戦争に行くという〕私自身好ましくないと見なすことに身を投じてしまったのは、自分がだれかを愛する以上にだれかに自分を愛してもらいたかったから。だから、自己愛ゆえに戦争に行くことに対して『否』と言う、そのような発想はなかった」(Herzog, 155) と語っている。ただしここで注目したいのは、長文の引用の後半部から分かるように、父による承認という愛への希求は、家族を越えた社会による自己に対する承認の希求と連動していたことである。その承認を得るためには戦争に関わるという「悪事」を働くことも辞さなかったということだ。

父を介してアメリカという「共同体」からの承認を得るためヴェトナム戦争という「悪事」を選択したウェイドは、彼の所属するチャーリー中隊がミライ集落虐殺事件を引き起こすに至ってその望みを絶たれるという窮地に陥るが、兵役最後に就けられた事務職の立場を利用し、自分のかつての所属をアルファ中隊に書き換えるなどして、ヴェトナムでの自らの忌まわしい経歴を完全に隠ぺいしたのである。自らのヴェトナムでの負の経験と記憶を（自己にとってはともかく、表面的に）消すことでウェイドは、社会から「承認」を得て政治家として頭角を現し、上院議員選挙の有力候補まで上りつめるが、選挙戦にからみ隠ぺいしたはずのヴェトナムでの経歴が暴露されてしまう。社会的にも内面的にも露わになった自己のヴェトナムの記憶に彼は直面せざるを得ない。アメリカ社会は当然彼の負の過去を悪として（彼もろとも）拒否するし、彼は世間の視線を逃れた別荘で過去についての悪夢に苛まれる。

最終的にジョン・ウェイドがヴェトナムの経験の記憶を引き受けつつ自ら存在できる可能性を見

出したのは、妻のキャシーとの関係においてである。キャシーが彼の父親や社会に代わって承認を与えてくれれば、彼には居場所が与えられることになる。だからこそ「私の中のヴェトナム」でティム・オブライエンはあれほどまでに赤裸々に当時の恋人との関係破綻をヴェトナム経験と重ねて繰り返し描いたのだと言える。すなわちオブライエンの恋愛破局は、ヴェトナムの経験と記憶を担う自らの居場所喪失の危機でもあったのだ。それと呼応するように『イン・ザ・レイク』でも作者は、ウェイドの妻キャシーをして彼のもとから失踪させてしまう。作者はそのようにウェイドを追いつめていくというストリーを展開しつつ、自らのヴェトナムの経験の行方を問いつめているのである。この男女の関係とヴェトナムの経験と記憶をめぐる問題をどのように考えればいいのだろうか。

書き換える「対幻想」、書き換えられる「共同幻想」

男女の関係とヴェトナムでの戦場経験の結びつきは、ウェイドがヴェトナムの戦場にいた時にすでに始まっていた。戦場から彼は将来妻になるキャシーに次のような手紙を書いている。

ヴェトナムでジョン・ウェイドは多くの人を殺した。そして愛の本質に関する思いを綴った長い手紙を書いた。……そして二人の愛を、ピンクヴィル近くの山道で見かけた、互いの尾をむさぼり合う二匹の蛇になぞらえた。食欲で繋がれた不気味な輪の中で、二匹の頭がどんどん接近していくんだ。……「僕らの愛もそういう感じがする」とジョンは書いた。「お互いに呑み込み合っているような感じがする。と言っても、いい意味で。最高においしいやり方で。早く家に帰って、二匹の蛇が互いの頭を喰っちまったら一体どうなるか、見てみたいよ。考えても見てくれよ。計算が合わないじゃないか」……「今のところはまあまあ元気にやっている。キャス、愛しているよ。〈一プラス一＝ゼロ〉の、奇妙な蛇と同じくらいに」(61)

キャシーが前面に出てくるに従って父親については言及されなくなる。当然と言えるが、愛情の単純な力点移動の問題では収まらない要素が含まれている。実際にヴェトナムの戦場でウェイドが目撃し経験したのは、父、そしてその父を介してアメリカという「共同体」からの承認を得られるどころか、むしろ逆にその双方から拒否されるような虚偽と残虐に満ちた「悪事」であった。そして父からの承認の可能性を閉ざされたウェイドにとって、恋人（後には妻）のキャシーが、承認という愛を得る最後の砦になった。ただし、「共同体」から到底容認など望めない「悪事」を担ってしまった彼にとって、キャシーの承認を得るということは、二人して共にアメリカという「共同体」に背を向けるに等しい。「お互いに呑み込み合う」、そして二人して社会から「一プラス一＝ゼロ」で姿を消す。この呑み込み合う蛇のビジョンはウェイドが妻の後を追うように彼自身湖のかなたに姿を消すまでそのイメージを深化させつつ幾度も繰り返し言及される。「まず尻尾の方から、だんだんと頭の方へ食べ進み、最後には二匹とも互いの中に消えてしまう。足跡一つ、手掛かり一つ残さずに、ただ消えてしまう。……秘密という重荷からも解かれる。記憶もなくなることだろう。……一たす一がゼロになる、あの広く暗い世界で暮らすのだ」(76)。「彼女は彼にとって世界そのものだった」(302) のである。

結局キャシーは夫の妄執を逃れるように、謎の失踪を遂げてしまう。様々な世間の憶測が紹介され、作者も自身の仮説を提出しているが、注目すべきは、夫のウェイドも妻の後を追うように失踪してしまうことである。つまり「一プラス一＝ゼロ」の妄想を実現してしまうのである。もちろんはたして彼が妻と二人の「世界」を築けたのかは謎であるが、彼の妄執に貫かれた妄想がこじ開けた可能性の世界は残ることになるのではないだろうか。最終章「仮説」で作者が突如「脚注」において姿を見せ次のように告白する。

心では、もうここで筆を置いて、安らかな祈りをささげ結末とした方がいいと分かっている。ただ、真実がそうさせてはくれない。なぜなら、ハッピーエンドであろうとなかろうと、結末などないからだ。確定されたものは何もなく、解決されたものも何もない。事実はいかにも危なっかしく、行方不明の者たちの虚空の中へ散らばっていき、結末などないという結末がやって来る。……これはラブ・ストーリーなのだ。こぎれいな話ではない。人間の心がそういうものなのだから仕方ない。何らかの形で、われわれはみな、消え入るためのトリックを仕掛けているように思える。過去を消し去り、自分の人生に鍵をかけて閉ざし、日に日に濃くなる灰色の影へと入り込んでいく。……あらゆる秘密によって暗闇へと導かれるが、暗闇の向こう側には、ただ「かもしれない」の領域が広がるばかりなのだ。(傍点原文、301)

この作者による告白こそ「トリック」に満ちていると思う。仕掛けは次の二点にひそんでいる。まず「これはラブ・ストーリーなのだ。こぎれいな話ではない。人間の心がそういうものなのだから仕方ない」とあるが、ラブ・ストーリーは一般にはこぎれいな結末で終わる。「こぎれいではない」ラブ・ストーリーとは、「共同体」に背を向けた男女による「対幻想」、例えば、世間が拒否するヴェトナムの経験と記憶を抱えた男とそのような男を承認してくれる女性が現出する幻想世界ではなかろうか。「共同体」にとってこれほど疎ましい世界はないだろう、つまり「こぎれいではない」のである。次に「自分の人生に鍵をかけて閉ざし」とあるが、「共同体」との関連で意味を持つ「人生」を拒否しているだけで、別の人生が、つまり「暗闇の向こう」に広がる、「かもしれない」の領域が示唆されているのは明らかだろう。

「私の中のヴェトナム」でオブライエンは「われわれの国家の神話の中に、悪なるものが占める位置はないようだ。われわれはそれを消去してしまう」と指摘していたが、『イン・ザ・レイク』の作者はジョン・ウェイドという人物を追求することで、アメリカという「想像の共同体」のそのような神話、すなわち「共同幻想」に対抗する幻想の領域の在処をこじ開けているのである。ヴェトナムの忌わしい経験と記憶を承認しその世界を形成する要素とする領域の可能性を発見しているとも言える。「排斥による包容」のメカニズムにより圧倒的に堅固に守られたアメリカの神話を書き換えることができるとしたら、「悪なるもの」をも包容できうる「対幻想」にまで追い詰められた「特異なマイノリティ」としてのヴェトナム・ヴェテランの経験を担う者たちではなかろうか。事実、ティム・オブライエンはこの作品以後、寡作ではあるが、本質的に男女の悲喜劇をはらんだ作を書き継いでいる。

引用文献

Bercovitch, Sacvan. *The Rites of Assent: Transformations in the Symbolic Construction of America*. New York: Routledge, 1993.

Herzog, Tobey C. *Tim O'Brien: The Things He Carries and the Stories He Tells*. New York: Routledge, 2018.

O'Brien, Tim. *If I Die in a Combat Zone: Box Me Up and Ship Me Home*. 1973. New York: Dell, 1987. 中野圭二訳『僕が戦争で死んだら』白水Uブックス、1994. 本書からの引用は中野氏の訳を参考にした。

——. *The Things They Carried*. New York: Penguin Books, 1990. 村上春樹訳『本当の戦争の話をしよう』文春文庫、1998. 本書からの引用訳文は村上氏の訳を参考にした。

——. *In the Lake of the Woods*. 1994. New York: Penguin Books, 1995. 坂口緑訳『失踪』学研、1997. 本書からの引用訳文は坂口氏の訳を参考にした。

——. "The Vietnam in Me." *New York Times Magazine* (October 2, 1994): 48–57. 実際に参照したテキストは、

Accssed October 20. 2019. www.nytimes.com/books/98/09/20/specials/obrien-vietnam.html. ただしこのデジタル・テキストでは頁を確認できなかったので、頁は、村上春樹編・訳『月曜日は最悪だとみんなは言うけれど』中央公論新社、2000. 所収の「私の中のヴェトナム」の該当頁を記した。本書からの引用訳文は原文と照合し、一部変更を加えた。

Shay, Jonathan. *Odysseus in America: Combat Trauma and the Trials of Homecoming*. New York: Scribner, 2002.

6

祈りの場としての文学
――チャールズ・ジョンソンの『ドリーマー』と公民権運動を「物語る」こと

平沼　公子

現代においてマーティン・ルーサー・キング・ジュニア (Martin Luther King Jr.) を語り直す意味とは何だろうか。チャールズ・ジョンソン (Charles Johnson) の『ドリーマー』(*Dreamer: A Novel*) は、キングの人生最後の二年間、合衆国北部シカゴでの彼の苦境と暗殺までを描いた作品である。一九九八年という二〇世紀末に発表された本作品は、史実を詳細に網羅しているにも関わらず、文学的技巧を用いたフィクションとして完成している。歴史学、社会学、宗教学など様々な学術領域で議論の対象となるキングについて、文学作品は何を語り得るだろうか。本論文は、歴史の語り直しという文学的営為において、『ドリーマー』のキングの語り直しが持つ意味を考察するものである。『ドリーマー』は、六〇年代の影響を残す二〇世紀末のアフリカ系および合衆国知識層の思想潮流への応答として、いま一度キングの思想に立ち返ろうと読者に働きかけるテクストだ。本作品は、公民権運動というアフリカ系アメリカ人の権利運動を、旧約聖書のカインとアベルの物語にまで遡る人間存在の問題として捉えることにより、多文化共生や寛容といった「他者と生きる」上で根幹を成す思想の実現がなぜ困難なのか、そして「他者と生きる」ことは如何に可能なのか、を問いかける。『ドリーマー』がキングを語り直す上で取る文学的戦略の分析を通し、それが読者へ回心を促す祈りの形式となることを明らかにし、二〇世紀末のキング読み直しの作業が紐解く作家ジョンソンの問題意識を提示したい。

ポスト公民権運動時代にキングを語ること

公民権運動期の重要性は、合衆国史において自明のものだろう。アラバマ州モンゴメリーのバス・ボイコットから始まり、公民権法の成立、ブラック・パワーの台頭、マルカムXとキングの暗殺に到る一連の流れは、現代のアメリカ人にとって合衆国のあり方を省みる際の参照点として機能してきた。しかし、史学、政治学、社会学などの分野にて研究されてきた公民権運動期は、アリス・ウォーカーの『メリディアン』(1976) のほかには中心的テーマとして文学作品で扱われることは少ない。Barbara McCaskill は公民権運動期を合衆国の独立戦争期と比較し、「公民権運動期の状況は、何世紀にも続く、慈悲に乏しく無秩序で混乱した、不穏なアメリカの物語を指し示す」(177) とし、その扱いの難しさを指摘している。独立戦争ほどに愛国的な動きではなく、奴隷制廃止運動ほどに時間を経ていない公民権運動期は、それが合衆国の理想、あるべき姿としての民主的社会を求めた動きであるにも関わらず、文学やその批評の題材として取り上げられることは未だ少ないのだ。

史実としての公民権運動と文学の関係性を考える時、アフリカ系アメリカ文学における歴史叙述の問題は避けて通ることができない。ウィリアム・スタイロンの『ナット・ターナーの告白』(1967)への応答として、一九六〇年代以降アフリカ系アメリカ人作家によって発表された奴隷制が舞台の作品群は、Bernard Bell によって「新奴隷制体験記 (neoslave narrative)」(285) と名付けられ、被抑圧者側からの歴史の語り直しを可能にした。文学やその他芸術の領域におけるアフリカ系アメリカ人の歴史の語り直しは、公民権運動後の産物として二〇世紀最後の三〇年余りを彩った。『ドリーマー』以前のジョンソンの著作、一九八二年出版の『牛追いの物語』や一九九〇年出版の『中間航路』もまた奴隷制時代を舞台とし、奴隷の視点から当時を語り直す物語だ。

『ドリーマー』が語り直すのは、奴隷制時代ではなく、比較的直近の史実である公民権運動期である。二〇一五年に Julie Buckner Armstrong 編集の *The Cambridge Companion to American Civil Rights Literature* が出版されるまで、文学作品における公民権運動期についての包括的な研究はほぼ行われてきていない。また Armstrong らのアンソロジーでは、公民権運動期に活動した作家たちの当時の社会政治的意義についての議論が中心となり、その後の影響を検証する研究は、論考が一編収録されているのみである。現行の研究においては、公民権運動期を過去の史実として再発掘・再評価する作業に焦点が当てられるのみで、過去を歴史化し直す作業自体の文脈を見つめ、後の世代の芸術表現における公民権運動期の受容の変遷を辿る、という視点が抜け落ちていると言える。

ジョンソンが公民権運動期とキングをテーマに本作品を書いた理由の一つには、この時代と指導者への解釈が二分されてきたこと、そしてその二通りの解釈への懸念があるだろう。ジョンソンは、「我々はキングを聖者の列に加えてしまった。個人としてのキングは時間を経るにつれて理解するのが困難な文化的対象となってしまった」("Searching," B5) とし、キングの遺産が正しく理解されないことへ警鐘を鳴らしている。ポスト公民権運動時代において、キングは理想化されると同時に簡素化・矮小化されてきた。歴史家 Jonathan Holloway は、公民権運動期が綺麗に象られた物語 (clean-cut narrative) として合衆国史に収められ、キングの晩年における急進的思想が忘れ去られていると指摘している。[1] また、収まりの良い公民権運動期の記憶がある一方、他方ではアフリカ系アメリカ人知識層からのキングの軽視や、彼を非現実的な平和主義者とする捉え直しが起こる。[2] 更には、「私には夢がある」スピーチにのみ還元されるキング像が受容され、彼の言葉のみが盗用される状況が常態化してくる。

公民権法成立の立役者でありつつ、その非現実的な理想主義により銃弾に倒れた英雄として風化したキング——この一人の宗教家、哲学者、活動家の複雑な思想を知識層が見過ごし、そこから学ぶべき人間の在り方が軽視されることをジョンソンは危惧する。ジョンソンは「我々は皆、人種関係における著しい変化、つまり『愛しの共同体』が『アイデンティティ政治』にとって代わられたことへの責任がある。」("The King We Left Behind," 196) と述べている。[3] 公民権法成立時には、アフリカ系の若者にとってキングの言葉はすでに古臭く聞こえた、という自伝的な振り返りと共に、ジョンソンは「兄弟愛」や「愛」といった言葉が忘れ去られ、人種コミュニティが弁別されていく二〇世紀末以降の傾向を危険視する。一九六〇年代の文化・芸術の政治化を経た七〇年代以降、批判的人種理論は人文社会学系において新たな視野を導入し、その大きな功績の一つである社会的人種アイデンティティを軸とした文学批評は、多くの重要な成果を残してきた。しかしながら、二〇世紀末の合衆国において、リベラルな文化相対主義や寛容を裏打ちするアイデンティティ政治は、自己と他者を弁別し、分断を促す概念となりつつあるとジョンソンは指摘する。この分断の危機に対して、ジョンソンは伝記や思想の記録ではなく、『ドリーマー』という小説によってキングと公民権運動期を語り直し、読みの過程においてキングという象徴を読者に捉え直させ、いま一度、他者と共に生きる社会的実践について問いかけるのだ。

福音書／テクストが問いかける存在の根源にある不平等

『ドリーマー』は、キングを語り直す上で二つの特徴的な文学的戦略を用いる。その一つは語りの構造が福音書として機能する点である。本作品には二人の語り手がいる。語り手の一人は二四歳のアフリカ系の青年マシュー・ビショップ (Matthew Bishop) であり、彼はキングのシカゴにおける活動に参加している南部キリスト教指導者会議（Southern Christian Leadership Conference, 以下ＳＣＬＣ）の一員である。もう一人は全知の語り手で、イタリック体で書かれた独立した章に現れ、主にキングの内面を描き出す。二人の語り手は、一方でマシューがキングのシカゴでの活動や、キングに瓜二つだとされる架空の登場人物チャイム・スミス (Chaym Smith) について描写的に語り、他方で全知の語り手がキングの内面を語り、相互に補い合う形でキングの晩年を浮き彫りにする。しかし、物語後半にマシューが「ＳＣＬＣにおける私の仕事の一部は、革命の記録、特にその狭間にて何が起こったのか、その極意を後世のために保存することだった。(中略) 私は当時、自分が福音書を書いているなんてことは思いもよらず、チャイム・スミスの進展を記録していた」(102) と述べる通り、全知の語り手もまたマシューである可能性が示唆される。マシューとはマタイ、つまり福音書の書き手であるため、本作品の構造はキングの内面を覗き込みつつ、その晩年から死までを語り直す福音書として立ち現れる。『ドリーマー』は、アフリカ系アメリカ文学における大きな命題である史実の語り直しを、福音書の執筆という行為に重ねることで、単なる西洋的歴史叙述への抵抗ではなく、後日そこから啓示を得るための聖者の記録として読者に差し出される。

　公民権運動期の記録が福音書として機能するという物語の大きな枠組を考えた時、本作品は聖書的に、つまり寓意的にも字義的にも解釈できると言えるだろう。プロローグでは、全知の語り手がシカゴにおけるキングを取り巻く環境が運動初期とは異なる様子を読者に印象付ける。「彼の非暴力主義の最初の勝利から一〇年経ったいま、報道のみならず、彼と手を取り合い『We Shall Overcome (勝利を我等に)』と歌った人々さえもが、彼のことを時代遅れとみなし、汝の敵を愛せよという彼の主張を狂気だとみなし、彼がブラック・パワーに反対するのを明白な裏切りだとみなしていた。」(16, 傍点は原文ではイタリック。以下同様) ここで提示されるのは、北部にて求心力が低下し、疲弊したキングである。一般に浸透している運動初期のキングのイメージに対し、公民権運動後期のキングの苦境が語られることにより、この物語におけるキングは福音書の救い主へと重なっていく。物語の終盤、メンフィスでの暴動に落胆しつつも、信仰心を保つために必死に祈るキングは、滞在先のホテルの庭を見つめながら、イエスが十字架にかけられる前夜に祈ったゲッセマネの庭を思い出す。「ホテルの部屋の窓の外には、ゲッセマネを思わせる庭があった。警官たちがダウンタウンを血で染め上げている傍で、庭には木々が甘美に生い茂り、鳥の鳴き声以外は静寂であった。彼は目をぎゅっと閉じた。いま彼にはパウロの『私は日々死んでいるのである』の意味がわかった。」(217) キングとイエスを重ねることにより、『ドリーマー』はキングが率いた権利運動の根源にある思想が宗教的なものであったことを読者に思い出させ、さらにそのキングの死が避けられないことを預言する。

マタイの福音書は、旧約聖書の預言が成就することを記したとされる。[4] とすれば、本作品の預言はキングという救い主の到来だが、ジョンソンはもう一つの文学的戦略として、キングに瓜二つの人物チャイムを登場させ、旧約聖書における創世記のカインとアベルの物語へと読者を誘う。チャイムは、キング同様に一九二九年一月一五日に生まれ、その容姿はキングに酷似してはいるが、「不機嫌で、粗野な、ブルースを体現した、公民権運動が報道の目から長年隠してきた黒人のタイプ」(33) で、容姿以外はキングと「正反対 (*negatives of each other*)」(47) な男である。チャイムは、その容姿のせいで危険に晒されているため、ならばいっそのことキングの替え玉として働きたいと志願してSCLCの事務所に訪れる。自らの生き写しであるチャイムの不遇な生い立ちと境遇は、キングを悩ませることとなる。キングは考える。「社会における富の分配が甚だしく不公平であるばかりか、神の与えた才能さえも不公平だと彼は考えた。美、想像力、幸運、そして愛情あふれる両親。これらは運命のきまぐれによるものだ。与えられて当然のものとは言えないだろう。」(47) キングとチャイムの対比から浮かび上がるのは、公民権運動というアフリカ系の権利運動の根源的な問題としてジョンソンが措定する、人種だけではない、存在そのものの不平等さである。「不平等は存在の網目に縫い付けられている」(49) とキングは考え、旧約聖書のカインとアベルの物語を思い浮かべる。

チャイムもまた、カインとアベルの物語に人間社会の真理を見出している。キングは、チャイムの安全のために彼をシカゴ郊外のリトル・エジプトへと匿うように、マシューと、マシューが恋い焦がれるエイミー (Amy) に指示する。暴徒化したシカゴ市民の間をくぐり抜けてチャイムを移送するマシューは、倒れていたアフリカ系の青年を助けようとし、彼に「兄弟 (brother)」と声をかける。そのすぐ後、マシューはその青年から暴行を受けて殺されかけるが、チャイムはマシューを「お前があいつを兄弟って呼んだのは、あいつが黒人だからか、それか宗教的理由からか？ 兄弟ってなんだか考えたことがあるか？ ロームルスとレムスとか、ヤコブとエサウとかさ。兄弟がどれだけお互いを憎むかさ、特に片方が上手くやってるとな」(55) と批判する。ここでチャイムは、ブラック・パワー的兄弟愛であれ、宗教的な連帯であれ、人間同士の結びつきのうちに起こりうる諍いについて、それが関係の不平等に基づくことを示唆する。さらにチャイムは、自分たちアフリカ系がカインであると主張し聖書の解釈を披露する。「俺たち一族は、自分の一番良いものをあげても上手くいかなかった、人類最初の兄弟の兄の末裔なんだよ。しかもそれはそいつ自身のせいじゃなかったんだ。」(66) 自らの贈り物を神に受け取られたアベルと、贈り物を拒否され、アベルへの嫉妬から人類で初めて殺人を犯したとされるカイン。ここでチャイムは、カインが虐げられたのはカイン自身の問題ではなく、神が不公平であったことが理由だと暗に示している。チャイムにとってカインとアベルの物語は、人間同士が平和的に共存し得ない根拠である。カインとアベルは持つ者と持たざる者の寓意であり、諍いの源として読者に提示される。そしてそれは白人対黒人の構図のみならず、キングを中流階級出身の日和見主義者と断罪し、人種間の不平等を暴力にて解消しようとする急進派の寓意として作中の通奏低音となっていくのだ。

キレネのシモンとして生きること――カインの回心の在り方

不平等の解消のために権利を主張し諍う以外に、人間同士の共存の方法、真の融和はあるのだろうか。ジョンソンは、カインとして諍いながら生きることを肯定するチャイムの回心を示唆することで、他者と共に生きる人間の在るべき姿を問いかける。作中、チャイムがキングの説教を聞く場面は一度しかないが、そこでキングは暴徒化した白人への理解を促しつつ次のように会衆へ語りかける。「彼らは自己という感覚 (a sense of self) を失うのを恐れているのです。そして我々は皆それがこの世で一番強い恐怖であり、そのほかの恐怖を焚きつけるものだと知っています。」(138) ここでキングは、人間にとって「自己という感覚」が他者との繋がりを忘れさせることを指摘する。キングは「我々 (We)」を単なる二人称ではなく、「過去、未来、そして現在を繋ぐ時間の連続性のうちの貴重な一瞬」(140) であるとし、存在の網の目において自己と他者が相互に結びついていることを強調する。キングの説教は、チャイムのような人間が保持するアイデンティティが、コミュニティ内外において対立を作り、苦しみを産むことを指摘する。そしてその対立を融和へと導く道として、自身を捨て去る心の在り方が示される。キングは言う。「私は他者であるからこそ、他者を愛さないということはできない。("I have no choice but to love others because I *am* the others.")」(141)『ドリーマー』には「キングのブッダ化」(Selzer, 214) や「創世記の仏教的解釈」(Conner, 152; Whalen-Bridge, 513) があるという指摘通り、ここではカインとアベルの物語を対立ではなく融和への糸口と読み直すため方法が、仏教的な滅私の形で示唆される。[5] そしてその滅されるべき私、つまり自己やアイデンティティは、兄弟殺しの罪を負った旧約聖書の登場人物、自らの贈り物を神に拒否され、自らが認められぬことに苦しみ怒るカインの自己と重なっていく。

　キングの説教を聞いたチャイムは「ある種の生きながらの死」(142) を体験する、とマシューは記録する。チャイムは、キングが説教した内容は「俺の考えでもあった。口に出したことはないけど、俺が感じてたことだ。(中略) 説教してる時、彼の声は外からじゃなくて、俺の内側から聞こえるみたいだ――俺の魂に声を与えたように。意味不明だけど……」(142)と呆然とする。チャイムは、自分がキングという他者の内に存在すること、そして自分自身の内にもキングが存在することを、キングの言葉と一体になることによって体験する。この説教を聞いたすぐ後に、チャイムはキングと間違われて襲撃され、瀕死の状態陥るが、その回復の過程において彼はカインとアベルの物語を解釈し直すこととなる。回復の途上でチャイムは、隠れ家の近郊にあるベテルAME教会にて、リトルウッド牧師からカインとアベルについての説教を聞く。兄弟間の異なる扱いが、神が不公平である証のように感じられるこの物語について、リトルウッド牧師は以下のように説く。

> 彼の贈り物を断った後に、神はカインにもしもあなたが善きことをしているならば、受け入れられるではないか (*if thou does well, shalt thou not be accepted?*) とお告げになられました。その昔、兄の名前は「所有」という意味がありました。そして彼の献げものは神を賛美するためではなく、彼自身を称揚するため、神の恩寵を戦利品、自身の誉れとして勝ち取るためのものでした。おわかりになりますか、神の御国への手がかりとはまではいきませんが、少なくともちょっとしたヒントは与えられているのです。もちろん大変曖昧なヒントではありますが、カインの失意の中に、神の勧告が無かったとは言えません。彼の救い、そしてもちろん我々の救いは、神の勧告である善きことをするとはどういう意味か、という長年の謎に包まれているのです。これに対して一言で答えられるでしょうか? それは無理でしょう。この質問への回答は

開かれていて、暫定的なものでしかありません。そしてそれは、賢い言葉によるものではなく、犠牲の質と直感そのものの内に答えられるものでしょう。(157)

この説教が示唆するのは、カインとアベルの物語は不平等の寓意では無く、信仰の在り方についての寓意である、ということだ。チャイムはこの説教を始めは疑わしそうに聞くが、ベテルＡＭＥ教会にて奉仕活動に従事することを申し出てマシューを驚かせる。ここでチャイムが奉仕を申し出ることは、読者に彼の回心を予想させるが、その期待をはぐらかすかのようにテクストはチャイムの奉仕のあり方を詳細には語らない。なぜなら記録者マシューがシカゴに戻り、チャイムは一人黙々とリトル・エジプトで過ごすからである。物語は、キングの暗殺が近づくと同時に、リトル・エジプトの隠れ家を見張っていた政府の調査官がチャイム連れ去ることによって終焉へと向かう。キングの身代わりとして、何らかの目的のために政府の調査官に連れ去られる直前、ベテルＡＭＥ教会にたどり着いたマシューの前に現れたチャイムは、外見だけではなくキングそのものとして読者に提示される。チャイムに何が起こったのか、彼は回心したのか、それは直接的には読者には明かされない。

しかしながら、『ドリーマー』はチャイムの回心の過程を明らかにしないことによって、リトルウッド牧師の「善きことをするとは何か」という問いに読者自身が悩み答えることを求める。チャイムの危機を察知しシカゴからリトル・エジプトに舞い戻ったマシューは、ベテルＡＭＥ教会でチヤイムが修繕した教会の会衆席や欄干を満足げに見つめるが、その奉仕の痕跡と並ぶのはある宗教画である。

もう一つの絵では、疲れ切ったナザレ人を敵が磔にする重い木製の十字架を、アフリカ人であるキレネのシモンがゴルゴタまで運んでいた。（中略）この地上で最も忌み嫌われた部族出身の黒い肌の男が、救い主の苦しみを和らげるという貴重な恩恵を与えられている。この場面で彼はただのエキストラだ。マタイの福音書二七章三二節一行においてのみ舞台上にいる。（中略）思いがけない偶然、偶発と幸運の素晴らしい一瞬（若きキングが歴史に合流する最適な瞬間にモンゴメリーにいたように）ののち、シモンは嘆き悲しむ民衆の中へと溶け入り消えていく。史劇のそでへと。私は彼を知っている気がした。私は彼だった。ナザレのイエスになれる者はいない。だがシモンには？（211–2）

マシューは、イエスの十字架を共に担いだキレネのシモンに自らを重ね、イエスの前で自分がどうあるべきかに想いを馳せる。ここで行われるのは、歴史を語り直す際に見過ごされていく人間、つまり自分たち大衆へ思い馳せる行為であり、福音書に登場しながらも声を持たない人間に目を向けることである。他者の苦しみを分かち合うという偶発的な「素晴らしい一瞬」において、自己は他者と相互に結びつき、キングが語ったように他者のうちに存在する（“I *am* the others”）こととなる。

そしてこのキレネのシモンが、チャイムの名が刻まれることのない奉仕の痕跡と並置されることによって、他者のための無私の奉仕を通して、チャイムが他者の内に存在する自身を見出したことが示唆される。読者は、チャイムがどのように奉仕したのかは知らされない。なぜなら、それはチャイム自身が見出した「善きこと」への答えであり、自己を滅す奉仕の在り方は読者それぞれが他者へ向けて差し出さなくてはならないからである。

二人が最後に会話する場面では、チャイムはマシューに「俺のために祈ってくれ。自分ではそれができないからな ("Pray for me. I can't do that for myself")」(213) と告げる。マシューは祈ることの本質について考えることとなる。「私は祈りに成功したことはない。何百万という黒人の男たち同様に、私は自分の父を知らない私生児だ。私みたいな人間は『非嫡出 (illegitimate)』というのだ。私の父が誰だったとしても、彼はずっと昔に私のことを拒否している。私はどうやって父に向かって祈ることができるのだろう?」(214) マシューは私生児の自分の状況を、大文字の父である神と、神に贈り物を拒否されたカインに重ねる。アフリカ系アメリカ人の社会的状況としての不平等は、ここで神に認められぬカインの苦しみとなる。必死に祈るマシューの胸には、いつしか「御心のままに (*Thy Will be done.*)」という言葉が浮かぶ。この「御心のままに」という祈りは、隠れ家においてキングの人生を学んだチャイムが言うところの「完全なる自己放棄 (total surrender)」(111) であり、キングの思想である「まず他者へ。常に他者へ。("*Others first./Always.*")」(108) の言い換えと考えられるだろう。ここで祈りは、神の恩恵を自己に引き寄せるためではなく、他者へ向ける無私のうちに捧げられる。チャイムとマシューという二人のカインは、神から選ばれなかったことを神の気まぐれな依怙贔屓と断罪するのではなく、選ばれようと渇望する自己を捨てた祈りや奉仕において、逆説的に他者のうちに生きる自身を見出す。二人の回心は、認められるためではなく、ただ他者に向けて自己を捧げるという「善きこと」を通して起こるのである。

祈りの場としての『ドリーマー』

『ドリーマー』は、父に認められぬカインの怒りが、被抑圧者だけのものではなく、この世界における存在の苦しみであることを指摘する。それは瀕死だったチャイムが回復したのち、エイミーに会いに向かう列車の中で本を読む際に、マシューがカインの偏在性に思い至る場面から明らかだ。

カインの一族がどれほど多いかを示すこの本に、私は瞬く間に夢中になった。(中略)バイロンがこの世で最初の殺人者かつ追放者について三幕の戯曲を書いた頃には、カインは悪の象徴から立派で悲劇的な変わり者に変貌し始めていた。そして従順で独創性に欠けるアベルは欠陥があり、自己が無いとみなされ始めた。読み進めるにつれて、いかに偏在しているカインが、実に形而上学的な革命家だったのかに突然に気がつき、私は震えた。(中略)カインとアベルの二人のうち、カインだけが主体を持っていた。複雑な内面を。落ち着きなく、終わらぬ自分

> 探しに縛られる西洋人そのものがカインであるとも言われている。（中略）何世紀にも渡って、彼に名前はその時々で異なる綴りで書かれた。キャイン。カイン。チャイムでさえ、その語源の変形であった。(161–2)

ここでマシューは、カインとアベルを白人対黒人、持つ者と持たざる者としては読んではいない。カインは、自我を持つ人間すべてであり、この世に生きる者はみなカインなのだ。自己を求めて旅をし続ける運命にあるカインは、この世の苦悩、存在の苦しみを一手に引き受ける。しかし、人間存在における苦しみをカイン的人間の責に帰し、個人的な問題とするだけでは、本作品は預言としては暗雲をもたらすのみであろう。『ドリーマー』はまた、この存在の問題、自己を持つ人間が同じく自己を持つ他者との間にどのように融和関係を築くことが可能なのかを、キングの死にマシューと読者を立ち会わせることで問いかける。

物語は、キングの暗殺によって終わる。最終章で、エイミーの「誰がキング牧師を殺したのか?」という問いに、マシューが「僕たち全員が殺したんだ」(235)と答え、チャイムが「どこにでも」いると結論づける時、マシューは全てのカイン、つまり我々大衆のために死ななくてはならなかったキングという大きな犠牲を悼む。本作品が、最後の一文を「アーメン」(236)としていることは偶然ではないだろう。つまり、本作品はある種の説教としての振る舞いをしている。とすれば、本作品が説教するのは、旧約聖書のカインとアベルの物語からの教訓であり、旧約聖書と新約聖書を繋ぐマタイの福音書としての救世主の生き様だ。キングは暗殺の真相が謎のままに銃弾に倒れ、ベテルAME教会を去るチャイムのその後はマシューにも読者にも知らされない。読者は、キングとチャイムの最期について、知り得ないことが多いままに語りから手放される。読者はマシューの会衆として、マシューの語ったキングの受難と同時に、マシュー自身とチャイムの回心の体験をも聴き、これらの物語を読者自ら解釈することを委ねられる。つまり、教会での説教同様、読者はこの読書行為をもってして、その啓示を胸に実生活に生きなくてはならないのだ。

小説を読み解釈する過程を、福音書に基づく説教を聞き回心する過程と重ねることで、『ドリーマー』は合衆国現代史における結節点とも言える公民権運動期の意味と意義を問いかける。史実のキングは「回心は、ひとたびに起こりはしない」(Lischer, 26) と述べているが、小説を読み、解釈する行為においても同様に、ひとたびに作品の本質を掴み取ることはできず、また作品から得た気づきを実践に移すことは困難である。マシューは語る。「もし預言者キングが我々に、決して公平ではない、不平等が刻み込まれた宇宙において無償の愛を与える人間の生の深遠さを見せてくれたとすれば、(中略)チャイムは我々の生をひっそりと通過することを通して、人はガリラヤ人でなくとも、たとえパーリアや父なしの放浪者であっても、時たま――そして折に触れて――善を為すと我々に知らしめてくれた。」(236, 強調は平沼) 作品を通して救い主と重なるキングを、物語の最後に敢えて預言者と呼ぶことにより、マシューはキングの説いた未成就の行為、つまり生の網の目において自己と他者が繋がることに気づき、他者と共に生きるという預言が、チャイムという一人の人間の成した「善きこと」を通して成就したことを暗示する。マシューは、それを福音書に基づく説教として提示することで、そこから読者が実生活に立ち戻ることを求める。『ドリーマー』は、それを読む／聴く一人一人を回心へと向ける、祈りの場としてのテクストなのだ。

【付記１】本稿は二〇一八年四月二一日に愛知大学で開催された第三五回日本アメリカ文学会中部支部大会における口頭発表を大幅に改稿したものである。

【付記２】本研究は科研費ＪＳＰＳ研究助成（JP18K12336）を受けたものである。

注

1　ジョンソンもまた合衆国における一九六〇年代への態度が懐古的であるとし、実際には「暴力的」な「内戦、特に人種間の戦争」の側面は忘れられがちだと指摘している。“Searching for the Hidden Martin Luther King Jr.”を参照のこと。

2　キングへの批判は、例えばWilliam E. Jones,“Liberation Strategies in Black Theology: Mao, Martin, or Malcolm?” *Philosophy Born of Struggle*. ed. Leonard Harris (Dubuque: Kendall Hunt, 2000) 229–41. などが代表的である。

3　“The King We Left Behind.”は、元々はハワード大学とアメリカユダヤ系委員会の共同企画雑誌『コモン・クエスト』に発表された。発表の背景には一九九〇年代のアフリカ系コミュニティにおけるユダヤ系排斥主義と、合衆国における人種間の分断へのジョンソンの危機感があると Linda Fargerson Selzer は指摘している。

4 マタイの福音書については小河陽による『福音書のイエス・キリスト〈1〉旧約の完成者イエス――マタイによる福音書』（講談社、1983）を参考とした。

5 ジョンソンの仏教徒としての思想と、東洋思想への造詣の深さについては、Marc C. Conner and William R. Nash 編著の *Charles Johnson: The Novelist as Philosopher.* (Jackson: UP of Mississippi, 2007) に詳しい。

引用文献

Armstrong, Julie Buckner. ed. *The Cambridge Companion to American Civil Rights Literature*. New York: Cambridge UP, 2015.

Bell, Bernard W. *The Afro-American Novel and Its Tradition*. Amherst: U of Massachusetts P, 1987.

Byrd, Rudolph P. ed. *I Call Myself an Artist: Writings by and about Charles Johnson*. Bloomington: Indiana UP, 1999.

Conner, Marc C. "'At the Numinous Heart of Being': Dreamer and Christian Theology." *Charles Johnson: The Novelist as Philosopher*. eds Conner and Nash. Jackson: UP of Mississippi, 2007. 150–70.

Holloway, Jonathan Scott. and Ralph J. Bunch. eds. *A Brief and Tentative Analysis of Negro Leadership*. New York: New York UP, 2005.

Johnson, Charles. *Dreamer: A Novel*. New York: Scribner, 1998.

——. "The King We Left Behind." Byrd, *I Call Myself and Artist* 193–99.

——. "Searching for the Hidden Martin Luther King Jr." *Seattle Times*, January 14, 1996.

King, Martin Luther, Jr. *Strength to Love*. New York: Harper, 1963.

Lischer, Richard. *The Preacher King: Martin Luther King, Jr. and the Word that Moved America*. Oxford: Oxford UP,

1997.
McCaskill, Barbara. "Twenty-First-Century Literature: Post-Black? Post-Civil Rights?" *The Cambridge Companion to American Civil Rights Literature*. 177–192.
Selzer, Linda Furgerson. *Charles Johnson in Context*. Amherst: U of Massachusetts P, 2009.
Whalen-Bridge, John. "Waking Cain: The Poetics of Integration in Dreamer." *Callaloo* 26.2 (2003): 504–21.

7

カラー・ラインの暴力
――トニ・モリスンの『神よその子を助けたまえ』

三井　美穂

モリスンとハーレム

二〇一九年八月五日トニ・モリスンが亡くなった。ニューヨーク市立図書館の分館の一つハーレムのショーンバーグ黒人文化研究センターでは、外壁のデジタル掲示板にモリスンを映し出し、館内ではインタヴュー映像を流していた。モリスンは創作の他にも、黒人文化の発掘、保存、発展のために、多くの業績を残している。アメリカの黒人の生活を記録する資料や写真の編集、出版など、メディアとペンの力で社会に貢献してきた。

ショーンバーグで放映されていたインタヴューは『ビラヴィド』がテーマだったが、その中でモリスンは、出版界が黒人作家に求めているのは黒人の怒りを表した作品だが、そんなものを書くつもりはないと答えている。また『ビラヴィド』は奴隷制時代の物語だが、奴隷制度ではなく人間を描いたのだとも言っている（*PBS NewsHour*）。白人と黒人という二項対立の見方は怒りを生むが、人間は多種多様で、その人間性を見つめ読者に提示することが、モリスンが自負する作家の仕事なのだろう。

とはいえ奴隷制度の記憶は時間とともに風化してしまう可能性もある。一九八〇年代モリスンは、奴隷制を記念する記念碑もプレートも「道路わきの小さなベンチ」すらない、と嘆いた。そのような場所がないなら、本こそがこの記念碑的な役目を果たすべきだとして『ビラヴィド』を書いたという(Morrison,"A Bench" 37)。この言葉から「道路わきのベンチ」プロジェクトが実現し、二〇一六年にはショーンバーグにも一つ送られている。その後二〇一六年ワシントンDCに国立アフリカ系米国人歴史文化博物館が開館した。また黒人の歴史や文化をテーマにした数多くの文学作品や映画も発表されている。二〇二〇年には新二〇ドル札の顔として、ハリエット・タブマンが印刷される予定だ。奴隷制の記念碑は続々と作られている。

奴隷制度が廃止されてから一五〇年余りたった現在のハーレムは、危険地域の代名詞だった二〇世紀のハーレムとは異なり、美しいタウンハウスが連なる町並みへと変貌した。住宅の前には高級車も並んでいる。二〇一八年のアメリカ国勢調査(US Census Bureau)によると、ハーレムに居住する白人の割合は一九九〇年代には一・五%だったのが、今や一三・五%と一〇倍近くに膨らんでいる。現在は黒人が六一%、そのほかのエスニシティも混じっている。黒人がハーレムの劣悪な環境から抜け出す時代は終わり、より良い環境を求めて人々がハーレムに集まる時代になったようだ。二一世紀は平等な社会が実現したかのように見える。

現代の暴力

一方で現在は白人警官が黒人を死に至らしめる事件が多発し、白人至上主義団体が公にメディアに登場する時代でもある。一見平和で豊かな時代の暴力はかえって恐怖を増す。

二〇一二年フロリダ州で一七歳の少年が自警団に射殺された。この事件を機に「ブラック・ライヴズ・マター」をスローガンに掲げた抗議運動が全米に広がった。しかし翌年、テキサス州で十代の黒人の集団に白人警官が銃口を向ける。二〇一四年にもミズーリ州で一八歳の少年が白人警官に射殺された。これに対する抗議デモに警察が催涙弾を発砲したことから、デモは暴動に発展した。同年ニューヨーク市で、黒人男性が白人警官に首を絞められ死亡する事件が起ったが、当の警官は不起訴となり、抗議デモの規模はさらに大きくなっていく。

美しくなった黒人の街ハーレムの外側では、前世紀と変わらない暴力がむしろ数を増しているようにも思える。デュボイスは「二〇世紀の問題は、カラー・ラインの問題——すなわち……色の黒い人種と色の白い人種との間の関係」（デュボイス、三〇）と言ったが、二一世紀の現在もこの問題は未解決だ。むしろ境界線の数は白黒を分ける一本から複数に増え、問題はより複雑になったように見える。

この現代の暴力の標的になった黒人をモリスンは「国家の暴力の被害者としての新しい黒人」(Akhtar, 16) と呼んでいるが、これはモリスンの最後の長編となった『神よその子を助けたまえ』

(*God Help the Child*) のテーマの一つとも言える。作品の舞台は二一世紀のまさに現在。美容産業で成功し、ハーレムではないがカリフォルニアの高級住宅街のマンションに住み、メイドを雇いジャガーを乗り回す、何もかも手に入れた二三歳の「新しい黒人」ブライドの物語だ。ブライドはその肌が真っ黒なために幼少期から母親スウィートネスの虐待を受けていた。そのほかの登場人物もそれぞれに暴力を体験し、暴力は複雑に絡み合う。

八歳のブライドの証言で二五年の刑を科されたソフィアは、厳しい母親の抑圧のもとで子ども時代を送った。そして出所後、ブライドに激しい暴力をふるい大けがを負わせる。ブライドの恋人ブッカーの兄は幼いころ性犯罪者に殺害された。ブライドが身を寄せるヒッピー夫婦に保護された少女レインも、母親に売春を強要された挙句に棄てられる。ブライドの同僚ブルックリンも母親のネグレクトと叔父の性的暴行の被害者だ。奴隷制時代を描いているわけでもないのに、これほどまでに暴力に溢れた作品はモリスンの作品の中でも際立つ。モリスンが見る現代社会は、黒人にとって過酷な時代だった一九世紀と同じく、暴力に支配された時代なのだ。

モリスンは奴隷制度をアメリカ黒人の存在の原点と見て作品を書き続けた。それは現代が舞台の『神よ』でも同じだ。肌の色をよりどころとした「国家の暴力」は形を変えて存在するからだ。『神よ』では白と黒の違いだけでなく、黒の濃淡の違いも問題とする。最も濃いブルー・ブラックが高級な色と認識されうるケースを描きながら、モリスンは曖昧な色の概念と暴力の関係を示し、私たち現代人がそれをどのように見るのかを問う。白い社会の中の黒い肌を恐れた母親の暴力に対し、子どもはどのように抵抗し生き延びるのだろうか。暴力は、登場人物はもちろん、読者にどのような影響を与えるのだろうか。

色が生む暴力

モリスンの作品には異なる色を標的とした暴力が溢れている。『青い目が欲しい』のレイプ、『パラダイス』の教会での皆殺し、『ソロモンの歌』の報復殺人。中でも奴隷制時代の記念碑的作品『ビラヴィド』のセサの子殺しは衝撃だ。

『ビラヴィド』の舞台は一八五〇年代。プランテーションの劣悪な環境から逃亡したセサは、追っ手が迫ってきたとき二歳の娘の喉を掻き切ってしまう。奴隷にされることは、所有され怯えながら死んだように生きること、人間性を完全に否定されることに他ならない。それならいっそ死んだ方がましだと思ったのだ。

セサの子殺しという暴力は抗いようのない悲劇を提示するが、『神よ』のスウィートネスの娘に対する暴力はどうか。この暴力は、『青い目が欲しい』から『パラダイス』の系譜の、カラー・ラインへの恐怖からくる暴力だ。白と黒を分ける線ではなく、白に近い黒とより深い黒とを分ける線で、薄い黒は漆黒を恥じ、嫌悪する。

ブライドの母スウィートネスは、外見上は白人と区別がつかないほど白い祖母・母から伝わる白さの神話の中で育った。南部のジム・クロウ法の時代、祖母は白人社会へのパッシングにより黒人社会を拒否し、母は白人社会を都合よく利用した。この家族にとっては、白人に近いことが自尊心を保つすべだった。しかしスウィートネスには真っ黒な娘が生まれ、そのせいで夫にも捨てられる。

白人の意識を内在化したスウィートネスは、真っ黒い我が子との接触を恐れ、母乳をやることも嫌悪する。「ママ」と呼ばせず、娘の些細な失敗にもヒステリックに怒鳴り、初めての生理でシーツを汚したブライドを殴り冷たいバスタブに入れる。「あの色はあの子が背負った十字架。私のせいじゃない」(*God*, 7) と、色を罪に変え娘に償わせようとする。黒すぎることは白い社会では醜悪なだけでなく罪悪なのだ。何を言われても言い返さず、目立たないように頭を下げて生きなければならない。『ビラヴィド』のセスが経験した、人間性を否定された奴隷の生き方を、二一世紀になってもスウィートネスは娘に強要する。この母が「人種差別的なコンテクストに発する文化的意味」(Martín-Salván, 610) をブライドに植えつけたのだ。奴隷制の暴力が残したトラウマは、二一世紀の現在も簡単には消えない。

「ブラック・イズ・ビューティフル」

黒いことは罪と母から教えられてきたブライドは、友人ジェリのアドバイス「白い服だけを身に着けるんだ。いつも全部白だけ」(*God*, 33)「黒は売れる。文明社会でいちばんホットな商品なんだ」

(God, 36) に従い、ただ真っ黒な醜い少女から黒く美しい女性に変身し、その美を活かして社会的に成功する。今や美の象徴だ。一九六〇年代の「ブラック・イズ・ビューティフル」が蘇る。しかし肌の色の価値基準は政治的・経済的イデオロギーによって変動する。白い世界で「売れる」「ホットな商品」か否かが問題なのだ。

ブライドはハーシーズのシロップやホイップクリームを添えたチョコレート・スフレ、ボンボン、あるいは黒テン、豹、クズリの黒に例えられる。つまりブライドは、清潔な「白を一滴落とさなければ、うまく扱わなければならない野獣」(Ramírez, 227)、あるいは「食べられるか動物化された商品」でしかなく、「包装されず虐待につながる黒か、包装されてフェティシズムにつながる黒」(Gras, 8) でしかない。人種的フェティシズムは人種差別的なステレオタイプ化から発することもある。男たちはブライドの黒い肌をまるで「自分の能力を無言で証明する輝くメダルのように」(God, 36) 身につけるのだ。

社会で成功した「新しい黒人」のはずのブライドの生き方は、黒は薄ければ薄いほど白人社会でチャンスが得られるという、これまでのカラー・ラインに捕らわれたアメリカ人の生き方と実は少しも変わらない。「ブライドの外見への執着は、中身のないイメージにおんぶした、資本主義的な美容産業で成り立つ」(Wyatt, 172) と言える。白い資本主義がこの黒という色を「売る」からこそ、ブライドのアメリカンドリームはかなえられ、「新しい黒人」として誕生するのだ。

白い服で黒い肌を際立たせ、「ブラック・イズ・ビューティフル」と主張することは、白を美とする前提から始まる。白人社会の基準を継承し対抗することで、カラー・ラインを確固たるものにしてしまう。また商品化された黒い肌は人種的フェティシズムの対象ともなる。白がなければ黒が成立しないという依存性までも暗示する。しかし白人社会で自己の存在がすでに認められていると信じたいブライドは、公民権運動で活躍した歌手ニーナ・シモンもウッディ・ガシュリーの歌も嫌いだ。今は権利を主張するような時代ではないのだ。「自分以外のことを考えさせる」(*God*, 78) 奴隷制から公民権運動の歴史、白い政治力を押し付けてきた母に抵抗した歴史を、ブライドは拒否する。

子どもの身体の表象

しかしながらブライドの社会的成功も長くは続かない。八歳のとき裁判で性犯罪者と指さしたソフィアが仮出所すると知り、ブライドは償いのために大金を持って訪ねることにする。その計画を恋人ブッカーに打ち明けたとたん、「君は俺が望む女じゃない」(*God*, 8) と捨てられてしまう。犯罪者に温情をかけることは、兄を殺されたブッカーには耐えきれないからだ。このころからブライドの身体は子どもに逆戻りする。ピアスの穴が塞がり、大人の体毛も女性らしい身体の線も消え、生理も止まる。このシュールな退行は、ブッカーとの別れというより「ソフィアの裁判」というキーワードが引き起こしたものだろう。裁判の証言は実は母の愛情を得るための偽証だったのだ。ブライドの望み通りスウィートネスは娘を誇らしく思い、記念にピアスを開けてやるが、その穴が塞がることは裁判以前のブライドに戻ることを意味する。

子どもの身体に戻ったブライドは、「ブラック・イズ・ビューティフル」の成功を失い醜さを恥じるが、これは図らずも白い資本主義社会からの脱出を意味する。去っていったブッカーを追いかける旅で、最初に迷い込んだのがヒッピー夫婦の家だったこともそれを裏付ける。原始的な生活を送るこの夫婦の下では、白だけを身に着けるおしゃれはできない。つまり、子どもの身体に戻るということは、「白」を忘れ、もう一度子どもの目で世界を見直す機会を意味する。

裁判でのブライドの偽証は誰にも語れない過去だった。「語れない語られなかったこと」("Unspeakable") でモリスンが論じた、奴隷制時代から言葉にされなかったアメリカ黒人のアイデンティティが、『神よ』でもここに現れる。ブライドは母親から虐待を受けたことは語るが、母親の愛情を手に入れるために偽証したことは語れないまま、無実のソフィアを「モンスター」(*God*, 15) と呼んで読者に嘘をついている。さらに「私が唯一の目撃者ではない」(*God* 30) と言い訳する。しかしピアスの穴が塞がった今、この偽証の事実と向き合い、虚飾の「漆黒の美女」の衣装を脱ぐ機会が与えられる。

虚飾の自己を認識するきっかけとなるのは「ブライドの大人の肉体的アイデンティティに加えられた暴力あるいは攻撃」(Martin-Salván, 616) だろう。ソフィアの暴力、運転中の事故に続き、レインを庇って猟銃で撃たれ、ブッカーの叔母クイーンを火事から助けだして火傷を負う。このような肉体に加えられる暴力や傷は、奴隷制時代に先祖が受けた痛みの象徴だろう。「何百年にわたって黒人女性が拒絶され服従させられてきた衝撃」(Gras, 11) を、肉体的精神的暴力の被害者に共通の経験としてブライドは追体験する。外面を変えても変えられない歴史的な自己を知らなければならないのだ。ルーラ・アン・ブライドウェルからブライドに名前を変えることによって醜い子どもから変身したつもりだったブライドは、ヒッピー夫婦に助けられたとき、「でっち上げた名前がはじめてカッコよく聞こえなかった。ハリウッドぽくて、子どもっぽい」(*God*, 86) と気づく。虚飾をはぎ取るのに子どもの身体はふさわしい。

過去の共有

ブライドは共通の歴史を持つ者たちと共感しはじめる。『ビラヴィド』の貧乏白人の少女デンバーが、逃亡中の疲弊したセサを介抱したように、ブライドも色にとらわれず共感できることを知る。モリスンは常に奴隷の歴史を小説の基盤としていると先に述べたが、モリスンが歴史を扱う意味はこの点にある。ブライドは、散弾銃で狙われた白いレインをかばい負傷する。レインはブライドと同様に母親の暴力の被害者だった。また火事から救い出したクイーンは、母親の拒絶に苦しんだブライドと同じく、愛を求め、何人もの男と結婚を繰り返し、すべての夫と子どもに見捨てられ孤独の中で暮らしていた。

母との生活では目立たないように隠され遠ざけられていた他者との関係を、子どもに戻ったブライドは初めて経験する。恋人のブッカーのことさえ何も知らなかったブライドが、ヒッピー夫婦の家ではじめてレインの話を聞くことは、人間関係を構築し、コミュニティの中での立場を認識する始まりだ。売春を強要され棄てられた六歳のレインに起こったことは、六歳のブライドが経験した虐待とレイプの目撃にオーバーラップする。レインの話を聞いてブライドは「自分以外の誰かのための涙をこらえるのに必死だった」(*God*, 103)。子どものころ知りえなかった「妬みのまったくない仲間意識」と「女友だちの親密な関係」(*God*, 103) を、子どもに戻ったブライドは体験する。ニーナ・シモンの歌は「自分以外のことを考えさせられるから嫌」だったことが思い出せる。

レインはブライドを美しいと思う。身体がレインと同じサイズになり白も身に着けていないブライドを、レインはきれいだというのだ。それは「黒い人は私に話させてくれた」(*God*, 104) から、また森で散弾銃を向けられたときに命がけで守ってくれたからだ。それでもその後ブッカーを探しに行き、やっと会えるというとき「美しくないから」(*God*, 151) とブライドは躊躇する。しかしブライドの身体の変化には誰も気づいていない (Walker)。身体の退行はブライドの幻想なのか、それとも現実なのかを曖昧にすることによって、モリスンは美醜の基準も曖昧にしているようだ。結局ブッカーは、「ブラック・イズ・ビューティフル」ではなく、子どもの身体のブライドという人間を受け入れる。受け入れられるとき「語れなかったこと」は語られる。ブライドは無実のソフィアを陥れた罪を告白するのだ。この罪の根底にあるのはカラー・ラインだが、それにこだわることは、ブライドのようにまた別の罪への連鎖を招く。「ただの色だよ。よくもないし悪くもない。祝福でも罪でもない」(*God*, 143) とブッカーは言う。うつろう色の価値や美は、トラウマを共有する者たちの間では意味を失くすのだ。ミッションを完了したブライドの身体は、大人に戻り妊娠する。それは次の歴史につながる出発点となる。

コール&レスポンス

コール&レスポンスはアメリカの黒人文化の特徴のひとつだが、モリスンはこの伝統を私たちに思い起こさせる。スレイブ・ナラティブでは語りえなかった奴隷の追い込まれた精神状態や感情を、現代の暴力を通してモリスンは私たちに示す。奴隷制の悲惨な過去を忘れたい、あるいは忘れてしまった現代のアメリカの黒人だけでなく、奴隷制の体験者でない者たちにも、差異に起因する暴力があることを実感させる。そして読者は「そうそう」「確かに」と思い思いに反応し、小説の中のエピソードを取り上げ、ジャズのように「自分のヴァージョンを即興で作る」(Wyatt, 194) のだ。セクハラ、パワハラ、レイプ、家庭内暴力、育児放棄、幼児虐待、児童ポルノ、人身売買、ヘイトクライム、移民の搾取、トランプの壁、銃乱射、テロ。起きてはならないはずの事件が日常的に起きている。その一つを取り出し自分のヴァージョンの『神よ』を読者は紡ぎだす。そうすることによってアメリカの黒人に振るわれた暴力を追体験し、痛みを共有する。「国家の暴力」の前に痛みを共有するとき、色は消滅するのではないか。

ブライドはブッカーの子どもを身ごもる。三人称の語り手はまるでこの作品を読んだ後の読者の気持ちを代弁しているかのようだ。「子ども。新しい命。邪悪なものや病に対する免疫。誘拐、暴力、レイプ、人種差別、侮辱、傷ついたり、自己嫌悪に陥って自暴自棄にならないように守られている。誤りもない。いいものだけ。怒りなんてない」(*God*, 175)。ブライドとブッカーもそう信じている。

小説全体はジャズの音楽のように、暴力をテーマにそれぞれの登場人物が自分のヴァージョンの暴力の体験を語る章で構成されているのだが、最初と最後の章は全体を囲むようにしてスウィートネスが語る。「何が必要か、世の中がどんなものか、どんなふうになってどう変わるのか、親になったらわかるわよ。幸運を祈ります。神よその子を助けたまえ」(*God*, 178) と新しい家族に向けて不吉な予言をする。世の中はまだ変わらないかもしれない。しかし白い世界を教えたスウィートネスは今、施設に入りブライドには何の影響力も持たない。

引用文献

Akhtar, Jaleel. *Toni Morrison and the New Black: Reading God Help the Child*. Routledge, 2019.

デュボイス、W・E・B『黒人のたましい』木島始、鮫島重俊、黄寅秀訳、岩波文庫、一九九二

Gras, Delphine. "Post What? Disarticulating Post-Discourses in Toni Morrison's *God Help the Child*. *Humanities*,

vol. 5, no. 8, 2016, pp.1–18. https://www.mdpi.com/journal/humanities.
Martín-Salván, Paula. "The Secret of Bride's Body in Toni Morrison's *God Help the Child.*" *Critique: Studies in Contemporary Fiction*, vol. 59, no. 5, 2018, pp. 609–623.
Morrison, Toni, *God Help the Child.*]Chatto & Windus, 2015.
——."Unspeakable Things Unspoken: The Afro-American Presence in American Literature." *Michigan Quarterly Review*, Vol. 28, no. 1, 1989, pp. 1–34.
——, and Richardson, Robert. "A Bench by the Road." *The World*, vol. 3, no. 1, Jan/Feb 1989, pp. 4, 5, 37–41.
Wyatt, Jean, *Love and Narrative Form in Toni Morrison's Later Novels*. U of Georgia P, Athens, Georgia, 2017.
PBS NsewHour. 1987. https://www.pbs.org/newshour/arts/lessons-we-can-learn-from-toni-morrison
Ramírez, Manuela López."What You Do to Children Matters: Toxic Motherhood in Toni Morrison's *God Help the Child.*" *The Grove Working Papers in English*, vol. 22, no. 6, 2015, pp. 107–119.
US Census Bureau. https://statisticalatlas. com/United-States/Overview.
Walker, Kara."Toni Morrison's *God Help the Child.*" *The New York Times Sunday Book Review*. https://archive. nytimes.com/ www.nytimes.com/indexes/2015/04/19/books/review/index.html?module=inline

（*God Help the Child* からの引用は、すべて拙訳とした。翻訳は『神よ、あの子を守りたまえ』（大社淑子訳、二〇一六）があるが、邦題も筆者の解釈とした。）

8

Arrival (*Stories of Your Life*) における言語と時間、そして交渉

山木　聖史

われわれはこれまでの人生の様々な場面を、映画のシーンのように思い出すことが出来る。しかしこれから起こる人生のあらゆる場面も見えるようになったらどうだろうか。そんな「思いつき」が作品として結実したのがこの Ted Chiang 原作の *Stories of Your Life* (New York: Picador) である。このＳＦ小説は二〇〇二年に発表された。

この原作をもとにエリック・ハイセラー (Eric Heisserer) が脚本を執筆し二〇一六年にドゥニ・ビルヌーブ監督 (Denis Villeneuve) によって *Arrival* というタイトルで映画化された。映画としては、ドラマチックな盛り上がりを作るためからか、原作からのいくつかの改変はあるものの、原作のメッセージを出来るだけ尊重して映画化されたことは評価に値するだろう。原作と映画との相違点を指摘しながら、原作と映画が共有しているメッセージを論じることが本稿の目的である。

ＳＦ物語の「未知」とのかかわり

従来のＳＦにおける未知の存在と人類との遭遇の物語の代表的な作品を取り上げてみよう。Ｈ・Ｇ・ウェルズの『宇宙戦争』*The War of the Worlds* (London: Heinemann, 1898)[1]が未知の宇宙人との遭遇が描かれた最初の作品であろう。イギリスのウォーキングという町で空から落下した金属の円筒が落ちてくる。火星から来たのだという。円筒から出現した戦闘機械であるトライポッドが毒ガスと熱線で人間を無差別に殺害する。軍が勇敢に戦うが、科学技術の差にまったく歯が立たない。主人公は逃げ惑いながら、ロンドンの廃屋に潜む。辺りが静かになったので、出てみると、侵略者は死に絶えていた。地球上のウィルスにやられたということである。

「遭遇物語」の古典としてもう一つ挙げられるのが、アーサー・Ｃ・クラーク[2]の『幼年期の終わり』(*Childhood's Ends*) (London: Sedgwick& Jackson Ltd., 1953) である。ある日突然、ＮＹ上空に (Over-lord)「上主」（最高君主）の円盤状の宇宙船艦隊が現れる。カレルレンと名乗る異星人の代表は姿をまったく見せないまま、国連のストルムグレン事務総長を通じて、国家間の争いや人種差別をすぐさまやめるように人類に勧告する。オーバーロードは宇宙意思であるオーバーマインド (Over-Mind) の意を受けて地球に来たのだ。国家間の対立、虐待や差別はなくなり平和が訪れる。宗教は無くなった。やがてオーバーロードは邪悪な悪魔の姿を現すが、それでも地球人は受容する。しかし、子供たちは意思を失ってオーバーマインドと同化し始める。主人公ジャン・ロドリックはこれに納得せず、この事態の真相を探りにオーバーロードの星に行って、地球に帰還する。子供たちはオーバーマインドに吸収されてしまい、地球人たちはジャン・ロドリックの目の前で滅亡の道を辿る。

スティーブン・スピルバーグ監督は、『未知との遭遇』(*Close Encounters of the Third Kind*)や『ET』でも宇宙人との遭遇物語を描いているが、前者は選ばれた者が宇宙船に乗って地球を去り、後者は少年と邂逅する美しい物語ではあるが、いずれも異なる文明同士の葛藤がテーマとは捉えがたい。

異なる文明同士が接触したとき何が起こるのか、「交換様式」という観点から考えてみたい。「交換」という概念はマリノフスキーや、モース、レヴィ・ストロースにより論じられてきた。集団同士あるいは個人同士の間で行われるモノの交換のことである。レヴィ・ストロースが指摘したように、女性を交換し部族同士が婚姻関係を結ぶ交換もある。いずれにせよ、この交換は、送り手から受け手に対して、モノあるいは財が贈与される。贈与が行なわれたあと今度は受け手から送り手に対して「おかえしに」何らかのモノあるいは財が贈与されなければならないという心的強制力や規範がある。双方ともに互酬的であり、それゆえに集団や社会システムを維持する機能を果たしているのだ。モースはポリネシアやメラネシアで漁労・採集で生活している民族のグループ間で行われている「贈与」行為を調査して、「贈与」が根源的行為であると論じた。すなわち贈与行為には三つの義務がある。まず「贈り物を与える義務」そして「受け取る義務」、最後に「返礼する義務」である。なぜ贈与行為が義務にならざるを得ないのかといえば、そこには呪術的な意味合いが含まれているため、贈り物の受け取りを拒否したり、返礼する義務を怠れば、必ず災厄に見舞われると信じられていたからである。さきほど触れたいわゆる「心的強制力や規範」のそれである。

柄谷行人は『世界史の構造』[3]（岩波書店、二〇一〇年）において歴史を俯瞰して、様々な文明同士の接触と交流、そして征服・支配のありようを「交換様式」という視点から分類した。

柄谷は交換様式を四つに分類し、それぞれの様式から歴史を分析することを試みた。さきほど論じたモースらの言う「贈与」は交換様式Aである。これは、互いに贈与をし合う様式あり、互酬的な関係と言える。現在でも遊牧民など定住地を持たないグループで行われている。交換様式Bは「収奪と分配」の交換様式である。定住後の富の蓄積の格差から支配層が生まれ、収奪が「支配／被支配」構造の中で行われる。支配者は暴力・脅しによって、収奪を行う。しかし収奪する方は一方的に収奪するだけではなく、収奪される側にも分配や保護などのなんらかの便益を図り互恵的な交換をしている。これが制度化されたものが「国家」であり、その延長上に「帝国」がある。交換様式Cは合意に基づいた商品交換であり、資本主義がこの様式である。

まず、ウェルズの『宇宙戦争』*The War of the Worlds* であるが、突然地球に来襲した火星人は、近づくものたち、あらゆる動くものを熱線や毒ガスで即座に殲滅し、ひたすら殺惨の限りを尽くす。交流や交換の意思などみじんも見られない。異民族・異文化に対する恐怖や嫌悪が「火星人」として作品に現れていると言えるだろう。

クラークの『幼年期の終わり』はもっと複雑である。オーバーマインドの意を受けたオーバーロードが地球に赴き、科学的脅威で圧倒して地球に平和をもたらすかのように見える。一方、オーバーマインドは利用できる子供たちからは自律的精神を奪い、「救済」であるかのようにオーバーマインドの一部として吸収してしまう。子供たちは「搾取」されたのである。「平和」をもたらし、子供たちに「救済」という報酬の代わりに、搾取するのでこれは「交換様式B」と言えるのかもしれない。異星人という「未知」との接触は、一見良さそうに見えはしても、いずれは彼らに支配されて搾取されてしまうという「懸念」を人間は持つのかもしれない。

『未知との遭遇』など一部の例外を除いては、突然来訪した宇宙人によって、人類の科学技術の力では太刀打ち出来ず征服され搾取されるというような宇宙人に支配される物語が作られてきた。これは、支配するものが「宇宙からの来訪者」に変わっただけで歴史上、人類の間で行なわれてきた「支配／被支配」という「搾取」の権力体制の枠組みを踏襲している。

Arrival——未知の到来

Arrival—Stories of Your Life のあらましはこうである。ある日、正体不明の巨大な宇宙船が飛来し（原作ではUFOは軌道上にとどまり、地上にモニター状の「通信設備——ルッキンググラス (looking-glass)」が出現する）、この縦四五〇メートルの巨大な「殻 (shell)」が英国、米国、ベネズエラ、パキスタン、スーダン、シエラレオネ、ロシア、オーストラリア、日本、中国、など十二の

地域で十二の飛来物（殻）が屹立した状態で地上にとどまる。アメリカの大学で言語学を教えているルイーズ・バンクスは、米軍から派遣されたウェバー大佐に、宇宙人の言語の解析と「通訳」を要請される。軍は、来訪した未知なるものの解析のために、言語学者、物理学者たちを呼び集め、飛来した「殻」のそばに駐屯基地を設置して、学者たちに分析させていた。ルイーズは物理学者イアン・ドネリー（原作ではゲーリー・ドネリー）とチームを組んで、モンタナの原野に屹立している飛来物の分析を行うことになった。モンタナ以外の十一のそれぞれの地域でも、物理学者や数学者、言語学者がそれぞれ分析を行って互いにネットワークを接続して情報の共有を行っていた。巨大な飛来物（殻）は、岩石とも金属とも区別がつかない材質でできており、「殻」の下部が開口して「入口」が開くと、一一二分一九秒間だけ人間が中に入ることができる。あとの一八時間は中に入ることはできない。酸素を入れ替えるためらしい。「殻」の中では重力が変化し、縦になった壁を上へ歩いていくことができる。物理学者たちは宇宙人たちが持っている未知の物理的知識がないかを分析する。米軍から宇宙人たちと直接コンタクトすることを許可されたルイーズとイアンらは、細菌感染防止や放射能汚染防止のために防護服を着用して宇宙人との対話を試みる。宇宙船内部の一番奥にまで上がると、ガラスのような透明の板で仕切られた空間があり、透明版の向こうの靄から「未知の存在」が姿を現す。透明板の向こうは無重力であるようだ。宇宙人はその空間を漂っている。姿を現した「宇宙人」たちは、頭部の周囲に目のような器官を持ち、七本の足を持っていることから「ヘプタポッド」（ヘプタ＝七、ポッド＝足）と名付けられた。（映画では蛸か烏賊のような姿で映像化されているが、一体が十メートル以上の大きさである。「鯨」の圧倒的な存在感と知性を表現しているとのこと。）

対面するヘプタポッドはいつも二体で登場し、イアンとルイーズは彼ら二体のうち一体を「アボット」、そしてもう一体を「コステロ」と名付けた。原作ではルイーズは以下のように考えている。ちなみに原作における「語り」はすべてルイーズの「モノローグ」で語られている。

'My point is this: their motive might not be to trade, but that doesn't mean that we cannot conduct trade. We need to know why they're here, and what we have that they want. Once we have information, we can begin trade negotiation. (152)

意思疎通がはかれないまま時間が刻々と過ぎ、有毒ガス検知のため籠ごと持ち込んだカナリアの声のみが虚しく響いている。ルイーズは防護服を着たままでは、ヘプタポッドとのコミュニケーションははかどらないと考え、防護服を脱いでヘプタポッドと意思疎通を図った。まずは自分たちの「人類」を意味する名詞、「HUMAN」の綴りをホワイトボードに書いて、ヘプタポッドたちに示した。ヘプタポッドはそれを見ると、触手の一本をヒトデのように開き、蛸か烏賊のように墨を空間に噴き出して円を描いた。禅画の「円相」さながらのループ（円環）である。次にルイーズはホワイトボードに「LOUISE」と名前を書いて、自分のことを指で指し示す。イアンも「IAN」と書いて、自分であることをジェスチャーで示した。このやりとりから、ヘプタポッドは音声と文字を持つことがわかった。しかし、どうやっても意思の疎通が難しい。ルイーズは、通常の言語において音声言語を「文字」として表記するが、ヘプタポッドの言語には音声と文字には関係がないのではないかと気づく。「名詞」を互いで確認すると、次はホワイトボードに「IAN WALKS」書いて、イアンが歩いてみせる。「主語」―「動詞」の最短のセンテンスの確認である。そうやって、幼児が言葉を学習するように、互いの言語を学習していった。[4] ヘプタポッドの描いた「文字」を分析すると、文字そのものは表意文字“logogram”であり、センテンスには「時制」を持たないということがわかる。

透明版を隔ててセッションを行なってヘプタポッドの文字言語に慣れてきた頃、ルイーズが板を隔ててヘプタポッドの触手と手を重ね合わせたとき、ルイーズの意識に変化があらわれた。見たこともない「記憶」がルイーズの脳裏に浮かぶようになったのだ。赤ん坊をあやすルイーズ、幼い女の子と遊んでいるルイーズ、思春期を迎えた少女と親しく会話する自らの姿のイメージがルイーズの頭に脈絡なく浮かぶ。ルイーズはそれが何を意味しているのかわからない。映画では、たびたび見知らぬ少女との「幻影」にルイーズは当惑する。

「戦争」と「交渉」

映画の冒頭部分、UFOが突然飛来して、ルイーズがウェバー大佐にICレコーダーに録音された「宇宙人」の音声言語解析の協力を頼まれたとき、ルイーズは「宇宙人」との意思疎通のため直接のコンタクトを希望するが、大佐が「機密」であるとして拒否される。大佐が他の言語学者に依頼することをほのめかしたとき、ルイーズがサンスクリット語の「戦争」の語源をその言語学者に尋ねてみてと大佐に言う。結局、その言語学者にも協力拒否された大佐があらためてルイーズに依頼しにきたとき、サンスクリット語の「戦争」の語源を「討論」だと答える。大佐が持ってきた回答を否定するかのように、ルイーズは“गविष्टि”(gavisti)“To demand for more cows”ときっぱりと答える。“gav”は「牛」、“siti”は「熱望する」を意味している。インドにおいては、牛は「聖なる動物」であると同時に「財産」であることから、相手に牛を要求することが争いのもととなり、「戦争」の意味に転化したと考えられる。戦争も、相手から強引に利益を得ようとする「交渉」が戦争をもたらすことを映画において暗示しているようだ。

原作にはないが、冒頭で「戦争」が示唆されているように、映画ではクライマックスに戦争突入する直前まで事態は切迫する。発端は、ルイーズの“What is your purpose?”という問いに対してヘプタポッドから受け取った“offer weapon”というメッセージであった。各国の首脳陣はヘプタポッドが“weapon”を人類に提供することで、人類同士を争わせ、ヘプタポッドが「漁夫の利を得る」

のではないかという疑心暗鬼の状態に互いが陥る。ルイーズが“weapon”とはいうものの、「武器」を意味するとは限らない。もう少し冷静に対応すべきであると軍とCIAのハルパーンに進言するが、聞き入れられない。各国の情報共有のためのネットワークは断ち切られて、それぞれ得た情報は自国のものだとして、他国との協力を拒絶する。ロシアでは、ヘプタポッドから“There is no time. Many become One.”というメッセージを受け取った科学者が、情報共有しようとしたが、「機密保持」のため射殺された。モンタナの「殻」にいるヘプタポッドの殺害を目論んだ一部の兵士たちが、「殻」の内部にC4爆薬を設置して、ルイーズとイアンがヘプタポッドとセッションを行なっている最中に爆破させようとする。ヘプタポッドは爆破を事前に察知していたため、重力を無重力にすることで、すんでのところでルイーズとイアンをコンタクトの場から退避させた。かくてC4爆薬は爆破して、一体のヘプタポッド（アボット）は爆死する。爆発の直前、察知したヘプタポッドが空間に放出した墨で描かれた文字は、膨大な数の円環であった。イアンが空間に占める文字の割合を計算すると十二分の一となった。ルイーズとイアンは、十二分の一のメッセージを与えられたということは、他の十一の地域とも情報共有せよというメッセージだと主張するもやはり軍とCIAには受け入れられない。しかし、爆発体験を経たルイーズは四苦八苦して解読していたヘプタポッドの文字言語を“I can read it!”とここで「習得した」と実感することになる。すなわち“offer weapon”というメッセージの“weapon”はヘプタポッドから人類への“gift”だったのである。

突然、ルイーズは「娘」らしき十代の少女に、複数が参加するゲームにおいて、全員が満足できることを何と言うのか尋ねられるシーンを「思い出す」。ルイーズが“compromise?”と訊き返すと違うと言う。では“win-win?”と答えるが、少女に「そうではなく、もっと数学的なやつ」と言われて、お父さんに訊きなさいと答える。原作では以下のやりとりとなる。

'Mom, what do you call it when both sides can win?'
I'll look up from my computer and the paper I'll be writing. 'What, you mean a win-win situation?'
'There's some technical name for it. Some math word. Remember that time Dad was here, he was talking about the stock market? He used it then.'
'I'm sorry, I don't know it either, why don't you call your dad?' (150)

しかし、ふと元夫のゲーリーとのやりとりを思い出したルイーズが「キーワード」を教えてやるのだ。

'A non-zero-some game.'
'What?' You'll reverse course, heading back from your bedroom.
'When both sides can win: I just remembered, it's called a non-zero-some game.'
'That's it! You'll say, writing it down on your notebook. 'Thanks, Mom!' (153)

“zero-sum game”は、複数が参加するゲーム（経済活動や取引）において、誰か勝利して利益を得ると、他の参加者は勝利者の利益の分だけ損をすることを指す。“zero-sum”とは、勝者の利益と敗者の損失を総和するとゼロになるという意味である。米国のマネーゲーム経済の“Winner takes all.”はまさにこの“zero-sum game”をあらわしている。一方、ルイーズが最初に発した“win-win”は経済活動において、双方が満足する利益が出ることを意味する。たとえば、さきほど触れた交換様式Aがそうであり、交換様式B、交換様式Cもある種の「搾取」があるとはいえ、“win-win”の関係とも言える。“non-zero-sum game”は複数が参加するゲームにおいて、誰かの利益は他の参加者の損失にはならず、参加者全員が互いに満足を得られる状態を指す。「提供する―提供される」というモノやカネのやりとりでもなく「してあげる―してもらう」といった「能動／受動」以上のもの。まさに「信頼関係のなかでこそ成り立つ“game”である」と言えるだろう。円満な夫婦関係、親子関係や血縁関係のみならず親しい友人関係や知人関係、組織内、組織間でも成り立つものであり、実際、これまで人類は危機の時代でも「損得抜き」でこうした関係を結んで結束して生き抜いてきたのだ。原作においても、ヘプタポッドとの接触から間もなくのルイーズの言葉にこの“non-zero-sum game”が仄めかされる。

'I should emphasize that our relationship with the heptapods need not be adversarial. This is not a situation where every gain on their part is a loss on ours, or vice versa. If we handle ourselves

correctly, both and the heptapods can come our winners.'
'You mean it's a non-zero-some game?' Gary said in mock incredulity. 'Oh, my gosh.' (153)
'This is not a situation where every gain on their part is a loss on ours, or vice versa.'「相手方の得点はいずれもこちらの失点になったり、その逆だったり」というのが "zero-sum game" あって、'If we handle ourselves correctly, both and the heptapods can come our winners.'「われわれが妥当に対処するならば、われわれとヘプタポッドの双方が勝者になることができる」というのが、いま説明した "non-zero-sum game" である。

ヘプタポッドが示した空間の十二分の一を占める墨文字は、ヘプタポッドたちが人類に協力結束して情報を共有し、自分たちが受け取っている墨文字部分以外の空間の空白部分を、ジグソーパズルのように埋めて完成せよという暗黙のメッセージと言えるのだ。しかし、軍上層部と政府の代弁者であるＣＩＡのハルパーンはそうは受け取らない。米国が情報を提供したところで、米国に何の利益ももたらさないと答える。中国は、人民解放軍のシェン上将 (General Shang) がヘプタポッドに二十四時間以内に立ち去らないと「殻」に「攻撃」を行うと通告した。ロシアやスーダンなども後に続いて、「殻」に攻撃を仕掛ける構えを見せる。

ルイーズは再びヘプタポッドのコンタクトをとるために「殻」に向かう。「殻」に入ると、ルイーズは透明板の「こちら側」ではなく「向こう側」にいた。この無重力空間において、ルイーズは単身でヘプタポッドと意思疎通を図る。ルイーズが透明版の「向こう側」にいるということは、ルイーズとヘプタポッドとを隔てる壁はなくなっている。ヘプタポッドの円環の墨文字を理解できるようになってきているルイーズは相当に「ヘプタポッド言語」を習熟しているため、ヘプタポッドの思考様式で考えることがかなりの程度はできるようになっている。彼女は一部将校による殻内においての爆発事件で「アボット」が死んだことを知ると、「コステロ」に人類が仕出かしたことを心から詫び、彼女の謝罪のメッセージを他の「殻」へも伝えることを依頼した。そしてヘプタポッドのメッセージの意味を問う。「コステロ」は“Louise has weapon”とループ状文字を示す。そして、ルイーズに“use weapon”と告げる。ヘプタポッドの提供する“gift=weapon”すなわち「武器」とは、戦争の道具のことではない。ルイーズが大佐に“Weapon is their language.”と力説するように「言語」のことを指していたのだ。そもそも武器の「武」も本来は、「戈を止める」ことを意味していると言われている。ヘプタポッドの「武器」とはそもそもそういう意味なのかもしれない。

「コステロ」は再びループ状の墨文字で“weapon opens time”と示す。こうして「コステロ」は、ルイーズに贈った「武器」の使い方を示唆するのだ。エドワード・サピアとベンジャミン・ウォーフの二人の言語学者が提唱した“Sapir-Whorf hypothesis”[5]が映画で言及される。“The language you speak determines how you're thinking.”すなわち多種多様な言語は各々の文化背景を持ち、それぞれの独自の思考様式を持っている。ある言語に習熟することは、その言語の思考様式で考えることができるようになることなのだ。ヘポタポッドは過去・現在・未来を同時に俯瞰することができる。すなわち時間の同時的認識することができるのである。ヘプタポッドは時間の束縛から解放されているのだ。しかし一方で、人間は過去から未来に一方向へ向かう時間の中に囚われているため、過去の記憶を持つと同時に「現在」しか見ることができず未来は不可知である。つまりわれわれは逐次認識しかできない。しかし、ルイーズが獲得したヘプタポッドの言語によって、「時間が開かれ」、"Louise sees future" と「コステロ」が示すように、ルイーズは過去・現在・未来を同時に見ることが出来る同時的認識を獲得することが出来た。一方向のみを目指す通常の線形ベクトルを描く人類の記述が象徴しているのは、逐次的認識である。一方、ヘプタポッドの同時的認識は、禅画の円相のような円環（ループ）の文字が象徴している。これはヘプタポットが存在している無重力までもが「全方向的認識」を象徴しているといっても良いだろう。ヘプタポッドの言語を映画では、Universal Language と呼んだ。文字通り、宇宙の言語という意味でもあるし、無重力のように重力や時間の一方向に向かうベクトルに縛られず過去・現在・未来を同時に認識できる Universal であるからであろう。

映画では省略されているが、原作において地球人とヘプタポッドたちが共有できた原理として、「フェルマーの原理」("Fermat's principle") がある。フェルマーによれば、光は二点の間を「最短の時間で結ぶ」特徴があり、空気中から水中に光を通したときは、それぞれ進む速さが異なるので、人間の目には一見「迂回」するように見えるが、「最短の時間」のコースを通っている。しかし、「最短時間のコース」を辿るには、スタート時点からゴール地点をあらかじめ知っていなければならないということである。

I thought to myself, *the ray of light has to know where it will ultimately end up before it can choose the direction to begin moving in.* (149)

ヘプタポッドの思考様式はまるで光があらかじめ到達点を知っているように、未来をもすでに知っているのである。

それまでルイーズを戸惑わせていた、赤ん坊をあやすルイーズ、幼い女の子と遊んでいるルイーズ、思春期を迎えた少女と親しく語らう自らの姿のイメージは幻影でも過去の「記憶」でもなく、これから来たる未来の「娘との記憶」だったのだ。

ここでまたルイーズは、「未来の記憶」を思い出す。一年半後に、各国首脳と関係者のパーティーの場で中国のシェン上将と話す機会を持つことになる。シェンによれば、シェン上将の携帯にルイーズ自ら電話をかけて、戦争回避のために、シェンに攻撃を思いとどまるよう説得したというのだ。あなたの携帯電話の番号も知らないのにとルイーズがシェンに答えると、シェンはすぐさま懐から携帯電話を取り出し"Now You know."とルイーズに携帯番号を見せた。

実は映画の冒頭、ルイーズら学者たちは、米軍の基地に入るときに、機密保持のためにそれぞれの携帯電話を没収されていた。爆破事件によるヘプタポッドとの交渉中断で、反撃を恐れた米軍はモンタナの原野から撤退を決断し、基地を撤収する準備でごった返していた。"Wake Up, Mammy!"という未来の娘の言葉に促され、基地に戻ったルイーズは、たまたまハルパーンが基地内のデスクに置き忘れた携帯電話で、意を決して基地内からシェン上将に直通電話をかけた。このことがハルパーンに発覚して、ハルパーンと警備兵に「利敵行為」としてあやうく射殺されそうになる。彼女は、中国語で"Nobody wins a war. There remain widows."という意味の亡くなったシェン上将の妻の"Dying words"を伝え、シェンに攻撃を思いとどまらせることに成功する。さきほど、戦争も交渉の一様式と言ったが、シェンの妻が夫に亡くなる前に伝えたように、核兵器がある時代においては、勝者は存在しない。

中国が武装を解除して、それぞれの国や地域とのネットワークを再構築して情報を共有した。"non-zero-sum game"を中国はじめとする各国が理解した瞬間である。これを確認したヘプタポッドを乗せた十二の「殻」は文字通り雲散して地上から姿を消してしまう。

柄谷行人は、『世界史の構造』でこれまで存在した社会における「かかわり」を交換様式Aから交換様式Dまで分析して見せた。この作品における両者の「かかわり」は確かに「交換様式A」のようではあるが、モノや財の互酬的交換によらない、もっと「高次の交換様式」が存在することを示唆している。それが、"non-zero-sum game"にほかならない。

結論——"I'll be welcome to every moment."

原作におけるルイーズは、ヘプタポッドとのコンタクトを試みはじめたとき、以下のように考える。

> We need to know why they're here, and what we have that they want. Once we have information, we can begin trade negotiation. (152)

ヘプタポッドらが地球に到来したとき、人類はこの「未知のものたち」が人類からなんらかの利益を得ることを目的に地球に来たのだと考えていた。また人類も、ヘプタポッドから何か未知の物理法則なり科学技術なりを得られると考えていた。「ヘプタポッドの言語」(Universal Language) によって新しい認識を得るまでは、人類は疑心暗鬼だった。また人類同士の間でも、国同士は他国に自国が持っている情報を提供することは「利敵行為」であると考えまた国同士も「疑心暗鬼」であった。

Universal Language によって何が変わったのだろうか。ルイーズは、記憶の中で自分が親しく接している不思議な少女が「未来の自分の娘」—「ハンナ (Hannah)」であると認識する。また「殻」とヘプタポッドを物理的に分析していた同じチームの同僚、イアンは「未来の夫」であることも認識する。一方で、シェン上将は、ルイーズから亡くなった妻のいまわの言葉 (Dying words) を聴いて、妻の「想い」を再認識する。すなわち、登場人物は Universal Language によって、過去や未来の愛情の記憶を手繰り寄せることで、「不安」や「疑心暗鬼」から解放されているのだ。

さきにヘプタポッドの Universal Language が円環（ループ）であることを指摘したが、この映画自体もループ構造を呈している。冒頭、ルイーズが出産した直後に、生まれたばかりのハンナをいったん夫に抱かせたあと、“Come back to me.” とまた自分の胸に取り戻す場面が流れ、四歳ほどのハンナをルイーズが遊ばせる様子、そして母親に無条件に甘えていた幼い娘が、思春期を迎えて母親に反抗する様子が描かれる。次に、不治の病に冒されて十代のまま亡くなったハンナの横たわる体にルイーズが “Come back to me.” と取りすがる姿がまるで過去の出来事のように描かれる。“Come back to me.” という言葉は、大切な人を失った人間のかなわぬ切実な願いの吐露である。冒頭に描かれるシーンは、実は未来の記憶であることに観るわれわれは最後の最後に気付くことになる。映画ではルイーズが独白で「あなた」と呼びかけ、原作ではルイーズがまるで思い出話を語るように娘に語りかけているため、われわれは最後になるまで、呼びかけている相手が「未来の娘」だとは気づかない。

ハンナ (Hannah) という名も、ヘプタポッドの Universal Language と同じく、前から読んでも後ろから読んでも永遠に円環を描くループ構造となっているのだ。実際、ルイーズが小さな女の子であるハンナと一緒に “H-A-N-N-A-H” と前からと後ろから一緒に音読してアルファベットの学習に付き添っている場面がある。(原作では、ルイーズの娘の名は明かされない。)

人間側の「疑心暗鬼」のためにヘプタポッドとのコンタクトが暗礁に乗り上げたとき、また世界がヘプタポッドとの戦争に突入する危機にあったとき、ルイーズは未来に生まれる娘のハンナから"non-zero-sum game""Wake Up, Mammy!"などの示唆を受けて、すんでのところで危機を脱することができる。つまり未来の娘ハンナが、母であるルイーズを救うのだ。

では、この作品によってなぜわれわれは強い感動を呼び覚まされるのだろうか。通常、われわれは身近な人あるいは大切な人の死によって、その喪失体験のトラウマに長い間ずっと苛まれ続ける。それは、われわれが流れ去る線形状言語の認識のもとにあるために、逝ってしまった人は永久にわれわれのもとには戻ってこないと思っているからだ。しかし、ルイーズのようにヘプタポッドのUniversal Languageによって、過去・現在・未来の同時的認識を得られるとしたらどうだろうか。

ルイーズはUniversal Languageによって未来に何が起こるか知ったうえで、すなわち愛娘ハンナが若くして不治の病で亡くなることも知ったうえで、"I'll be welcome to every moment."と呟くそうなのだ。同時的認識を獲得しさえすれば、冒頭にルイーズが"Come back to me."と言うように、われわれが思い出しさえすればいつでも大切な人は戻ってきてくれるのだ。すなわち、線形状言語による逐次的意識のもとで、永遠に喪われた人でも、Universal Languageの同時的認識のもとではいつでもわれわれのもとに大切な人は戻ってくるのである。ここでスピノザの「永遠」の定義を引用する。

定義8　永遠性とは、存在の永遠なるものの定義のみから必然的に出てくると考えられる存在そのもののことと解する。

説明　なぜなら、このような存在は、ものの本質と同様に永遠の真理と考えられ、それゆえに持続や時間によっては説明されえないからである、たとえその持続をはじめも終わりもないものと考えられようとする。（スピノザ『エチカ』第一部定義8、畠中尚史訳）

「在ったもの」は確かに「在る」のである。また、これから「在るもの」も確かに「在る」のだ。「存在」にははじめも終わりもない。つまり「存在」は「永遠」なのだ。大切な人を喪おうとも、われわれは何人《なんぴと》をも喪わない。ルイーズは、ヘプタポッドとコンタクトを行うチームで出会った物理学者イアンと結婚するが、離別することを知っている。そしてイアンとの間でもうけた娘であるハンナをルイーズ一人で懸命に育て上げるが、やがてハンナが不治の病で死んでしまうことも知っている。しかし、"I'll be welcome to every moment."という言葉を呟くということは、ルイーズは過去も、現在も、そして悲しい未来をもすべて自分の「出来事」として喜んで受け入れるという「人生ありのままを肯定する」力強いメッセージを発しているのだ。すべてを悟ったルイーズのメッセージはわれわれの胸に強く迫る。

Arrival—Stories of Your Life は確かに、これから来たるもの(arrival)すなわち「未知」と遭遇するSF物語である。しかし、これまでの「未知との遭遇」SF物語とはまったく異なる。登場人物は

未知の存在と勇敢に闘うことはない。また宇宙人が突然襲来し、占領され支配され搾取されることもない。それどころか、この作品の登場人物は到来した未知の存在のヘプタポッドのUniversal Language をあたかも幼児期のように一歩一歩学んでいき、「過去・現在・未来」の時間をもUniversalに見る新たな時間認識を獲得する。それによって大切な人や家族などの存在をおのれの身近に取り戻し、愛情と信頼を再認識する。「充ち足りた存在」となったわれわれは再び立ち上がり、「Arrival──未知の到来」を心待ちにすることができるのだ。

注

1　この作品は、一九三二年に米国でCBSネットワークによりラジオドラマ化され、パニックを引き起こすという伝説を作った。一九五三年にはジョージ・パルの製作、ハスキン監督によって映画化された。舞台がイギリスから一九五〇年代のカルフォルニアに移されて、多少の改変はあるもののほぼ原作通りに映像化された。また二〇〇五年に公開されたスティーブン・スピルバーグ監督の *War of the Worlds* も舞台を米国に移しているが、原作をほぼ忠実に描いている。

2　アーサー・C・クラークはのちに『2001年宇宙の旅』(*2001: A Space Odyssey*) とその原作となる『前哨』(*The Sentinel*) でモノリス（黒石板）との出会いによって人類が変様して"Star Child"ともいえる宇宙生命体へ「進化」する作品も描いている。

3　柄谷行人『世界史の構造』「序説 交換様式論」（一―四〇） 交換様式のA―Dについて詳述してあるので参照されたし。

4　「互いに言語を学習していった」と書いたが、このときヘプタポッドの言語を「学習」したのは地球人の方で、ヘプタポッドの方は地球人の言語はすでに知っていたはずである。

5　"Sapir-Whorf hypothesis"「いかなる言語を用いても、現実把握に変わりはない」という考えに反論して、Edward Sapir と Benjamin Lee Whorf らは使用する言語によって、現実認識は影響を受けるという仮説を提示した。*Language, Thought, and Reality: Selected Writings of Benjamin Lee Whorf* (The MIT Press, 1964)

文献一覧

Chang,Ted. *Stories of Your Life and Others*. Picador, New York. 2002.

Clarke, Arthur C. *Childhood's Ends*. Sedgwick& Jackson Ltd. London. 1954.

James, Edward (ed.). *The Cambridge Companion to Science Fiction*. Cambridge: Cambridge UP, 2003.

Latham, Rob. *Science Fiction Criticism: An Anthology of Essential Writings*. New York: Bloomsbury USA Academic. 2017.

Luckharst, Roger. *Science Fiction: A Literary History*. London: British Library Board. 2018.

Roberts, Adam. *The History of Science Fiction* London: Palgrave, 2005.

Wells, H. G. *The War of the Worlds*, Heinemann, London. 1898.

笠井潔『機械じかけの夢——私的ＳＦ作家論』講談社、一九八二。

柄谷行人『世界史の構造』岩波書店、二〇一〇。

柄谷行人『「世界史の構造」を読む』インスクリプト、二〇一一。

テッド・チャン『あなたの人生の物語』浅倉久志他訳、早川書房、二〇〇三。

長山靖生『日本ＳＦ精神史』河出書房新社、二〇一八。

野家啓一『物語の哲学』岩波書店、二〇〇五。

9

ミハイル・バフチンの叙事詩と小説の比較に関する一考察

――ジョン・ミルトン『失楽園』の小説的要素について――

常名　朗央

ミハイル・ミハイロビッチ・バフチンは小説及び小説というジャンルに生涯を通じて大きな関心を持ち、多くの論文を執筆した。数あるバフチンの小説論の中で、小説と古代からのジャンルである叙事詩を比較して、小説というジャンルを分析したものがある。バフチンは、叙事詩や悲劇などの既成のジャンルとは違い、小説ジャンルは他の文学ジャンルを吸収しながら生長していくものと論じている。従って小説というジャンルを定義化することはできない。それに対して、叙事詩は時代の変化と共に小説に吸収されて、いずれ無くなる運命であるとしている。実際、アリストテレスが定義する「叙事詩」を執筆し出版された例は現代においてはない。

最後に執筆された叙事詩は、例えばフィンランドの『カレワラ』のように民間の説話を収集してまとめたものなどを除いては、ジョン・ミルトンの『失楽園』ではないだろうか。初版は一六六七年であるから三世紀以上も前のことである。十七世紀後半から十八世紀前半には、欧州は小説の時代に入ったと言ってもよいが、ミルトンは自身の人生の目標であった叙事詩を晩年に書き上げる。

本稿はバフチンの小説論・叙事詩論を参照しながら、ミルトンの『失楽園』から、特にアダムの対話の場面における（叙事詩の中にある）小説的要素について論じる。

アリストテレスの叙事詩の定義

文学のジャンル化はアリストテレスの『詩学』を始祖として現在に至るまで定着している。アリストテレスにとっては、叙事詩とは「叙述形式をとり、韻律を用いて再現する詩作」であり、初め・中間・終わりを備え、完結した行為を基に筋を組み立てるべきものと定義していて、その上、叙事詩は悲劇よりも長くなければいけないとしている。『詩学』では、ヘロドトスをテクストに用いて、叙事詩は歴史書であってはならないと述べている。[1] アリストテレスは、他の詩人が歴史書の要素をもって各戦争の結末を記述する一方で、ホメロスが戦争全体を詩にして述べる方法をとらなかったことに着目した。つまり、アリストテレスは叙事詩とは適度な長さで述べるべきと言っているが、戦争というのは込み入った出来事が各所で生じる特性を持つものである故、戦争を始めから終わりまで記述していては物語の統一性が失われてしまうとしている。『イリアス』は壮大な長編叙事詩であるが、十年に及ぶトロイア戦争でホメロスが扱ったのはわずか十五日ほどのエピソードでしかない。ただし、過去・未来の出来事を回想、予言させることによってトロイア戦争全体を俯瞰で見回せるようにしたことにホメロスの偉大さがあるとしている。

バフチン叙事詩の定義

以上のアリストテレスの叙事詩の定義は、後のヨーロッパで規範となって生き続けた。ただし、バフチンは叙事詩は三つの本質的な特徴を持つとして、独自の解釈を加えている。[2] 一、「叙事詩の主題は、国家の叙事詩的過去である」。すなわち、叙事詩は過去について語られる物語であって、現在を語る類のものではない。それは内容だけにとどまらず、スタイル、語り手の調子、イメージに至るまで現在との接点はない。具体的には登場する叙事詩特有のアエネイスなどの英雄たちの世界は、時間軸と価値観が読み手にとって到達不可能な高みに存在する。従って、読み手は英雄への畏敬の念を持たせる以上、叙事詩とは、理想であり不可侵のものであるとしているので、読み手の時代との接点を求めてはいけない。二、「叙事詩の源泉は国民的伝統である」。叙事詩の読み手とその世界とは民俗的伝統にのみ繋がっていて、各英雄は個人の空想や想像力の産物ではない。バフチンは各叙事詩の起源となる初期の民族歌謡やフォークロアがどのようなものであったかについては、無為に取り上げることはしない。何故なら、叙事詩は様式美としてその時代の読み手の中で成立しているからである。三、「叙事詩の世界は、絶対的な叙事詩的「距離」によって、現代性、つまり歌い手（作者及びその聴衆）の時代から分離されている」。これは一番目の内容と多少重複するが、過去の価値観を現代に置き換えることが古典文学を堪能するには不毛の行為であることに類似していて、登場人物である過去の英雄たちの差別的言動や侵略行為を現代的視点に立って評価することは意味がない。叙事詩はその流麗な語り口や荘厳なスタイルでもって後世の記憶に残るのであり、それこそが叙事詩＝古典文学の基本的な創造的能力なのである。ヘロドトス（歴史）とホメロス（叙事詩）は別ジャンルとして考えなければいけない。語り継がれる英雄叙事詩は年月を経て《最初であり最高のもの》となり、相対化が認められない絶対的存在として君臨する。故に叙事詩への個性的な評価や反駁は無意識にタブー視され、叙事詩は完成されたものとして読み手と「距離」が置かれる。

小説というジャンル

バフチンは「詩学（文学）はジャンルから出発しなくてはならない」（トドロフ、一四七）と述べていたが、ジャンルはバフチンの文学論を理解する重要なキーワードとして多方面に登場する。さらに、ツヴェタン・トドロフはバフチンのジャンルの定義について時系列にまとめている。始めにジャンルは歴史・社会の実体そのものであるとして、社会の変革と共にジャンルの変化を観察する必要があるとしている。それに付随して、小説というジャンルの発展は、ヨーロッパで長らく続いていた部族間・他民族間の断絶状態からの脱却であり、言語的・民族的な国際関係の構築と深く関連していることを意味する。

喜劇、悲劇、叙事詩などのジャンルと違い、小説は生成中の唯一のジャンルである。すなわち、他のジャンルはアリストテレスの時代にはすでに体系化され、完成された様式美である規範（カノン）を保持していて、さらに、全ジャンル（小説という新ジャンル以外）は調和性を有していた。だが小説には規範も定義も存在しない。以下はヘーゲルによる小説理論をまとめたものであるが、叙事詩の定義に対抗するかのようである。一、小説は他のジャンルが詩的である以上詩の要素を排除しなくてはならない。二、小説の主人公は叙事詩の英雄のごとくヒロイックであってはいけない。さらに、自身の内部に卑俗さと高尚さ、肯定的と否定的特徴、滑稽と真面目な面、これらを統合して持ち合わせなくてはならない。三、小説の主人公は完成された不変の存在ではなく、成長と変化を繰り返し育てられる人間でなくてはならない。四、小説は作品世界に対して、叙事詩のように読み手と距離を置きすぎるのを避けなくてはならない（『叙事詩と小説』二二四）。

小説というジャンルは成長過程であり、古代からの他ジャンルと同列に扱われるのでなく、各ジャンルが時代の変化と共に小説に吸収されているというのがバフチンの主張である。従って、小説とは、他のジャンルのように独立して存在しているものではなく、例えば、叙事詩であれば、時代の変換と共に小説へと変化してゆく。

宿命としての小説化

バフチンの小説論で真っ先に挙げられるのがカーニヴァル論である。バフチンは『ラブレー論』

において、小説の完成には以下の三つの要素が不可欠としていて、結果として笑劇（ファルス）を伴う民衆文化の発生が生じるとしている。一、儀礼的な見世物の諸形式——身分の上下を問わず「祭り」に参加をすること。その日だけは支配者と被支配者との身分の逆転現象が起こる。二、滑稽な言語と公式な言語が融合する場——例えば、酒場、集会所、あるいは葬儀の場において登場人物が身分の上下を問わず対峙して語る。三、様々な書式スタイル（韻文・散文・芝居等）が混ぜこぜになること——他ジャンルの文体を取り込むことは小説の大きな特徴である。

これらの三つの共通の特徴は、身分の高い人物が低い位置に降りてきて（あるいは格下げされて）対話をすることにある。これがバフチンがカーニヴァルと呼んでいる現象である。小説の誕生は十六世紀のフランソワ・ラブレーからであるが、バフチンによると、対話と笑いの要素を伴った小説的作品——散文による——は古代から存在している。紀元前三世紀における「メニッポス的風刺」は、韻文と散文を交互に用いて、対話的でパロディに満ちていて、さらには作品に多言語が含まれることにこだわりがない。バフチンによると、このメニッポス的風刺が進化した作品が、一世紀のペトロニウスの『サテュリコン』である。解放奴隷で成金のトリマルキオは豪奢な饗宴を催すが、その無教養さや悪趣味を招待客に笑われる、滑稽な人物として描かれる。作品の小説的な要素として、登場人物は同時代の人物（執筆当時の読者）と同じ時間軸にいる。つまり、叙事詩や英雄譚と異なり描かれるのは同じ立場の人間である。以上から、笑い、散文形式、同じ時間軸等において後に小説と呼ばれるスタイルを有している。

前出で述べたように、小説は十六世紀にラブレーから始まり、十九世紀にドストエフスキーをもって完成するとされる。ラブレーの『パンタグリュエル物語』は権威への風刺によりパリ大学から禁書処分を受けた。既成の勢力に盲目的に従順であることに反旗を翻し、それに風刺と笑いでもって応対する姿勢は、小説の主人公・登場人物たちが読み手との距離を縮める一つの手段であった。いずれにしても叙事詩や悲劇特有の不可侵の主人公（英雄）を読み手と同じ目線にまで引きずり下ろしたラブレーを小説の祖とみることは間違っていない。さらに、バフチンはカーニヴァル論の本質を言い表す「グロテスク・リアリズム」という表現を用いている。バフチンは『ラブレー論』で、グロテスク・リアリズムの主要な特質は、格下げ・下落であって、高位のもの、精神的、理想的、抽象的なものをすべて物質的・肉体的次元へと移行させることであるとしている。この大地と肉の次元は切り離しがたい一つの統一体となっており、さらに「グロテスク・リアリズムは現象の特徴をとらえるのに、現象の変化の状態、まだ完了していない変容の状況、死や誕生、成長と生成の段階を選ぶ」としている。[3]「格下げ・下落」とは高位で英雄的な存在を民間レベルにまで押し下げることで、具体的には同じ人間として対等の関係を築くことである。同時に、人間は肉体的にも精神的にも成長を繰り返し、やがて死を迎え、そして新たに生命が誕生するという変化を体験する。小説において、上流階級が身分を問わず下層のものと対峙する（格下げ）が行われるのが祭礼の場である。その場で身分の逆転現象が起こるのも祭礼の大きな特徴である。例えば、領主に似せた藁人形を張り付けにして焼く儀礼や、祭りの日一日だけ領主と庶民が身分を入れ替わる行為（バフチンはこれを「戴冠」と「奪還」と呼んでいる）もヨーロッパの祭りの場で頻繁に行われた。[4]

小説の誕生にはこうした民間レベルでの躍動感が土壌にあった。民間人が交易、移住、戦争など多様な機会をもって他民族・多言語（これは異国語や支配者階級特有の言語も含む）と触れ合うようになっていったのは、時代の自然の流れであった。その結果、高尚な表現にとらわれない庶民レベルの自由な表現方法が受け入れられた。すなわち、『サテュリコン』での乱痴気騒ぎは市井の生の姿を描き出し、上流階級の発言にも高尚な言葉遣いはない。アウエルバッハは『ミメーシス』にて、「トリマルキオの饗宴」は古代ローマの生活を克明に記述してあることから、近代小説的でリアリズムに長けた描写であるとしている。さらに、『パンタグリュエル』では、主人公は上流階級出身にもかかわらず、その発言と行為は野卑そのものである。さらに彼が家臣に迎えたパニュルジュは人間の欲望の体現者である（ラブレー、二一一―二一二）。本来騎士が女性に求愛する様は、中世からの宮廷風恋愛の伝統に則って決められたスタイルが存在する。男性（騎士）は女性（既婚の夫人）に激しく恋するが、その恋は決して成就してはいけない。そして、女性からの無茶な要求にも男性は黙って従う。

これは十一世紀にプロヴァンス地方の吟遊詩人が始めたとされるが、代表的なものはアーサー王の妻グイネヴィアと円卓の騎士ランスロットの恋であろう。[5] パンタグリュエルの忠臣パニュルジュが女性に言い寄る様はこの騎士道精神と宮廷風恋愛への当てつけともとれる。小説にはこうした伝統や高尚なものへの嘲笑とパロディがあるというのがバフチンの説である。

民間レベルでの表現様式が小説では自由である一方、制約の多い叙事詩は使い勝手の悪い代物と化す。叙事詩の主人公は支配者グループのみが体感できる英雄に限られ、民間の読み手と同じ目線の人物描写が出来ない。つまり、作品と読み手の時間軸が大きくずれていて、同じ世界の共有を避けてしまうので、叙事詩の創造の源は人々の口述で伝承された記憶のみである。叙事詩は過去の価値観を英雄譚などに昇華させて完結させる。ただし、過去の記憶から芸術的に発展する未来を見据えない場合、その過去の遺産は無意味なものになってしまう。先ほど、叙事詩には制約が多いと書いたが、その一つに他言語への受容を拒否することがある。叙事詩が未来に生き残るには、その言語的優位性の克服が必要であるが、叙事詩は完成されたジャンルでありヨーロッパ人の中で高尚なお手本として長年君臨してきた以上、バフチンの言葉でいえば、小説の誕生時点で、叙事詩は「半分死んだ」状態（『叙事詩と小説』二二三）なのである。その反面、小説は経験・認識・未来の産物である。小説は制約がなく、社会の著しい変化に対しても柔軟に対応できる。非階層的・非公式であり続ける限り、小説は理想の文学形式となる。バフチンは、十八世紀になると小説が全てのジャンルを凌駕して、イプセンの芝居や、バイロンの物語詩などはすべて小説化されていると主張する。

ジョン・ミルトンと叙事詩『失楽園』

叙事詩が古いジャンルとなり、反ペトラルキズム[6]の機運も高まった十七世紀中旬のイングランドで、形式やジャンルにとらわれない新たな詩作（及び小説）が生まれてきた環境の中で、ジョン・ミルトンはあえて叙事詩の執筆に挑戦した。ミルトンは『第二弁護論』にて、自身の受けた学問の変遷を詳細に語っている（『イングランド国民のための第一弁護論および第二弁護論』三九四―三九六）が、母国での友人関係についてはセント・ポール校時代からの学友チャールズ・ディオダーティを除いて触れることはなかった。だが、イタリアでの出会いは詳細に語られ、例えば、ナポリを出発する前に出会ったジョヴァンニ・バッティスタ・マンソーに向けてラテン語詩を執筆しているなど、積極的に交流を深めた。ダンテやスペンサーのような叙事詩詩人へのミルトンの憧憬は、ケンブリッジを出た後の五年間の古典研究と、イタリア留学がきっかけであったのは間違いない。[7] ミルトン本人には、ウェルギリウスやダンテ、スペンサーの流れをくむ優れた叙事詩を書くに相応しい人物であるとの自負があった。

十七世紀には叙事詩はすでに時代遅れのジャンルであったと述べたが、バフチンの説に則ると、叙事詩『失楽園』は近代の影響を受けた、一部小説的な要素を持ちうる作品と評価すべきである。つまり、近代に入り、すべてのジャンルが小説というジャンルへと変化しているのなら、『失楽園』も近代に相応しい叙事詩になるはずである。バフチンの掲げる小説論は、前出のカーニヴァル論とポリフォニー論が相まって完成する。すなわち、この二つを両方持っていることが小説の条件である。ポリフォニー論とは、創造者をドストエフスキーとし、多声音と訳される。文学におけるポリフォニーはモノフォニーとの比較で明確になる。

モノフォニーとは、詩や小説の作者（神）が生み出した世界を作者の視点で描き、登場人物は作者の言葉を代弁する。それは、登場人物の思考が作者の枠の中で制限されることを意味する。つまり、（作者⇓登場人物⇓読み手）という一方通行の図が出来て、登場人物は作者の言いなりである。それに反して、登場人物が作者から自立して、作者と対等な関係であるように存在している小説が「ポリフォニー小説」である。一人の作者の意識（イデー）から脱却して、登場人物たちはそれぞれ対等な世界を持っていて、小説世界の中で互いの意識がぶつかり合う。そのポリフォニー小説の完成版が、バフチンによるとドストエフスキー作品なのである。

ミルトンの『失楽園』は小説に必要な条件であるポリフォニーとカーニヴァルの要素を僅かに持ち合わせている。『失楽園』にポリフォニーを見出すとしたら、巻が進むにつれて対話の形式が変化していくことである。特に五巻から八巻に至るアダムとラファエルとのやり取りの場面である。天使ラファエルは、アダムの求めに応じ最初にサタンの軍勢との攻防、神による天地創造の経緯、そして最後に天体の諸運行について話す。ここでのアダムはあくまで聞き手であって、（作者⇓アダム⇓ラファエル）の一方通行の対話のみで、典型的なモノフォニーの図といえる。作者の命令でアダムからラファエルに問いただしているにすぎず、両者の対等な対話は存在しない。

上記の場面で、具体的にはアダムは天動説への疑問を投げかけているが、ラファエルは明確な答えを避けている。これは作者ミルトンが現実に起きた出来事を作品に反映させている一例である。すなわち、地動説を唱えたガリレオ裁判への言及であるが、ミルトン本人も天動説には疑問を持っていたようで、アダムの口を通じて訴えかけている。これは典型的なモノフォニーであり、作者の個人的な主張が叙事詩に入り込んでいる。叙事詩における作者の主張は、近代以降では例えば、スペンサーの『妖精の女王』におけるグロリアーナ＝エリザベス女王への賛辞などがある。十七世紀のこの時期は、プトレマイオスからコペルニクスの新しい天文学へ移行しつつあり、人文科学も盛んになり、宗教世界もその対応に追われる時代であった。ガリレオが『天文対話』を出版して翌年異端審問で終身刑（後に軟禁に減刑）を言い渡されるのが一六三三年で、その五年後ミルトンはガリレオ本人に会い、その三十数年後の一六六七年に『失楽園』初版が出版される。そのような時期に、ミルトンは敢えてこのセンシティブな内容を作品に挿入した。アダムは天使ラファエルに、「この見事な宇宙を見て、天と地の大きさを測り知ろうとする時、たとえばこの地球ですが、無数の星と比べた場合、一つの原子にすぎず、この無限の空間の中で、地球が中心に周りの星が回っているのは不釣り合い」であると（天動説への疑問を）問いかけている（『失楽園』八巻一五—四〇の内容から部分的に抜粋）。『失楽園』で、アダムの天体の運行に関する質問に、天使ラファエルが明確な解答を避けている理由は、十七世紀のヨーロッパ社会では、まだ科学的な証明ができていなかったことにある。従って、このアダムの問いかけとラファエルの不明瞭な答えはミルトンの考えそのものを示している。そして、旧約聖書の世界にこのような現実の宗教的問題を挿入することで、伝統や高尚なもの（この場合旧約聖書）に小説特有の現実世界を挿入することで作品に「パロディ化」が生じている。

九巻と十巻で、蛇に姿を変えたサタンの誘惑によって禁断の実を口にしたイブは、それをアダムに勧め、結局アダムも食べて自らも滅びる決意をする。その結果、アダムとイブとの間で言い争いが生じる。アダムとイブが目を見開いたことによって、作者ミルトンの干渉から離れて自由な「対話」をお互いが始める。

幸福はあなたと共に味わってこそ私にとっても幸福なのです。そうでなければ、幸福というものは退屈ですぐいやになるものです。ですから、あなたもこの果物を味わってください。等しい愛情と同様、等しい運命が、そして等しい歓喜が私たちを一つにしますように。そうでないと、身分の違いのために二人の仲は裂かれ、たとえ私があなたのために神性を棄てようとも、宿命がそれを許さない限り、遅すぎてどうしようにもありません。（『失楽園』一三三―一三四）

イブがアダムに願ったことは、自ら神の庇護から解放されることを望んでいたのか、それともアダムを道連れにと思ったのか、いずれにしてもここにはアダムとの「対話」を求めたイブの姿がある。イブに請われたアダムの答えは以下のようになる。

しかし、私はお前と運命を共にし、同じ審判を受ける覚悟だ。死がお前の道連れなら、その死は私にとって生命と同じものだ。それほど強く私は、心のうちに、自然の絆が自身のものへ、お前の内にある私自身のものへ、と自分を引き付けるのを感ずる。なぜなら、まさしくお前そのものが、私のものに他ならないからだ。我々の境遇は、切り離しえないものだ。我々は一つだ、一つの肉体だ、お前を失うことは、私自身を失うことだ。(『失楽園』一三八)

アダムはイブの求めに応じて、自らの意志で死と審判を受け入れる。この場面では(作者⇓アダム←《対話》→イブ)の図式が生まれ、両者の対等な関係から「対話」が生まれて作者の手を離れる。つまり、小説の条件であるポリフォニーが発生している。ミルトンは叙事詩という制約の多いジャンルから、旧約聖書を土台にしつつ(ポリフォニーによる)対話をアダムとイブの会話の中に挿入した。これは、ミルトンの独自のアイディアではなく、ルネサンスを経た近代という時代において、対話を含んだ小説のようなジャンルが庶民レベルにまで浸透していたためでもあった。キリスト教を庶民へ布教するためにはラテン語(ウルガタ訳聖書)でなく現地語の使用が不可欠であった。中世に入って宗教劇は世俗化され、紙芝居形式や移動演劇による上演が頻繁に行なわれ、さらに娯楽性の要素が加えられるようになった。アダムとイブの挿話にも会話が入り親しみやすいものとなっていった。[9]『失楽園』にはそのような時代背景からミルトン本人が意識していたかどうか定かではないが、「対話」が織り込まれたのである。バフチンが提唱する近代文学の小説への変化は、叙事詩を書いたミルトンにも無意識に影響を与えていたのである。

『失楽園』におけるカーニヴァル化は、アダムとイブが楽園を追放されることで証明されている。

旧約聖書の挿話のとおり、二人は楽園を追放され、直接神の庇護を受けられなくなるのだが、アダムとイブは苦難の道ではあるが、自らの意志で楽園を離れていく。ここでバフチンが提唱する「格下げ」が生じる。神によって生み出されたアダムとイブは人間と同じく産みの苦しみと、糧を得る苦難を体験することになる。禁断の実から追放までは神によって定められた宿命であったとしても、人間となったアダムとイブは結果として読み手と同じ目線に格下げされることとなる。

おわりに

小説論に関心を寄せていたバフチンが叙事詩のことを論じたものは、小説との比較を除いては存在しない。さらに、シェイクスピアへの言及はあるものの、ミルトンに関して述べたものもない。恐らく、叙事詩人としてのミルトンは小説を研究するバフチンの範囲外であったのだろう。それでも、時代性というものは、作者の意志とは関係なく作品に影響を与えるという仮説の下、『失楽園』における小説的要素を論じた。バフチンは叙事詩と小説を比べて、小説というジャンルは変化を繰り返し、他のジャンルを吸収しながら多様性を持って発展していくと述べた。そして、アリストテレス以来の叙事詩というジャンルは、その制約性の多さ故、文学が庶民レベルに浸透していく過程でその存在意義を失い、いずれ叙事詩は小説に吸収されると結論付けた。文学は中世から母国語による宗教劇や演劇を通じて、あるいは十六世紀以降ラブレーやセルバンテスなどの小説が誕生するにつれ発展していった。そんな中で、イングランドのジョン・ミルトンは十七世紀に叙事詩『失楽園』を執筆した。叙事詩はその高尚さ故に読み手を選ぶ性質のものであるにもかかわらず、あえて叙事詩を選んだのは、詩人としての矜持を示したかったために他ならない。ただし、時代に反した叙事詩であっても、そこには小説的要素を伴う対話とカーニヴァル性が無意識のうちに入っていたのである。

注

1　アリストテレスは『詩学』にて、例えば、カルタゴとギリシャ都市国家連合によるサラミスの海戦と、第一次シケリア戦争は同年（紀元前四八〇年）に起こったとされているが、それは偶然の出来事であり、関連性こそあれ同じ結末に至ることは決してないと述べている（『詩学』八九）。

2　以下のバフチンの叙事詩の本質に関する記述は、『叙事詩と小説――ミハイル・バフチン著作集七』を参照。

3　大江健三郎は『ラブレー論』の当箇所を引用し、バフチンのグロテスク・リアリズムの定義は文学全体の定義にもなりうると主張している。『新しい文学のために』（岩波新書、一九八五年）十四　カーニバルとグロテスク・リアリズム

4　民衆レベルのカーニヴァルの様子に関しては、イブ・マリー・ベルセ『祭りと叛乱』井上幸治訳（新評論、一九八〇）に詳しい。

5　宮廷風恋愛の定義に関しては、『愛のアレゴリー――ヨーロッパ中世文学の伝統』（C・S・ルーイス著、

6　玉泉八洲男訳、一九七二年）の第二章を参照。
反ペトラルキズムに関しては、『英国ルネサンス恋愛ソネット集』（岩崎宗治編、岩波文庫、二〇一三年）に簡潔にまとめられている。

7　ミルトンのソネット執筆の変遷を辿ると、彼の波乱の生涯を垣間見ることが出来る。ケンブリッジを出た頃のミルトンは、イタリアに憧れてイタリア語でペトラルカ風の情緒的なソネットを書いていたが、革命が始まった頃からはイギリス語を使用し、内容も政敵やカトリック勢力に対する攻撃的なものに変わっていった。ただし、韻律だけはシェイクスピア様式でなくペトラルカ様式であったのは、ひとえに古典に対する憧憬が強かった故か。

8　ミルトンのイタリア留学はフィレンツェがローマと並んで四か月と一番長い。ガリレオに会ったのもフィレンツェのアルチェトリである。詳細は、Arthos, John. *Milton and the Italian Cities*. London: Bowes and Bowes. 1968. 及びミルトンの旅行日程に関しては、J. Milton French, ed. *Life Records of John Milton: Vol 1. 1608–39*. New York: Gordian Press Inc. 1966. pp.735–59 を参照。

9　『ミメーシス』第七章にて、作者はアダムとイブの宗教劇を例に挙げ、文学が民衆レベルに浸透していった様子を描写している。

参考資料

アウエルバッハ、エーリッヒ『ミメーシス――ヨーロッパ文学における現実描写』〈上〉篠田一士／川村二郎訳、ちくま学芸文庫、一九九四

阿部軍治『バフチンを読む』、ＮＨＫブックス、一九九七

アリストテレス『アリストテレス　詩学・ホラティウス　詩論』松本仁助、岡道男訳、岩波文庫、一九九七

北岡誠司『バフチン――対話とカーニヴァル』、講談社、一九九八

桑野隆『バフチン　新版』、岩波書店、二〇〇二
トドロフ、ツヴェタン『ミハイル・バフチン　対話の原理』大谷尚史訳、法政大学出版局、二〇〇一
バフチン、ミハイル『小説の言葉』伊東一郎訳、平凡社ライブラリー、一九九六
バフチン『叙事詩と小説――ミハイル・バフチン著作集七』川端香男里、伊東一郎、佐々木寛訳、新時代社、一九九二
バフチン『ドストエフスキーの詩学』、望月哲男、鈴木淳一訳、ちくま文庫、一九九五
バフチン『フランソワ・ラブレーの作品と中世・ルネッサンスの民衆文化』川澄香男里訳、せりか書房、一九九五（尚、本稿では『ラブレー論』と表記する。）
ミルトン、ジョン『イングランド国民のための第一弁護論および第二弁護論』新井明、野呂有子訳、聖学院大学出版会、二〇〇三
ミルトン『失楽園』〈上・下〉平井正穂訳、岩波文庫、一九八一

10
童話の空白を埋める『アダム・ビード』の世界

青山　加奈

小説を読む魅力は、それぞれの登場人物の人生を細部にいたるまでじっくりと眺め、彼ら彼女らの生きることの意味や価値について読者なりの想いをさまざまにめぐらせることができるところにあるのではないだろうか。

小学生の頃、夢中になって読んだアンデルセン（H. C. Andersen, 1805–75）の童話、その中でも特に心に残っている「パンを踏んだ娘」（1860）[1]という話がある。あらすじを簡単に紹介すると、美しい村娘インゲルは、奉公に出されたのだが、自分の美貌にかまけ、仕事に身が入らない。ある日、里帰りをすることになり、奉公先の主人の厚意でパンを持たせてもらうが、その帰り道、美しいドレスを汚したくないために、もらったパンをぬかるみに投げ込み、その上を踏んで渡ろうとする。しかし、パンはインゲルを載せたまま沼の底の地獄へと沈んでいってしまう。インゲルが沼に沈んだ話を聞いた村の信仰深い娘は、可哀想に思い、彼女が天国に行くことを許されるように祈り続ける。やがて、その祈りが聞き届けられ、インゲルは鳥の姿に生まれ変わり、冬には飢えている他の鳥たちのためにパン屑を集めるようになる。そしてその集めたパン屑が、インゲルが踏んだパンと同じ量になったとき、罪は許され、彼女は天国に召されるのである。

ほんの十数ページの短い話でありながら、パンを踏んだまま地獄に落ちるという恐ろしさが頭から離れず、なぜインゲルはパンを踏んだだけで地獄に落とされたのか、なぜ見知らぬ村の娘がそんなインゲルのために祈り続けたのかなど、ささいな疑問ばかりが膨らんでいった。もしかしたら、自分も何か大切なものだったり、人の心だったり無意識のまま踏みつけているのではないだろうかなどと思ったりもしたが、どちらにしても、インゲルについても信仰深い村娘についても、作者のアンデルセンはそれ以上何の情報も与えてくれないのである。二人の本当の人生はそれほど単純ではなかったはずだ。その後、この童話はキリスト教における「罪と償い」や「信仰と救済」といった問題が凝縮された寓話であることを知るのだが、私の中ではいつまでもこのインゲルと村娘の二人の姿が空白のまま残り続けていた。

そんな想いを抱いて二十年余りが経過したころ、「パンを踏んだ娘」を想起させる小説に出会った。ジョージ・エリオット(George Eliot, 1819–1880)の『アダム・ビード』(1859)である。ヘティーという美しい娘が罪を犯して死刑宣告を受け、彼女の魂を救うためにダイナという娘が祈り続ける、というあらすじなのだ。これは子ども向けの童話ではなく、かなりの長編の小説で、奇しくもアンデルセンの「パンを踏んだ娘」とほぼ同時期に出版されている。しかも『アダム・ビード』には、その登場人物の細密な描写と物語の緻密な構成を通して、人間の多様な側面が丁寧に描かれ、生きていくことに価値あるもの、意味あることが何であるかを常に考えさせ、複雑に絡んだ糸を梳きほぐすように、人生の真理を読み解いていけるという喜びに満ち溢れていた。この長編小説を読んで私は初めて、あのインゲルと村娘の話が寓話という枠組みを抜け出て、実人生を生きた生身の二人の人間、ヘティーとダイナの物語に結実するのを見たように思ったのである。

小説『アダム・ビード』の着想

ジョージ・エリオットが『アダム・ビード』(*Adam Bede*)[2]の着想を得たのは、叔母から聞かされた、嬰児殺しの死刑囚の魂を救済しようと尽力したウェスレー派の福音伝道師エリザベス・エヴァンズに関する実話であった。死刑囚のメアリーは一九歳の若い母親で、夫に捨てられた後、二人の子どもを養わなければならず、下の子どもを毒殺してしまう。しかし、メアリーはその罪を認めない。死刑直前までメアリーと共にいることを許されたエリザベスは、メアリーが罪を認め、神に赦しを乞うよう説得する。エリザベスの祈りの甲斐があって、ついにメアリーは自ら犯した罪を認め、神に赦しを乞う。エリザベスは処刑場行きの馬車にも同乗し、最期の時まで彼女の魂のために祈り、メアリーは自らの魂の救済を信じて神の栄光を唱えつつ死のときを迎える。既に確定した刑によりメアリーの肉体を救うことはできなかったが、彼女の魂は救われたのである。

『アダム・ビード』ではメソディストのエリザベスはダイナ・モリスとして、子どもを殺して死刑となるメアリーは一七歳のヘティー・ソレルとして描かれている。エリオットは獄中におけるダイナによるヘティーの救済劇を主題としたが、さらにアーサーとアダムという社会的地位も人間性もまったく異なる二人の男性を美貌のヘティーに絡ませながら物語を構築してゆく。ヘティーはアダム・ビードという婚約者がありながら、アダムの親友アーサー・ドニソーンの子どもを身ごもり出産し、その私生児の処置に困り、山中に置き去りにして殺してしまうのである。まもなく彼女の嬰児殺しは発覚し、死刑の宣告を受ける。しかし、ヘティーは叔母の話に出てきたメアリー同様、頑なに自らの罪を認めようとしない。ここから、メソディストの女性説教師ダイナによるヘティーへの魂の救済劇が始まる。ここまでは、叔母から聞かされた実話とほぼ同じ展開であるが、メアリーの「魂の救済」に成功した実在のエリザベスとは違って、ダイナはヘティーに罪を認めさせることには成功するが、ヘティーは神による魂の救済を信じることができず、ひたすら「肉体の救済」だけを求め、死への恐怖から逃れることができずに処刑の日を迎える。結局ダイナは、ヘティーの「魂の救済」に失敗するのである。

エリオットは叔母の話に感銘を受け、それと同様の構図で物語を展開させながらも、なぜ最終的にダイナによる「魂の救済」を失敗に終わらせなければならなかったのだろうか。キリスト教の中でもとりわけ厳格に聖書の教えを守り、禁欲主義的で質素な生活を良しとするメソディズムを信奉し、恵まれない人々への献身的な奉仕の中に自らの幸せを見出すダイナと、上流階級の生活にあこがれ、神への信仰を持つことができずに、現実の生に執着するヘティーを、エリオットは終始対称的に描き、この対立を「魂の救済」と「肉体の救済」という形で表現した。最終的にヘティーは、殺してしまった子どもの父親でもあり、地主の家系に生まれ、市民軍の大尉として政治的権力を有するアーサーの力添えによって死刑を免れ、島流しの刑に減刑される。ヘティーはダイナの力によってではなく、皮肉にも自分を妊娠させたアーサーの力によって、彼女自身が強く望んだ「肉体の救済」を獲得するのである。

本論ではまず、この「魂」と「肉体」の対立の問題をダイナのメソディズムとヘティーの現実の生への執着との分析を通して考察する。また次に、この小説の最後の部分で語られるダイナとアダムの結婚に際して、ダイナの心の中に対立項として生じてくる「神への愛」と「アダムへの愛」の葛藤を先の「魂」と「肉体」の対立の変奏と捉え、以下考察を進めてみたい。

ダイナ・モリスのメソディズム

ダイナの説教はヘイスロープの村の広場に農民を集めて行われ、神の恩寵は選ばれた者にのみ与えられるのではなく、神の愛を必要としている罪深き者にこそ与えられるというメソディズムの「万人救済説」[3]を展開する。物静かに始められたダイナの説教は、次第に熱を帯び、聴衆を熱狂と陶酔の渦に巻き込む。これはメソディストの説教師の特色で、有難い昔の聖人の啓示体験を並べるだけの説教とは根本的に性質を異にし、個人の回心や霊的体験を重視し、説教師自身がキリストの姿を幻視しながらキリストの言葉を伝えるものである。[4]この日のダイナの説教は、厳格な規律と禁欲主義的傾向を強要する言葉で締めくくられるのだが、最後にその話の矛先は、突然、派手なイヤリングをつけ美しいガウンを纏っている若い女性ベッシー・クラネッジに向けられる。ダイナは、装飾品によって身体を飾ることに気を取られ、神の言葉を傾聴しないベッシーを厳しく批判し、虚栄に溺れた生活を改めるように促す。

「哀れなる子よ。神はお前に頼んでいる。しかるに彼の言葉に耳をかそうとしない。お前はイヤリングやきれいなガウンや帽子のことを考え、お前の大事な魂を救うために死なれた、救世主のことは少しも考えていない……今なら神は愛と慈悲をこめてお前を眺め、〝生を得るためにわたしの許に来なさい〟と云っておられる。その時になったら、お前から離れ、〝わたしの許を去って永劫の火の中に入るがよい！〟」と。（74–5）

結局ダイナの言葉は功を奏し、ベッシーは恐怖に襲われ、イヤリングをちぎり取ってしまう。ここには説教師特有のレトリックが見られる。ダイナはここで、死後の裁きについて言及している。ベッシーは永遠の死をイメージして恐怖に襲われる。この恐怖とは現実に存在するものではなく、死後の世界への漠然とした不安に基づいている。死後の世界を実際に体験するまでは、このような不安はいかなるものにでも変形可能なものでしかありえない。キリスト教はこの漠然とした不安を地獄の火へと変形し、地獄の火へと導かれる根拠を、虚栄という「魂の汚れ」と結びつけることで、虚栄↓魂の汚れ↓地獄の火というラインを形作る。このラインは右の項に移行すればするほど実体のない漠然としたイメージを人に与えるという構造を有す。漠然とした不安は、「地獄」というイメージを与えられることによって更に増大し、恐怖へと転化する。つまり、死後の世界への漠然とした不安を地獄の火というイメージに変形させ、人々を恐怖へと陥れた後に、信仰によって「天上の楽園」に救済される可能性を示す、というのが説教師の説く「死後の裁き」のレトリックなのである。ダイナはこのようなレトリックを駆使して人々の意識を信仰へと導いてゆくのである。

牢獄のヘティーとダイナ

ヘティー・ソレルはアーサーの子どもを身ごもるが、それに気づいたとき彼女はアダムと婚約しており、子どもの父親のアーサーは兵役のため遠方へと旅立ってしまう。ヘティーは妊娠の事実を誰にも相談できず、ひとりアーサーを訪ねる旅に出る。しかし、アーサーが書き残していった場所に彼女がたどり着いたとき、彼の属する部隊は既にアイルランドへと移動したあとで、望みを絶たれたヘティーは、思いがけずに生まれた赤ん坊を腕に、不安と空腹の中、絶望の旅を続ける。自殺を考えるが死にきれず、放浪の末、子どもを捨てるつもりで森へ向かう。彼女は森の中の窪地に赤ん坊を置いて立ち去る。ヘティーに殺意はなかったが、通りがかりの男が赤ん坊を発見したときには既に息絶えていた。ヘティーは一度はその場を離れたものの、子どもの泣き声が耳から離れず、再び置き去りにした場所に戻ったところを捕まり、嬰児殺しの罪で死刑の判決を受ける。
この事件を知ったダイナはヘティーの収容されている牢獄へと駆け付け、三日後に迫った死の恐怖に震えるヘティーと面会する。誰とも話そうとしなかったヘティーも、ダイナの祈りに少しずつ心を開いてゆく。ダイナはヘティーを死から救い出すことはできないが、死後は神が彼女を見守ってくれることを諭す。

月曜日に、わたしがあなたについて行けなくなる時――わたしの腕があなたに届かなくなる時――死が我々を隔てる時、今我々と一緒におられ、すべてを御存知の神が、その時は一緒について行ってくださるのです。生きていようといまいと――何の変りはないのよ、我々は神のみ前にいるのだから。(495)

一方、魂の救済を試みるダイナの気持ちはヘティーには伝わらず、ヘティーはあくまで肉体の救済を望んで、殺さないでくれたらどうなってもかまわないと言う。ヘティーにはダイナのように神の姿がはっきりと見えないのである。きらびやかな装身具や上流階級の生活への憧れといった現実的な欲望に忠実に生きてきたヘティーにとって、今存在する肉体がすべてであり、見ることも触ることもできない神の存在を確信することはできないのである。ダイナはそうしたヘティーに神の赦しを請うことを勧める。しかし、ヘティーは頑なに肉体の救済だけを求める。

獄中でのダイナの語りかけの基礎となっているのは、ヨーロッパの歴史において連綿と語り継がれてきた肉体と魂の二元論である。ピュタゴラス学派が肉体は魂の墓場であると考えたことに端的に示されているように、この二元論は価値の序列を含んでいる。魂は肉体よりも価値があり、人間は動物よりも優れており、生命体は物質よりも優れている。そこには物質→生命→精神→神という価値の体系的な序列が動かし難く存在している。従って、物質的な欲望に動かされ、肉体の保持にばかり気を取られて、神の存在を見ることができないヘティーのような人間は、形而上学的つまりキリスト教的観点から見ると最も哀れむべき存在ということになる。

しかし、エリオットは魂の救済が肉体の救済に優る価値を有するとは必ずしも考えてはいない。エリオットは魂を救済することが現実――この場合はヘティーに宣告された死刑判決――に対していかなる力をも有していないことを、獄中でのヘティーとダイナのやり取りの中で示している。ダイナは、ヘティーの肉体の救済はできないと明言している。彼女にできることはヘティーの魂の救済であり、それは肉体を救済すること以上に価値のあることであるはずであった。残念ながらヘティーは、処刑場に向かう馬車の中でもダイナにしがみついてその恐怖と闘っていた。結局ヘティーを死への恐怖から解放したのは、信仰の力ではなく、政治力を持ったアーサーで、彼は州の長官と交渉して死刑の執行を差し止め、ヘティーが最も望んでいた肉体の救済を実現したのである。

エリオットは生に強く執着するヘティーの姿を随所で描いている。一八歳の田舎娘が思いがけず旅の途上で生まれた赤ん坊を抱いて行き場を失い、身投げをするのに適当な池を探し当てる。そして池のほとりに佇み、生と死のあいだを激しく揺れ動く。上流社会への憧れから身分違いの男性と交際し、子どもを身ごもってしまったこと、しかしその男性は遠方へと去り、妊娠の事実さえ伝えられず、大きなお腹を抱えて故郷に戻ることもできないこと、しかも彼女は別の男性と婚約している。いずれの状況から見ても、当時の社会環境において、ヘティーが生き延びられるいかなる希望もないことは明白である。良識的な社会環境の中でヘティーの属する場所はもはや存在しないのである。しかし、ヘティーの生への強い執着は自ら命を絶つことを許さない。

未だ生きている。羊が近くにいて、まだ親しい大地の上にいるというヒステリックな喜びの涙とすすり泣きである。我が身の手足の感覚さえもが、彼女には喜びだった。袖をまくり上げ、激しい生への愛をこめ、腕にキスをした。(433)

大地と肉体への、すなわち現実の「生」へのヘティーの激しい愛着。ヘティーは自らの容姿の美しさを自覚していたゆえに、肉体への愛着も並々ならぬものであった。しかし、もはや子殺しを犯した彼女には、この世で生きる場は与えられていない。公的権力は彼女に存在価値のないこと、すなわち死刑を宣告することになる。

エリオットは、ヘティーへの生への執着を強調することによって、生きたいのに生きることを許されないヘティーの不幸を際立たせて描いている。このような不幸を招いた原因は、彼女の虚栄心と見せかけの美への執着にあり、キリスト教的倫理観が支配する世界では、物質への執着と欲望は最も戒められるべき罪である。しかし、こうした倫理観にとらわれない視点から見るならば、欲望に忠実に生きたヘティーを苦しめ、我が子を殺さなければならない状況にまで彼女を追いつめたのは、階級を超えた結婚を認めない社会、夫以外の子どもを妊娠することを認めない社会、そして、現世への欲望を否定するキリスト教的倫理観であるともいえる。エリオットは、不幸へと追い詰められたヘティーの生涯を通して、こうした保守的で閉鎖的な社会や、現世の欲望を否定する硬直した倫理観を批判しているのではないだろうか。

ダイナ・モリスとアダム・ビードの結婚

ヘティーが流刑になって数年後、メソディストの説教師であるダイナは、相変わらず宗教活動に身を捧げる一方で、密かにアダムに思いを寄せるようになる。しかし、アダムはヘティーとの愛に破れ、いまだ苦悩の底に沈んでおり、ダイナの思いには気づいていない。恵まれない人々のために献身的に活動するダイナを、アダムは尊敬のまなざしで見つめていたものの、それは恋愛感情とは別の性質のものであった。ダイナは既に、アダムの弟セスの求婚を、神だけに奉仕したいので、夫や子どもをもつ意志はないと退けており、アダムはこうしたダイナの考え方を知っていたので、ダイナが自分に対して愛情を抱いているなどということは、思いもよらなかった。しかし、ダイナの気持ちを、母のリズベスから間接的に聞いたとき、突如として、アダムもダイナを愛していることに気がつく。

ここで、エリオットがダイナとアダムの結婚において描出しようとした第二の事柄について触れなければならない。それは、文学作品においてよく主題化される初恋ではなく、二度目の恋を描くことである。

詩人達が初恋については美しい詩をたくさん作っているのに、その後の恋については少ししか詩を作っていないのは、どうしたことだろうか? 彼等の最初の詩が最高の傑作だろうか? それとも、彼等のより充実した思想、より大きくなった経験、それに、より深く根付いた愛情から生まれた後の詩は、傑作ではないのだろうか? (532)

アダムのヘティーに対する愛とダイナに対する愛は異質なものとして描かれている。ヘティーに対する愛は初恋の情熱をもった盲目の愛であったが、ダイナに対する愛は、深い悲しみの体験を通して初めて見えるようになった愛である。ダイナへの思いは常にヘティーのためにダイナが牢獄と処刑場で寄り添い祈り続けてくれた過去の悲しみの想い出と結びついており、それと切り離して考えることはできない。彼は自らに降りかかった苦悩を受け止め、それを生涯自分のものとして引き受けることを決意したときに初めて見えてきたものがダイナへの愛であった。

最も暗い想い出の瞬間に於て、彼女への思いは慰めの最初の光として常に甦るのであった。(532)

アダムはダイナに求婚するが、ダイナはアダムの突然の告白に喜びながらも、それはまた彼女に新たな苦悩と選択を迫ることになる。彼女の心は神への愛とアダムへの愛の間で分裂することになる。アダムは結婚したからといって、ダイナの宗教活動を妨げるつもりはないし、自分たちに与えられた愛は、神によってもたらされた神聖なものだと主張する。それに対してダイナは、アダムと結婚し、現世での幸福を追求することで、神への愛が薄らぐのではないかと考える。ダイナは不幸な人々を幸福へと導くことに生涯をかけているが、その際の幸福もやはり、神の存在に人々の目を開かせることによってであって、現世での欲求を満たす方向へと導くことではないと考えている。このダイナの思想には、現実世界よりも精神世界の価値を常に重視する形而上学的伝統が現れている。

アダムにとって二度目の愛を成就させるためには、苦悩を引き受けて生きる力を獲得する必要があった。また同じように、ダイナは、神への愛とアダムへの愛の両方を同じように貫く力、現世での幸福を得たとしても、それに溺れることなく神によって定められた使命を遂行する力を獲得する必要があった。ダイナはアダムから離れた地で宗教活動に従事しながら、自分にその力が備わるのを感じるようになる。深い悲しみを引き受けて生きる男と、ただひたすら神の導きに従うだけではなく、信仰と現実との間に生じる葛藤を超えて生きようとする女の結婚。ここに描かれた二人こそ、お互いに生きる力を獲得した独立した人格なのである。彼らの間にあるのは、盲目の愛ではなく、生きる力としての愛である。二人の結婚の日、語り手は次のように語る。

あの痛ましい種蒔きからこれ以上に立派な収穫があり得たろうか？　絶望の時に希望と慰籍をもたらした愛、暗い牢獄の独房と哀れなヘティーの、なお暗い魂に向って進んだ愛――この逞しくも優しい愛が、死に到るまでアダムの伴侶となり、助手となることになったのだ。(578)

ダイナはアダムへの愛と同時に、神への愛をも貫く力を獲得したと宣言しているが、結婚後、彼女は、女性による説教が禁止されたこともあって、[6] 次第に宗教活動からは遠ざかり、生まれた子どもたちとともに平凡な家庭の幸福を築いてゆくことになる。ダイナはセスの求婚を断る際に、夫や子どももなしで生きてゆきたいと言ったのに、まったく逆の生き方を選択したのである。即ち、ダイナ自身、アダムへの愛を自覚してから、信仰のみに従って生きる生活から離れ、現世的な欲求を肯定しながら生きてゆくことを選んだのである。エリオットは、信仰そのものが虚しいと言っているのではない。厳格すぎる教義、地上での楽しみをすべて否定するような禁欲的な教えは、人間を成長させることも、幸せにすることもできないと主張しているのではないだろうか。そこには、人間存在にとって必要不可欠な肉体的、現実的な愛を知り尽くしたエリオットのリアリズムが息づいている。

結び

「パンを踏んだ娘」のラストシーンは、象徴的である。インゲルのことを祈ってくれたあの村娘は歳月を経て老婆になり、臨終を迎える。この老婆は、天国に入ってからも、子どものときのようにインゲルのために涙を流し、その涙がインゲルの魂を優しく包む。小さな灰色の鳥になっていたインゲルの翼は、突然白く大きく広がっていく。インゲルはカモメになったのだ。そして、この童話は、「その鳥は、お日さまにむかってまっすぐに飛んでいったよ」という子どもたちの証言で幕を閉じる。ここには、罪を犯した人間が信仰によって救われるという、アンデルセンの信じた希望が美しく描かれている。

しかし、『アダム・ビード』のラストシーンはどうであろう。七年の刑期を終えたヘティーが、流刑地から英国に帰国途中、病気で亡くなったことが簡単に読者に伝えられる。ヘティーについての情報で読者に伝えられるのは、彼女がその地で、「すべての苦しみを味わった」(584)という記述だけであるが、この言葉を通して、ヘティーが精一杯異国の地で七年間を生きたことを知ることができる。彼女の罪は、信仰を通してではなく、刑期を全うすることで償われたのだが、不思議なことに帰国途中での彼女の突然の死は、彼女の魂が、あのインゲルと同じように鳥となって天国に飛び立っていった印象を与える。彼女は罪を許され、神の元に召されたのではないか、私はそう思わずにいられないのだ。一方、子どもの父親であったアーサーについても、長い歳月をヘティーと同じように苦しみ抜いて生きてきたことを読者は知るが、彼は熱病治療のために故郷で再び暮らそうとしている。そして、アダムとダイナの間には二人の子どもが生まれ、そのひとりは母親リズベスの名前がつけられ、彼らの現世的な血筋がこれからも続いていくことが示される。つまり、小説の最後、登場人物たちそれぞれの魂が悲しみから恢復しつつあり、それぞれが逞しく現世を生きようとしている様が読み取れるのである。

たとえばアダムの次の言葉である。この世での人生がいつ終わろうとも、死が彼を捕らえるその瞬間まで、彼が自分の仕事を全うする決意をもっていることが知らされる。そしてそのような決意にこそ、エリオットが信じる真の意味での人間の肉体と魂の救済が現れているように思われる。

「ああ」アダムは云った。「僕は旧約の中でモーゼのことを読むのが一番好きだ。彼は困難な仕事をやり遂げ、他の人たちがその成果を刈り穫ろうとする時に死んだ。人はこのように人生を眺め、死後それがどうなるかを考える勇気を持たなければならないのだ。立派な、しっかりした仕事は永続するもので、たとえそれが床を張る仕事に過ぎない場合でも、それをやった人は別としても、それを立派にやったことで、誰かがそれだけお陰を蒙ることになるだろう」(529)

注

1 H. C. Andersen, Pigen, some traadte paa Brødet, 1860

2 初版は一八五九年。本稿では*Adam Bede*, 一九八六年 Penguin Classics 版頁数、阿波保喬訳（開文社、一九七四年）使用。

3 近世においてはカルヴァンをはじめとする宗教改革派によって主張された説、即ち、神はあらかじめある人間たちを永遠の生命に予定され、他の者たちを永遠の死に予定されたという説に対立する教義。

4 回心とは個人が直接霊感を受けること。それは神の存在を思考や知識として理解するのではなく、直接的に神の姿を見たり、声をきく神秘体験である。教会という一つのシステムを考える時、個人がそれぞれ啓示を語りだすならば、その中には当然、教会が正当と認める教義とは一致しないものもあらわれ、教会というシステム自体が崩壊してしまう。ウェスレー自身はメソディスムを国教会の一部として位置づけていたが、国教会の指導者は彼の思想に潜む危険な要素を感じ取っていた。

5 既に古代ギリシアにおいて、オルフェウス教は肉体は滅びても魂は不死であることを説き、死後の魂が永遠の楽園に入るためには、秘義によって魂を浄化し、教義に従った禁欲的生活を送ることが条件とされていた。この考え方はピュタゴラス学派によって継承され、プラトンのイデア論の基礎となった。プラトンは肉体と魂の二元論を現象界とイデア界という彼以後の西洋形而上学を根本とすることになる二元論へと仕上げた。（『エリアーデ著作集』一―一三巻、久米宏訳、堀一郎監修、一九七三参照。

6 一八〇三年の会議でメソディスト教会も女性の説教を禁じた。この物語は一七九九年から始まる設定となっている。

11 中国の郷土文学とその活力

――魯迅から莫言、そして未来へ

鄧 犁〔桑村テレサ〕（鈴木章能訳）

中国現代当代文学の重要な流派の一つに「郷土文学」がある。郷土文学は約一〇〇年前、封建社会後の「現代文学」の時代に生まれ、新たな歴史状況とそれに附随して農村や農民が直面する問題に光を当てた。このことから、ある疑問が浮かぶかもしれない。近代化によって社会が変容し、農村生活の基盤を揺るがすようなことが起これば、郷土文学はその活力を維持できずに徐々に衰退することになるのではないだろうか、と。この問いに対する答えは、優れた作家たちの作品が証明しているように、否である。作家たちは農村生活の基盤について、消滅することなどなく、むしろ長い時間をかけてゆっくり変化し、今後も変化し続けていくと考えている。歴史的に言って、農村生活が近代化に伴って変化することで農村文化への意識が高まり、農村文化を通じて人間が描写されるとき、優れた郷土文学の作品が生まれる。このことから、郷土文学の活力は衰えを知らず、今後も中国の重要な文学の流派として発展していくにちがいない。本論では、中国の郷土文学を歴史的に概観したのち、郷土文学の諸条件について考察しながら、その変化を跡づけ、現状と今後について考えてみる。

中国郷土文学概観

中国の郷土文学の始まりは、二〇世紀初頭から半ばの魯迅の小説にまで遡ることができる。郷土文学は魯迅の白話小説「故郷」、「風波」、「阿Q正伝」などで幕を開けた。その後、魯迅の影響を受けた多くの作家が郷土文学の作品を創作した。代表的作家には、王魯彦、許欽文、許傑、蹇先愛、蕭紅、臺靜農、魏金枝らがいる。彼らの作品に共通する特徴は、故郷への想いである。魯迅はこの特徴を『中国新文学・大系小説二集』の序の中で「北京でペンを用いて胸の内に去来する人々を書く限り、作家がそれを主観的なものだと言おうと客観的なものだと言おうと、それは往々にして郷土文学である」と説明し、「郷土文学」を概念化した。[1]

一九三〇年代から四〇年代末にかけて、郷土文学の中心地は次第に西に向かい、はじめは湘西〔湖西省西部〕に、それから徐々に川西北〔四川省西北部〕に移っていった。湘西の作家、沈従文は、戦乱のなか、金や権勢に人生を振り回される農民たちに注目し、美しい自然環境と人間性を求めて『長河』、『辺城』、「丈夫」などの作品を書いた。沈はこれらの作品で、湖西省西部の美しい風景、風俗、人情、人間性を描き、郷土文学の表現の可能性を拡げた。川西北の作家である李劼人、沙汀、艾蕪、周文らは、閉塞的な農村社会に対する不満といった現代的意識から、『死水微瀾』、

『法律外的航線』、『南行記』などの小説を書いた。これらの作品には、四川省西北部の世相、風潮、風俗のほか、地域特有の風景や風情が巧みに再現されている。

この時代の郷土文学は南東沿海の江浙地域でも隆盛する。主に都市文学を創作した茅盾も、「春蚕」、「秋収」、「残冬」から成る「農村三部作」で、外国の侵略軍の影響を受けた江南水郷の風景描写を通して、農村生活の衰退の歴史を描いた。

一九四〇年代末から七〇年代初頭の激動期（「社会過渡期」ならびに「十七年」）、中国の郷土文学は徐々に変化し、それまでとは異なる方向性をもつ作品が生まれた。その始まりは趙樹理で、彼は古典白話小説の様式と農民の語りといった形式を継承しつつ、文学の変革・革新に力を注ぎ、『李家荘の変遷』や「小二黒の結婚」などの作品を発表した。趙の影響を受けた作家たちは民族的・大衆的作品を書き、「山薬蛋派」という作家グループを作った。一方、もっぱら白洋淀を舞台に『荷花淀』や『芦花蕩』などの小説を書いた孫犁は、一群の作家を率いて「荷花淀」派を形成した。その後の郷土文学は、次第に政治的志向が強くなる。丁玲の『太陽は桑乾河を照らす』、周立波の『暴風驟雨』などは土地改革運動に関する政治色の濃い作品である。後に、作品も創作理論も政治のみを重じんる「農村題材小説」が盛んになる。浩然の『艶陽天』と『金光大道』、李准の『その道を歩んではならない』がその最も代表的な作品である。ここにきて、郷土文学は、文化の面から農村や農民を描く小説に代わり、政治を偏重する「農村題材小説」が主流となる。

一九七〇年代後半から、中国文学は激動の「文革十年」を経て「新時期」を迎える。それとともに、中国の当代文学はリアリズムに回帰する。郷土文学も政治色が薄れ、「傷痕文学」、「反思文学」、「ルーツ文学」、「先鋒文学」、「新歴史主義文学」、「新写実主義文学」など、新しい文学の潮流が次々に現れ、新たな作家が農民や農村に光を当てた新たなタイプの作品を盛んに発表する。周克芹の『許茂と彼の娘たち』、古華の『芙蓉鎮』、賈平凹の『浮躁』、陳忠実の『白鹿原』、路遥の『平凡的世界』、莫言の『赤い高粱一族』、張煒の『古船』、王安憶の『小鮑荘』、阿来の『塵埃落定──土司制度の終焉』、汪曾祺の『受戒』と『大淖紀事』、韓少功の『馬橋詞典』など、多くの注目すべき作品が誕生した。

二一世紀に入ると、社会の近代化、農村生活の劇的な変化とともに、郷土文学は新たな局面を迎える。多くの作家は、馴染みのある農村の生活と近代化に伴う新たな農村の生活を意識的に織り交ぜた作品を書いている。とりわけ莫言や賈平凹らは、精力的に新作を発表している。また、「都市の中の郷土」派なる若い郷土文学の作家たちが頭角を現している。彼らの作品が成熟したものとなるにはまだ時間を要するが、活力に満ちており、郷土文学に新たな流れを作っている。この間、生活の多様化とともに、郷土文学は主題的にも美学的にも多様化し、「郷土生態小説」、「郷土文化歴史小説」、「郷土民族小説」、「都市の中の郷土小説」など、様々な小説が現れるようになった。

中国の郷土文学は勃興、繁栄、転向、異端化、回帰、復興、繁栄と、一〇〇年に渡って発展してきた。郷土文学の登場は中国現代文学の始まりの時期にあたる。その後、数多の才能溢れる現代文学、そして当代文学の作家が生まれたが、その多くが郷土文学を書く作家である。もっとも、二一世紀になると、郷土文学のベテラン作家たちは試練に直面することになるが。

近代化と郷土文学

中国社会は現在、近代化が劇的に進んでいる。様々な地域で都市化が進み、都市と農村の境界が曖昧になり、農村地帯が徐々に縮小している。土地の移転と集中管理が生産様式に大変革をもたらし、その結果、農民の生活様式、生活習慣、人間関係、価値観などに大きな変化が起こっている。農村を後にして都市で働いている青壮年の農民もいまやかなりいる。

様変わりしつつある農村生活を前にして、多くの作家は農村生活に対する地平を絶えず広げ、多元的な文化的視野から農村と農民の生活を描き、重要な作品を残してきた。一方で、かねてから郷土文学の作品を発表してきた老年期の作家たちは、郷土文学には未来がないと嘆いている。彼らは、近代化の波が押し寄せている現実の農村生活より失われた過去の農村生活に拘るあまり、筆がなかなか進まず、作品を発表しても高い評価が得られず、したがって、農村文化を描くことはもはやできないと考えている。そのため、彼らは郷土文学は衰退しているとか絶滅するといった見方を示すのだ。とはいえ、力量のある作家は郷土文学の未来をいまも信じている。

農村の生活に深く根ざした作品を書いてきた著名な作家、賈平凹は次のように述べる。「現在の社会は大きな変革期にある。中国は都市化の途上にあるが、中国はそもそも農業文明国である。改革開放の後、都市と農村の格差は広がった。また沿岸地域の農村は徐々に消えつつある。しかし、いまも農村の面影が残っている場所は中国全土に多くある。郷土文学はやがて消滅するだろうか。その運命は若い作家の手にある」。[2]

中国は古くから農業国で、農民の文化が深く浸透している。農民は、遊牧文化、郷鎮産業〔農民企業〕、商業文化とも密接に絡み合っている。劇的な近代化のさなかにあって、中国の社会や経済や政治はかなりのスピードで変化しているが、民族に深く根ざした文化があっという間に変わることはない。加えて、広大な領土の中国では地域ごとに前近代・近代・ポストモダンといった文化的差異が生まれており、文化の変化と発展の速度は一様でない。また、文化的基盤が一向に変わらない地域もある。中国の文化的土壌は基本的に農民の文化にあり、たとえ耕作地が失われたとしても、何千年もの間、継承してきた文化的エートスを完全に消し去ることは難しい。しかも、農村部の人口は依然として国の人口の四〇％を占める。農村部ならびに農民の生活の近代化には、まだかなりの時間が必要であろう。

もっとも、農村が変化と開発の波に晒されていることは事実である。ペースが速いか遅いかの違いだけであり、たとえ遅くても、変化の具体的認識が難しいだけで、変化していることは何の疑うに足らぬことである。だが、この変化こそ、郷土文学の創作に必要な要件であり、郷土文学の創作に新たな機会を与えてくれるものである。作家は、農村の生活と農民の変化を敏感に捉え、新たな文化的言説を見出し、新たな、そして豊かな郷土文学の作品を創造することができる。

近年、若者や中年層の農民が都市に暮らして仕事をしている。これは大きな社会的変化である。都市と農村の二つの文化の影響を受けた都市に暮らす農村出身者の生活状況と価値観の変化は、郷土文学の創作にとって大きな資源である。実際、「都市の中の郷土」派なる若い作家たちが出現している。彼らは、都市に暮らす農村出身者、すなわち出稼ぎ農民の生活と運命を描いた作品を次々と発表している。成熟した作品はまだ見受けられないが、「欣看万木競長、必有大樹成蔭」(「多くの木が競って育つのを見るのは喜ばしい、いつか必ず森となる」)といった気にさせてくれる。

都市と農村の移動といえば、アメリカの移動文学を思い出すが、アメリカの移動文学の文化的背景は、農村の文化に対する都市の文化の影響にある。中国の出稼ぎ農民を描く「都市の中の郷土」派の文化的背景は、その逆で、都市文化に対する農村文化の影響にある。[3]この点で、「都市の中の郷土」派の小説は、各々の作品がどのようなものを描いていようと、その文化的属性からして、と属した郷土文学である。

農村文化へのまなざし

郷土文学は農村生活を土壌とし、作家はこの土壌を耕して理想的な作物を作る。郷土文学に必要な養分はいろいろあるが、なかでも、文化への意識、文化を通じた人間観察と描写が最も重要なものである。

郷土文学の先駆者である魯迅は、文化への意識が高く、文化的素養が豊かな作家だった。豊かな文化的素養から人間を観察し、文化的に豊かな小説を書いた。魯迅の小説には、近代的意識をもった知識人の農村への想いが描かれている。また、国民性を描くことで国民性を改良し、人生を描くことで人生を改善する啓発的な思想に満ちている。「故郷」は、農村への想いと近代文明への欲求によって精神的な故郷を失った、進歩と後退という相矛盾する意識を抱え込んでいる知識人の心理を抉り出している。「阿Q正伝」は、民族文化を精神面から捉え、他者を見下すという劣等な意識に支えられた国民の愚弱な精神的特徴を指摘した作品である。魯迅は、この愚弱さこそが民族衰退の元凶であるとし、「哀其不幸、怒其不争」(「その不幸を哀れみ、その争わざるを怒る」)と言う。

「田舎者」と自ら称した沈従文は、中国と西方の文化に深く精通した作家である。沈の作品には、彼の農村文化への意識が豊かに表現されている。沈は人文主義的な理想と美意識を以て、『長河』、『辺境』、「丈夫」などの小説を書いた。都市文学では都市への嫌悪感を述べ、郷土文学では美しい風景、純朴で質素な生活、農村の風情などを背景に純愛物語を書き、理想社会や近代的価値観への失望を示した。そこでは美しさの中に悲哀が混ざり、物悲しさが美しさを極限まで高めている。そうした作品を通して、沈は人間や人情に幻滅しつつも希望を抱く現代の知識人の心理を描いてみせた。

成都生まれの著名作家である李劼人も忘れてはならない存在である。彼は川西の豊かな文化に強い関心を持ちつつ、西方の近代文化の影響を強く受けた作家である。代表作『死水微瀾』では、川西の郷土文化、茶屋文化、寺院文化、演劇文化、食文化が鮮やかに再現され、農村生活の変化とともに主人公・蔡義姉らの開放的価値観が描かれ、閉塞的な地域社会が「淀み、死んだ水」として寓意的に示される。変化する社会が克明に描かれたこの作品は、歴史の記録としても価値あるものである。また作品内の様々な農村文化には芸術的魅力があり、とくに食文化と茶屋文化の鮮やかな描写は今日の読者をも魅了する。

「新時期」〔一九七七年以降〕には多くの郷土文学の作家が登場した。その中でも、特に注目すべき作家は賈平凹である。賈平凹は陝西省商洛県で生まれた。同県は秦漢文化が最も色濃い地域の一つである。賈平凹はそうした文化の中で成長した。後に彼は、この地域を舞台とする作品を発表していく。賈は郷土の文化について豊富な知識と素養があり、彼の作品には同地域の民話的要素がある。賈が「新時期」に発表した『秦腔』は、改革解放政策が実施された後の農民の価値観の変化を描いた作品である。『秦腔』という題名は、農民の運命を賈が愛した郷土の伝統劇「秦腔」の劇団の運命に重ねたことに由来する。「秦腔」は農民の文化に深く根ざした伝統劇である。地域の人々の心情が役割の固定した登場人物たちに、また地域の様々な文化と民衆の価値観や審美感が劇の形式に反映している。この「秦腔」の登場人物たちと小説の主な登場人物たちが結びつけられ、「秦腔」の劇作品と絡み合いながら物語は展開する。農民と「秦腔」の劇団員の生活の変化、価値観の変化が重ね合わされて、農村と「秦腔」の劇団が共に衰退していく様が描かれる。この作品は、農村社会の現実や農村文化が理解できるだけでなく、時代を越えた芸術的魅力を有する。

中国の郷土文学の作家は、文化の面から人間を捉え、芸術的方向性を定めるべきだと主張する者が多い。政治の面から人間を捉え、描くことを主張する作家も少なくないが、彼らの作品には往々にして郷土文学の重要な要素の一つである歴史と変化の描写に限界がある。

茅盾は「林商店」や、「春蚕」、「秋収」、「残冬」の「農村三部作」といった政治色の濃い作品を書き、農村社会の衰退と疲弊の様子、ならびにその根本原因を追究した。社会の発展趨勢と人間の関係に実証的に迫り、中国現代史と人間の関わりについて写実的に詳述した。それにも関わらず茅盾の諸作品が決して概念的な小説になっていないのは、彼の現実描写の技量と芸術的力量のためである。それらは、一九六〇年代から七〇年代に盛んだった「農村題材小説」とはかなり異なる。「農村題材小説」は単に作家の政治意識を演繹し、政治や政策を説明するという政治偏重の特徴がある。なおかつ、政治自体に偏りがあり、それをそのまま作品に取り込むため、作品に見られる作者の認識に偏りや誤解が認められ、文学作品としての魅力や芸術的影響力に乏しい。たとえば、浩然の『艶陽天』や『金光大道』なども、発表直後から評価は低く、歴史に埋もれた。李准の『その道を歩んではならない』は「両条道路」闘争を描いた作品であり、農民は都市に出て働けないという点が強調されている。しかし、後に社会が発展して農民もまた都市へ働きに出られることがわかると、同作品は一種の笑い話になった。

郷土文学の歴史において証明されていることは、作家が文化に関心をもち、文化の視点から作品が書かれるとき、その作品は芸術的価値が高くなるということである。政治的視点のみから作品が書かれると、単一的なものの見方から人生が捉えられ、また作品から歴史や文化が排除される。人生に向き合わず、情緒に欠け、政治的理念のみによって書かれた作品は単なる「観念形態」の表出であり、政策の変化や政治的問題が起こるだけで作品の価値が下がる。

郷土文学の作家には文化的自己意識が欠かせない。文化的自己意識とは、文化によって育まれた自己とその自覚を意味する。つまり、作家は、自己を俯瞰して文化的来歴、文化的形成、文化的特性から、また自分の言説を巡る文化的影響をきちんと理解し認識する必要がある。多元的文化、郷土文化、伝統文化など、自己を形成する文化的環境は様々だが、文化的自己意識をもってのみ、文化的差異や文化間の影響をきちんと認識できる。複数の文化的視点から人間を捉え、それを個々の芸術的感性をもって描いた郷土文学の作品には、個性あふれる芸術的魅力と芸術的活力がある。

農村から世界文学へ

郷土文学の創作には、高い文化的自己意識、人間の状況を芸術として完成させる文化的視点に加えて、農村文化に根ざした生活経験の蓄積が欠かせない。農村での生活経験は郷土文学の創作の源である。それは同時に、文化的自己意識を育む土壌でもある。郷土文学の作家は、農村の生活にしっかりと根を張り、経験を重ね、文化を豊かに吸収・蓄積している。また、そのことによって文化的自己意識が生まれ、文化的言説の力が磨かれ、作品に芸術的活力が生まれる。

かつて中国で盛んだったルーツ文学は、郷土文学の文化的「ルーツ探し」〔尋根〕を取り入れて、新たな文学の道を拓いた。代表的な作家には少功、阿城、李杭育、李鋭、何立偉らがおり、「反思文学」の業績を確認し、その欠点を見極めて、文化的ルーツの探求を創作の根幹に据えた。彼らは文学によって民族の文化を形成する根拠を追求し、中国文化に民族の精神的ルーツを探求するという考えのもと、精力的に作品を発表した。主な作品には『爸爸爸』、『棋王』、『馬橋詞典』、『厚土系列』などがある。しかし、ルーツ文学は一時隆盛を誇ったのち、その勢いに陰りが見え、やがて終焉を迎えた。ルーツ文学の作家たちは、農村で暮らした後に都市に戻るインテリ青年〔知識青年〕たちだった。彼らは農村の生活経験と文化の吸収・蓄積が本質的に足らなかった。農村の生活に根ざさなければ、農村の生活経験と文化は疎遠なものとなる。ルーツ文学の多くの作家たちは創作の端緒から創造の源泉が不十分だったのだ。実際、彼らの作品は、特定の風俗習慣を意図的に誇張し、民族の特性を探求できていないものが少なくない。なかには、あまりにも遠い過去の、原始時代の生活にまで遡るがために、民族の文化を形成する根拠を追求しているとは言い難いものもある。また、その「復古」的な傾向は、過去に陶酔するあまり、いま・ここの生活に対する疎外感をもたらすこともあった。ルーツ文学の作家たちの多くは次第に描くべき農村生活の題材に困窮し、勢いを失った。農村生活にしっかりと根を張った少数の作家たちだけが精力的に作品を発表し続けた。彼らは農村の生活に根ざし、文化を吸収しながら、新しい作品を書いていったのだった。

そうした作家の一人である陳忠実の『白鹿原』には、彼の農村生活の経験が豊かに染み込んでいる。『白鹿原』は、陝西省の白鹿平原を舞台にし、封建家父長制末期の農村生活の描写とともに三世代に渡る人々の不満を描いた作品である。結婚、祭祀儀礼、信念体系、宴会の習慣、宗教を中心とする社会構造、民話・伝説などが書き込まれており、読者は農村の結婚文化、ジェンダー文化、祭祀文化、宗教文化、食文化などを農民の視点から理解できるようになっている。『白鹿原』は地方色が豊かで、いまもなおその芸術的魅力は衰えていない。

路遥の農村での豊かな生活経験も、彼の百万字の大著『平凡的世界』に多分に反映されている。『平凡的世界』は、現代の農村と都市の生活をパノラマ的に描写し、文化的差異を地理的差異で対比した作品である。農村と都市の文化的衝突を基盤に両者の関係が対照的に書かれ、農村が都市の陰影として描かれている。都市は都市部と農村部の人々の欲望空間であり、農村は歴史的記憶として存在している。農村部の人々、都市で暮らす農村出身者、彼らの文化的および心理的状況や生活状況が鮮やかに描写されたこの作品は、陝西省の農村での生活と都市での生活が感性豊かに再現され、文化理解の面でも歴史理解の面でも芸術面でも、時代を越えた価値がある。

ノーベル文学賞作家の莫言も、『赤い高粱一族』を発表した当初、ルーツ文学の作家として評価された。もっとも、莫言は普通のルーツ文学の作家とかなり異なる。彼は山東省高美県の北東の町を「拠点」とする作品を書いてきた。莫は斉魯地域文化を豊かに吸収し、農村文化に特別な感受性と関心を持っている。蒲松齢が書いた清代の短編小説集『聊齋志異』、明代に成立した神怪小説『封神演義』、雑劇、郷土の伝統劇、民話、民衆芸術、新年画、粘土彫刻、切り絵、その他の伝統文化と民俗、ならびに農民の語りが彼の文学の資源となり栄養素となり、豊かな文化が作品に浸み込んでいる。莫言はノーベル文学賞受賞スピーチ「物語を語る人」の中で、彼自身を含めた村の人々は『聊斎志異』を書いた天才的語り手蒲松齢の子孫であると自信をもって語った。[4] 莫言の作品には、農村生活の経験が豊かに反映され、人生への深い理解が示されている。ルーツ文学の作家たちの勢いがなくなっても、莫言が精力的に作品を発表し続けてこられた所以である。

多くのルーツ文学の作家と異なる莫言の特徴としては、ほかにも、農村文化に根ざしつつ、外国の文化を広く受容している点が挙げられる。もっとも、彼は外国の文化を表面的に模倣しているわけではない。彼は川端康成のほか、ウィリアム・フォークナーやガルシア・マルケスなどのモダニズム作家の手法を用いて、表現の幅を広げ、農村生活を様々な角度とレベルから描いてきた。時空間の転倒、感覚表現、マジックリアリズム、精神分析など様々な手法を巧みに用いて、人間を捉え、人々の生活状況を伝え、普遍的な人間性を描いて人間存在への深い理解を促す。莫言の作品は、多くのルーツ文学の作品に比べて、芸術様式がかなり多様である。とくにモダニズムのスタイルが特徴的で、世界中の読者に受け入れられてきた。

たとえば『生死疲労』〔『転生夢現』〕では、半世紀に渡る農村部の人間関係の様々な変化とともに、農村部のあらゆる階層の人々の生活状況を描いている。莫言は『聊斎志異』の構想と表現を参考にし、モダニズムの表現形式を用いて『生死疲労』を創作した。その内容は、殺された地主が六度転生〔六道輪回〕し、ロバ、牛、豚、犬、猿になった後、最終的に不具な赤子となって生まれ変わるというものである。様々な動物の目から中国農村部の激動の時代と人の心の真実が眺められ、農村生活の複雑さ、喧騒、苦しみ、変化が前景化する。『生死疲労』は地主の家族と農民の家族の半世紀に渡る悲しみと喜びの物語であり、農村文化に満ちた民話であり、農民への比類なき愛のこもった哀歌である。

『蛙』（『蛙鳴』）は、計画出産の仕事に従事していた助産師なる「姑姑」（おば）の人生を通して、急速な人口増加を抑制するために始まった中国の一人っ子政策に問題を投げかけた作品である。二部構成の前半部では、「姑姑」の甥である「私」が知人の日本人作家に四通の長い手紙を書き、「姑姑」の人生と中国の現実、ならびに家族計画に対する心情の変化を知らせる。後半部は、前半部の内容が九幕の劇で再現される。つまり、「姑姑」の人生が現実のものとしてでなく舞台上の劇として再現される。劇は不条理で、奇妙で、皮肉に富んでおり、内的独白が挿入されている。最後の場面では「姑姑」の内面が表現され、家族計画のために亡くなった子どもや生まれた子どもを何度も思い浮かべる。『蛙』は人間の尊厳と命の尊さに深く思いを巡らせる作品である。

『白檀の刑』は、故郷の高密県に関連する実際の出来事に基づいた作品である。清兵がドイツの侵略軍から残忍な抑圧を受け、最終的に高密県の農民指導者が処刑される。この作品は、一般的な歴史小説とは異なる。莫言が精通している高密県の地方劇「猫腔」の様式を用いて書かれている。『白檀の刑』は芸術的な魅力が高く、多くの読者を獲得している。

ほかにも『豊乳肥臀』や『四十一炮』など数々の作品があるが、莫言の書く小説は農民の生活の鮮やかな描写と高度な芸術表現で高く評価されている。莫言の作品には高密県東北地域の農村文化と斉魯文化が濃厚に染み込んでおり、かつ西方のモダニズム芸術の技巧が用いられ、世界中で読者を獲得してきた。莫言は巴金に次いで福岡アジア文化賞を受賞した中国人作家でもある。同賞の委員会は賞の授与にあたって、莫言の作品はアジアの文学を未来に牽引していると述べた。莫言は、当代中国文学の旗手であるだけでなく、アジアおよび世界の文学の旗手でもある。[5]

おわりに

魯迅の時代から一〇〇年近くが経ち、その間、中国は目覚しい近代化を遂げてきた。それでもなお、広大な領土を見渡してみれば、多くの農民がいる中国には、郷土文学を生み出す土壌がいまなお豊かにある。現在、多くの作家、とくに新しい若い作家たちが活発に郷土文学の創作に励んでいる。近代化ばかりでなくグローバリゼーションの波が押し寄せ、多様な文化が衝突する農村部で、人々はどのように葛藤し、それまでの価値観とどのように戦い、どのような理想をもち、どのように生き永らえていくのか。こうしたテーマは中国国内だけに特有なものではない。だからこそ、莫言をはじめ、多くの郷土文学の作家たちの作品が国境を越えて読まれるのであろう。これまでの歴史的発展と現状からすれば、中国の郷土文学は今後も長く活発に書かれていくことであろう。

注

1　魯迅は『中国新文学・大系小説二集』の序（一九二八年）で、彼が発表した郷土文学を中心に、当時の文学団体のメンバーと創作状況を紹介し、郷土文学の始まりを代表して述べている。このとき郷土文学は非常に発展し、蹇先愛、許欽文、王魯彦など、傑出した作家が登場した。魯迅曰く、「蹇先愛は貴州について語り、斐文中は楡関に想いを馳せている。北京でペンを用いて胸の内に去来する人々を書く限り、作家がそれを主観的なものだと言おうと客観的なものだと言おうと、それは往々にして郷土文学である」（「……蹇先艾叙述过贵州，斐文中关心过榆关，凡在北平用笔写出他的胸臆来的人们，无论他自称用主观或客观，其往往是乡土文学……」）。魯迅は「郷土文学」を定義したのではなく、概念の提案をした。

2　賈平凹「郷土文学消失有个過程 不会這麼快終結」。

3　ここでは魯迅の概念を基に郷土文学を捉えている。もっとも、郷土文学なるジャンルは台湾やカナダ、ドイツ、オーストリアをはじめ、世界中にあり、まず郷土文学そのものの捉え方について世界文学的な方法によって比較研究をする必要がある。これについては今後の課題としたい。

4　莫言は二〇一二年、スウェーデンで行ったノーベル文学賞受賞スピーチ「物語を語る人」で次のように述べている。「二〇〇年余りも前に、私の故郷に、物語を語る偉大な天才作家、蒲松齢が誕生しました。私を含めた私たちの村の人々は、みな彼の継承者です」。

5　『騰訊新聞網』二〇一四年八月二五日。

参考文献

賈平凹「郷土文学消失有个過程 不会這麼快終結」『騰訊網』二〇一四年六月一二日。(https://xian.qq.com/a/20150612/019656.htm) 二〇一九年六月二五日アクセス.

『騰訊新聞網』(https://news.qq.com/a/20121011/001858.htm) 二〇一九年六月二五日アクセス.

莫言「物語を語る人」『百度文庫「莫言諾貝爾文学奬　獲奬感言全文」』(https://wenku.baidu.com/view/921b83db76eeaead1f330eb.html) 二〇一九年六月二五日アクセス.

魯迅『中国新文学・大系小説二集・序』『百度網』二〇一二年一二月二八日、(https://wenku.baidu.com/view/84858d09f12d2af90242e686.html) 二〇一九年六月二五日アクセス.

12

英語の教室でフィッツジェラルドの短編と長編を用いた四技能育成事例

——文学教材と英語教育の融合のために

関戸　冬彦

大学入試における四技能テストの導入が叫ばれる中、英語教育はますます学習者の実践的コミュニケーションの育成に力を注いでいるように思われる。無論、読めて、書けて、聞けて、話せる英語学習者を育てようとすることに反対するものはおそらくいないだろう。バランスのよい四技能を身につけることは理想的な学習とも言える。反面、従来型の英語学習法、読んで訳して、のようなものはそれに相対峙するものとして捉えられ、あまり気色がよくない。同様に、文学教材もどこか古くさく、実践的でないと思われがちだ。しかし、文学教材を従来型ではなく、違ったアプローチから使用できる可能性はないのか。文学教材と四技能育成の共存は出来ないのか。こうした問いに答えるべく、文学教材を使用するにあたっての誤解を解き、具体的な授業方法を示す。そして最後に、四技能育成との共存のために何が必要か、を述べたい。

文学教材をめぐる誤解

いわゆる検定教科書、および大学生向け教科書における文学作品の採択数を調べた高橋や江利川の研究[1]によると、二〇〇〇年代に入りその数は壊滅的な状況であると言う。これが示すものは、簡単に言えば英語の教室で文学教材はほとんど扱われていない、ということだ。もちろん、文学作品でなければ英語は学べないのか、と問われればそんなことはない。しかし、文学作品がもつ人間的情緒や葛藤、物語の豊かさなど文学に特有なものが英語教育にとってまったく無益であるとも言えないだろう。この点について江利川は言う。「教育の目的は「人格の完成」である。読んで考えさせ、味わい感動させる英語教育がもっと必要なのではないだろうか。」(江利川、八五)つまり、言語学習とそれに伴う内容理解と人間的成長を考え合わせた時、文学作品の使用は根本的に、教育としてとても大切な位置を占めているのだ。それなのになぜ、文学教材は英語の教室から敬遠されがちなのだろうか。ここに、文学教材は実践的コミュニケーションや四技能の育成とは相容れない、という誤解があるように思える。

この誤解が生じるヒントは文学教材そのものではなく、その扱い方、教え方、にあるのではないか。文学を扱うというとすぐに想起されるのが、「読んで訳して」。学習者は指定されたテキストを一方的に訳させられて、授業内ではあてられるか教員の解説を聞くかしかない受け身的授業を強いられる。確かにこれでは四技能は育たない。「読む」ことは出来ても「聞いて」「話す」機会は失われている。しかし、「読んで訳すこと」そのものは斎藤らが指摘するように、[2] 悪いことばかりでなく、むしろ第二言語学習者として大いに活用すべき部分でもある。となると、いけないのは一人ずつあてる、ほかのものはそれをただ聞いている、というこのやり方にあるのではないか。あてるのを全て禁止、とまでは言わないが、五〇分ないし九〇分、それ以外の教授方法を一切用いない、それ以外の授業展開が全くない、というのは学習者にとって効果的かつ四技能を育てようとする授業であるとは言えない。ではどうやったらこれを打破出来るだろうか。

例えば、近年注目されているアクティブ・ラーニングや反転授業のような学習者主体の方法を導入することで受け身ばかりでない学習形態が可能になるのではないか。具体的例をひとつ示すと、ある箇所を訳させたいとする。そこを予め明示しておき、学習者は授業が始まる前までに教員にメールなどで提出、教員はそれらを無記名で一枚の紙、ないし一つのファイルにまとめ、学習者に戻し、比較、また違いを吟味させる。学習者はそれらの訳のうち、どれが一番正確でよい訳かを考え、授業内で議論する、もしくは一番と思うものを投票するといった手法を取るだけで、教室は俄然アクティブになる。つまり、文学教材を扱うことそのものを敬遠するのではなく、文学教材を扱う授業方法の検討やバラエティに富んだ具体的な工夫が求められているのではないか。

こうした授業への工夫の可能性を考慮することなく、文学教材の使用は実践的コミュニケーション能力、あるいは四技能の育成には役立たないと一方的に決めつけてしまうのはやや早急に思える。よって以下の具体的授業案を示すことでその誤解を払拭してみたい。

文学教材を用いた具体的授業案

文学教材の使用が四技能育成と矛盾しないことを示すために、具体的な作品を取り上げて主に大学における英語の授業での展開例を記す。大学によってはスピーキングやライティングといったスキル別の科目を設置してあるところもあるだろう。ここでの展開例はリーディングをベースとしつつも「読む」だけに留まらない、総合英語的アプローチが可能な環境下での展開例だ。さて、文学教材と言ってもいろいろなジャンルがある。詩、小説（短編、長編）、演劇など。これに加え、映画や歌詞も広義では含めることが出来よう。これら全てを個別に紹介するとなると手広くなりすぎてしまうので、短編小説と長編小説をそれぞれ具体的授業案、指導内容と共に紹介する。奇しくもどちらもF・スコット・フィッツジェラルドの作品を用いての展開例である。

短編小説は文学教材の中でも比較的扱いやすいとされている。その主な理由としては読む量が多すぎることなく、物語が完結するところにある。これは当然、扱う時間数とも比例する。つまり、学習者の飽きが来る前に読むこと、そして活動自体を全て終えることが出来る。ただし、比較的短いとは言え、短編小説を最初から最後まで読んで訳す、だけの活動に留めてしまうと前項で取り上げた誤解を解くにはいたらず、残念ながら旧態依然のままで終わってしまう。よって、読む前に、あるいは読んだ後に、四技能を駆使する活動をどれだけ盛り込むか、が活動を考えていくうえでのポイントとなる。[3]

ではまず、短編小説、"Three Hours Between Planes" の内容を確認しておきたい。物語は、主人公であるDonald Plantがある夏の日、かつて住んでいたアメリカ西部の街の空港から、一二歳の頃に想いを寄せていた一人の女性、Mrs. Gifford（旧姓はNancy Holmes）に二〇年越しに電話をかけ、会いに行こうとするところから始まる。彼は現在、妻とは死別した三二歳の男である。かつての憧れの少女に会えるかもしれないというかすかな期待と二〇年の歳月の隔たりに伴う不安とを抱えながらダイヤルを回してみると、意外にも彼が抱いていた不安とは裏腹に、彼女は彼からの電話をとても喜び、すぐさま自分の家へと招待し、二人は自然なくらいに再会を果たす。また、再会に興奮していたのはDonaldだけでなく、Nancyもまた自分の夫の偶発的な不在と、奇遇にも現れた二〇年越しのかつての少年に魅かれ、瞬時に幼い日の恋心を思い出し、二人の仲はわずか数十分で急接近、思いがけずキスするまでに燃え上がる。ところが、彼女がアルバムを取り出し、二人でかつての写真を見ていく過程で状況は一変する。なぜなら、彼女の記憶で輝いていた少年はDonald Bowersであり、いま話しているDonald Plantではなく、違うDonaldであったからだ。この愚かな勘違いに気がついた彼女は急によそよそしくなり、Donald Plantは哀れにもすげなく彼女の家を追い出され、己の不甲斐なさに愕然とし、物語は幕を閉じる。

なぜこの短編小説が英語の授業における文学教材としてよいのか。内容から考えよう。上記あらすじでも明らかなように、テーマは時間と恋愛である。二〇年という月日を越えての再会は何をもたらすのか、また燃え上がる恋心と冷めて行く過程には登場人物たちの心にどのような感情が存在するのか。これらは限られた時間の中で、はかない人生を生きているわれわれにとって必ずやぶつかる普遍的問いであろう。よってこの短編小説を通して学習者は「自分だったらこうした場面でどう感じるか？」と考えざるをえない。ここに、人間としての学びが生まれる。言語学習の側面からすると、様々な英語表現を学ぶチャンスがある。というのも、オリジナルのほかに、マクミラン社からリトールド版も出ており、両者を比べることで英語による描写の違いを学ぶことが出来るからだ。ごく短いが、冒頭だけここで比較してみる。

It was a wild chance but Donald was in the mood, healthy and bored, with a sense of tiresome duty done. He was now rewarding himself. Maybe. (3)

It was a chance, but Donald wanted to take a chance. He hadn't been back to this town for over twenty years. Was she alive? Was she still living here? What was her name now—was she married? (58)

どちらがオリジナルかおわかりだろうか？　右がオリジナルで、左がリトールドである。表現も違えば、描写の範囲も異なる。両者を並列的に比較して読んでみることは、どちらかだけを単に「読んで訳す」よりも言語として多くの発見が得られる。分量としてはオリジナルが六ページ、リトールドが五ページなので、英語が全く苦手で読むのも嫌だという学習者以外は作品を一気に読んだとしても数時間、丁寧に予習するのであれば数日、で十分に読み切れる。

ではこの作品を用いて四技能を向上させるにはどのような活動が考えられるだろうか。「読む」ことに関しては上記の二種類の英文テキストを用いて比較しながら読む方法がある。また、訳すなら重要な部分を前項で挙げた例のようにメールなどを駆使して行ってもよいだろう。「聞く」に関しては、短編映画が援用できる。実はわずか一五分程度の映像作品がある。[4] 言語は英語で、日本で作成されたものではないので字幕などはない。内容を全く知らない状態で見たならば会話を聞き取るのに難しさを感じるかもしれないが、作品を読んだ後であれば、つまり内容理解が十分に達成された後に見るのであれば、小説中の表現も一部使われているので理解がしやすいのと同時に、この場面ではこうした表現を使っているのか、こんな表情で発話しているのか、といったような気づきも得られる。「話す」に関しては、作品全体をめぐる意見交換的なディスカッションも出来るが、この作品のテーマに基づき、「初恋の人に二〇年後に会ってみたいか？ 会ったとしたら何かを話すか？」や「どこからが浮気になるのか？」といった、学習者の日常でも身近な話題を用いながら、ペアやグループでそれらについて英語を話してみる、といった活動が出来る。「書く」に関しては「話す」で用いたテーマを話す前に、もしくは話した後に、エッセイ風に書かせることも出来るだろうし、短編小説内の人物たちが現代のＳＮＳ、たとえば Line や Twitter、あるいはブログなどを持っていたらどのような書き込みをするか、想像して英語で書いてみる、といったクリエイティブな活動を行うことも可能だろう。

いずれにしても、ポイントは読んだ短編小説作品のテーマを活かし、学習者自身の気持ちに近づけながら「話す」「書く」のアウトプットを促進していく部分にある。またそれらを教室内で学習者同士がシェアすることは必然的にお互いに「読む」「聞く」のインプットの機会も同時に増えることになる。このようにすれば、短編小説をきっかけにして四技能を高める活動が可能になる。よって文学教材と四技能向上とが矛盾しない授業展開のひとつの例として、"Three Hours Between Planes" は推奨できる。

短編小説とは異なり、長編小説はその長さゆえに扱いにくいとされる。最後まで読み通すには根気を必要とするだろうし、ましてや一字一句「読んで訳して」を英語が苦手な学習者たちに押しつけたならば、自発的学習への動機づけとは正反対に、むしろ学習意欲をそいでしまうことになりかねない。文学部の文学の講読授業であるならばそれでもかまわないかもしれないが、あくまで大学の語学学習としての英語授業という位置づけの場合、そうした事態は避けなければならない。よって長編小説を用いるのであればそのテーマや内容が学習者の興味に沿いやすいものを選ぶのが何よりも鉄則である。こうした点を考慮した場合、比較的学習者に受け入れてもらいやすい作品例のひとつとして *The Great Gatsby* を取り上げたい。[5]

The Great Gatsby は一九二〇年代に書かれた、アメリカ文学史においても傑作と評される一冊である。五年前に戦争と貧乏を理由に失ってしまった恋人、デイジー・ブキャナンを取り返そうと金

持ちとしてのし上がって来たジェイ・ギャッツビー。二人の再会の行く末と同時に、デイジーの夫であるトム・ブキャナンとマートル・ウィルソンの不倫をも目撃し、自分自身もデイジーの友人、ジョーダン・ベイカーとの関係が深まりそうになっていく語り手ニック・キャラウェイ。こうしたやや複雑な人間模様が時代の描写と共に、ニックの第三者的視点から語られていくのがこの小説の特徴でもある。短編で取り上げた"Three Hours Between Planes"と同様、内容的には恋愛の側面から迫ることも出来るし、一九二〇年代のアメリカという歴史的、文化的背景に着目し、そうした観点から小説を学んでいくことも出来る。ここでは内容的にも幅の広い *The Great Gatsby* を言語学習として四技能の向上を図るためにはどう扱っていけば良いのかを述べる。

「読む」に関しては、"Three Hours Between Planes"と同じく、オリジナルのほかにリトールド版が複数あり、かつ傑作と評されるだけにより平易な英語で書かれたものや日本語の注を詳しく載せた版などもある。そういう意味では、作品が有名であればあるほど、テキストがバラエティに富み、複数のものを読み比べる学習をしやすい環境となる。*The Great Gatsby* は全部で九章から成り立っており、章によって長さが異なりもするが、おしなべて一〇回前後の授業回数を割り当てるとペース的にも一学期一五回の範囲内でうまく読み進められる。これをさらに倍ゆっくりして二〇回程度にすることも出来るが、近年セメスター制（一学期完結型）の授業が多く見られることを勘案すると、一五回以内で読み終えることの出来る長さは授業運営上扱いやすい。よって基本的には一章一授業、オリジナルとリトールドを併用しつつ、章毎に英文での要約などをさせながら、時には重要な箇所を訳すなどしていくことで「読む」能力は養っていける。「聞く」に関しても、オーディオブックのようなものやリトールドの付属の朗読CD、また音声で作品の解説をしているものもあり、「読む」と併行して「聞く」活動もさせやすい。本文全部を聞かせるには長過ぎるが、箇所を選定し、かつ空欄を設けたシートを配布したりすることで、ディクテーションや穴埋めといったリスニングの活動もさせることが出来る。「話す」は、これも映画を援用したい。*The Great Gatsby* の映画版は少なくとも三種類はＤＶＤなどで容易に入手可能だ。前項での“Three Hours Between Planes”のように、特に登場人物たちが会話をするシーンはよいお手本に出来る。例えば、八章のプラザホテルでギャツビーとトムが言い争い、デイジーが止めに入る場面などは感情的なやりとりが含まれるがゆえに、ロールプレイなどさせてみてもよい。「書く」に関してはデイジーがトムとの結婚前夜、ギャツビーからのものと思しき手紙を読んで号泣するシーンに注目し、この手紙には何と書いてあったのかを想像させて書かせるといったクリエイティブライティングのような活動が出来る。「読む」の際に取り上げた要約文を作る活動は「書く」の一部とも言える。また、ギャツビーの有名なセリフ、ニックが“You cannot repeat the past.”と言ったのに対し“Of course you can.”「過去は取り戻せるさ」と答えた場面を題材に五年前の自分と今の自分とを比較したエッセイや、過去をどう考えるかといったやや抽象的なテーマで自由に書かせてみてもよいだろう。さらに、全部読み終わった後でこの作品が傑作か否かを論じる、アカデミックライティングのような上級者向けの課題を出すことも可能である。このように、*The Great Gatsby* は様々な場面に焦点をあて、内容理解を促進しつつ四技能を使った言語学習活動を幅広く行うことが出来る。

自明ではあるが、*The Great Gatsby* は長編であるため、英語が苦手な学習者にとってはオリジナルを「読んで訳して」だけで学ばなければならないとしたら早々に挫折するだろう。それを避けるためにもリトールドの併用を強く推奨する。あるいは、レベルによってはリトールドだけの使用でもかまわない。一度リトールドで読破し、内容理解を十分にした上でオリジナルに挑戦というやり方もあるし、そのような学習者は「読む」ことへの動機づけがリトールドによってなされた証にもなる。どうしてもオリジナルを読みこなすことが文学教材使用のゴールにように思われがちだが、何らかの手段を用いて文学作品の世界へ誘うことも、学習においては大切なことだ。そのきっかけを与えることも英語、そして文学の教員の仕事のひとつではないだろうか。ましてや「読んで訳して」を強いることで文学そのものを嫌いになどさせては決していけない。

短編、長編それぞれ紹介してきたが、両者に共通していること、つまり文学教材を用いる際に考えておきたいポイント、をまとめておきたい。先に紹介した短編、長編はどちらもオリジナルとリトールドが存在する。同じ物語に対して二種類（以上）の英文テキストが存在するということは、表現を比較出来るということのほかに、オリジナルを読みこなすことが出来ない学習者にも学びの機会を提供出来るということでもある。辞書をひきながら一字一句丁寧に精読することが「読む」ことの醍醐味、という教員側の「読む」ことに対する思いもわかるが、その方法が万人に通用するわけでもなく、逆にそれを強いることで英語嫌いを生み出してしまっては本末転倒だ。つまり、リトールドの存在は小説を英語の教室で使用することの可能性を広げていると考えたい。よってほかの作品を使用する際にも、リトールドの有無を予め確認しておくことは授業展開を考える際の大きなポイントになる。つぎに、短編、長編、どちらにも映像化された映画が存在する。視聴覚教材は学習者の興味を喚起しやすいのと同時に内容理解の確認、あるいは発話のモデルとして用いることも出来る。もちろん、英文と映像、文学作品と映画、は常にイコールではないし、齟齬をきたしている部分も多々あろう。そうした違いを探すことも時には内容理解の一環としての学習になりうるが、言語学習の観点からすると、立体化され、音声を伴う視聴覚映像は言語運用の点でぜひ活用したい。また、短編、長編どちらとも、テーマが学習者自身にどこまで肉薄しているか、もポイントと言えよう。今回の場合、同じ作家の作品を取り上げたのでテーマはそもそも類似していたかもしれないが、それぞれで概観したように、時間と恋愛というテーマは普遍であると言える。このように、英語学習としての環境がリトールドや視聴覚映像など含めその作品に関して豊富に整っていること、また内容的にも学習者が感情移入しやすいもの、が文学教材と四技能向上を共存させる授業を展開していくためのポイントと言える。

文学教材で四技能を育成するには

ここまでフィッツジェラルドの作品を用いた具体的授業案を紹介したが、文学教材で四技能を育成するためにはそもそも文学教材の「扱い方」と四技能の「教え方」の両方に教員が精通している必要がある。ところが、英語教員免許取得までの課程を見ても、また大学の英語教員にしても（こちらは免許がないので当然課程も存在しない）、その両方を同時に学ぶ機会はほぼない。機会がなければ当然やり方もわからず、結果として文学教材を扱う＝読んで訳して、のループからいつまで経っても抜け出すことが出来ない。これを打破するためには、現状この両者を網羅した先行研究を読み、そこから知識と活動例を学び得るしかない。以下、いくつかその良い先例を手短に紹介しておきたい。

Literature in the Language Classroom は Joanne Collie と Stephen Slater が一九八七年に Cambridge University Press から出版したもので、副題に A Resource Book of Ideas and Activities とあるように、「教室における文学を用いた授業のためのアイデア集」である。最初は 1 Teaching literature: why, what and how で文学作品を用いる意義についての議論から始まるが、3 First encounters からは実際の活動例の紹介となっている。特にこの 3 First encounters ではテキストを読む前に、もしくは興味を持って読み進めていくために、どのような活動が考えられるかという具体的な事前活動例が二一種類も紹介されている。例えば、Sentence Whisper という伝言ゲームのような活動、Writing Chapter 0 という物語の冒頭だけを見せて物語が始まる以前の展開を予測してライティングもしくはスピーキングさせる活動、などは学習者に興味を持たせ、物語を読むことへのきっかけを作る「仕掛け」のような活動と呼んでもいいだろう。さらに後半では 7 A novel, 8 Plays, 9 Short stories, 10

Poems とジャンルに分かれた扱い方が具体的に網羅されているので、教員はこれらを参照することで自分が用いてみたい作品の扱い方をいろいろと膨らませることが出来るし、紹介されている作品をそのまま活動例と共に用いて授業を行うこともできる。文学作品を初めて教室で扱う教員にとってはとても親切かつ実践的で、役に立つ有用なレフェレンスである。また、これまで文学作品を用いてきた教員にとっても、アイデアをより豊富にすることが出来、そしていくつかの活動例を組み合わせることで新たな学習形態を生み出すきっかけになることだろう。ちなみに *The Great Gatsby* を用いた活動例も含まれている。よって、文学作品を英語の教室で用いる際には必読の書籍であるし、タイトルにも明示されているように、言語学習の観点が盛り込まれている良い先例である。

Teaching Literature は Ronald Carter と Michael N. Long によって一九九一年に書かれたものである。*Literature in the Language Classroom* 同様、実践的な内容も当然含むが、EFL/ESL の環境において文学を言語学習に用いる意義なども丁寧に説明しており、実践だけでなく理論的な側面も含んでいる。例えば、彼らは文学を教えることの理由について、The cultural model, The language model, The personal growth model の三つを挙げ、それぞれの役割を説明する。また、試験のために文学を学ぶことと楽しみのために文学を読むのとではアプローチも違うし、学習の結果も異なってくると主張する。このように文学を教える前提の議論や言語学習とのつながりを詳細に網羅した *Teaching Literature* は「読んで訳して」とならないよう、文学教材が持つ英語学習への可能性を示している。具体的な構成に関してはセクションが三つ、大きなまとまりとして設けられている。最初が

Literature in the Classroom、次が Classroom Procedures、最後が General Issues であり、さらに各々の中に小セクションが章立てされ、全部で八つの項目から成り立っている。以下、かなり簡略ではあるがその小セクションをそれぞれ紹介しておく。1 Literature in the Classroom では先に述べた文学を英語学習の教材として用いる意義が Why literature? という小タイトルのもと、議論される。それを受けて、2 Literature and experience では読むことで得られる経験と言語学習について、例えば動機づけなど、が検証されている。Classroom Procedures では具体的な手順が示され、3 Approaches to texts では学習者の興味を喚起し、学習を進めるための様々な質問のタイプが紹介、検討される。4 Language-based approaches では主に読むことを中心に具体的なタスク、例えば Jigsaw reading や Matching、Reading aloud など、の手順が使用する作品例と共に示され、5 *Hearts and Hands*: a case study では O・ヘンリーの作品を用いた活動例、Post-reading activities など、も詳細に記載されている。6 Activities for the advanced class ではやや上級者向けの活動、metaphor や stylistics に関するもの、あるいは debate なども取り上げられている。最後の General Issues では、7 The literature curriculum にてテキストの選び方、Graded Readers の活用に関して、さらに文学教材を用いた際のテストに関しても議論がなされる。8 Theories of reading は文学が専門でないものにとってはやや難しいが、「作者の死」などのような文学理論についても言及がなされている。

Carter と Long はこのように文学と英語学習との関連づけを徹底的に行い、それらを本書内で整然と示している。非常によく体系化されたこの *Teaching Literature* を読み、背景としての知識や理論を学び、その上で各々の教室、学習者に最適な実践内容を考えていけば、最初の項で述べた、文学教材と四技能とは矛盾するなどのような誤解に陥ることなく、また「読んで訳して（あてて）」だけしかやらないような授業スタイルには決してならないだろう。

Literature and Language Learning in the EFL Classroom は Masayuki Teranishi や Yoshifumi Saito といった、日本における文学と英語教育との研究において著名な研究者らが中心となって作られた論文、実践報告集である。二〇一五年に出版され、全論文が英語で書かれており、いわば最新の日本から世界へ発信された文学、英語教育論考集である。なお、最後に置かれた Epilogue には先に紹介した *Teaching Literature* の著者、Ronald Carter が寄稿している。ここからもいかにこの研究書が影響力を持つのか、推測されるだろう。参考にしたいのはやはり、日本人研究者の実践であるどのような教材をどのような環境で扱い、どのような結果が得られたのか。それらをヒントに各々の環境で文学と英語教育の有用性を吟味できるはずだ。ではいくつか紹介しておきたい。Saito は“From Reading to Writing: Creative Stylistics as a Methodology for Bridging the Gap between Literary Appreciation and Creative Writing in ELT”という論題で東京大学での Creative Stylistics の実践を紹介している。「東大だから……」という偏見なく、活動の骨子を学びたい。Teranishi は“Teaching English Novels in the EFL Classroom”で主にイギリス小説を題材に、EFL の環境で学習者たちが学べる言語と文学の特性とを具体的教授法を示しながら述べている。結論でそれらを universal だと主張しているところが力強く、文学教材の使用に説得力がある。Motoko Fukaya は“The Use of a

Literary Text in an Extensive Reading Programme: Reading Murakami's 'Super-Frog Saves Tokyo' in the World Café"で多読の意義と効果について数値を示しながら述べ、読んだ後のディスカッションを促すためのWorld Caféの取り組みも紹介している。なお、Fukayaはこれまでにも多読に関する論文や実践を多く発表している。

このように、日本の大学における実際の実践例をこの研究書を通して知ることが出来るのは同じ環境にいる者にとっては有意義であろう。もちろん、各事例をそのまま同じようにやればいいというわけではない。先にも述べたように各々の環境、学習者のレベル、興味関心などを考慮の上、文学と英語教育を融合させることで大きな成果が得られると判断できるのであれば、英語の授業で文学を使わない手はないと言えるはずだ。

誌面の都合とほかの項とのバランスを鑑みて上記三つの先行研究に絞ったが、類似の書籍や論文、研究発表や実践報告などはまだまだたくさんある。よってこうした先行研究を集め、分析し、それらを基礎知識としながら、個々の教室環境や学習者のレベルなどを勘案し、教員と学習者のどちらにとっても適切と思える文学教材を選定すると同時に言語学習としての四技能のバランスに細心の注意を払って授業案を考慮していけば、文学教材で四技能を育成することは十分に可能だろう。逆に、文学教材を「読んで訳して（あてて）」の方法のみでしか用いないのであれば、文学教材と四技能育成の溝は残念ながらこれからも埋まってはいかない。

おわりに

本稿では、まず文学教材をめぐる誤解を概観し、それがそうではないことを検証した。具体的には、文学教材＝実践的コミュニケーションの育成を阻むものではないことを確認した。また、文学教材そのものがいけないのではなく、ステレオタイプ的に染みついた「読んで訳して」以外にも文学教材を用いる方法があるということは声高に言わなければならない。そして、そうではない例として具体的作品、フィッツジェラルドの短編 "Three Hours Between Planes" と長編 *The Great Gatsby* を用いて展開する授業案を示した。最後に、文学教材を用いて四技能を育成する際に援用出来る先行研究を紹介した。

文学教材と四技能育成は決して矛盾するものではない。しかし、そのやり方が浸透していないのが現状である。よって、本稿で示したようなやり方や先行研究がもっともっと教員同士でシェアされ、可能であれば将来いずれかの段階で教員養成の課程に組み込まれ、より実りのある大学英語教育が発展していくことを切に願う。

注

1　たとえば高橋和子の『日本の英語教育における文学教材の可能性』など。

2　斎藤兆史は一貫してこの立場をとっている。斎藤の論文、"Translation in English Language Teaching in

Japan." などがそれにあたる。

3　関戸（二〇一四）をふまえ、本稿では四技能向上についても考慮している。

4　二〇一九年三月八日現在、予告編のみ以下のURLからアクセスできる。https://www.youtube.com/watch?v=6hT6OFkHsdI

5　Fuyuhiko, S. (2010) をふまえ、本稿では四技能向上についても考慮している。

参考文献

江利川春雄、『日本人は英語をどう学んできたか：英語教育の社会文化史』、東京：研究社、二〇〇八

関戸冬彦、「短編小説を用いて教室をより活性化させる実践事例研究」『マテシス・ウニウェルサリス』第一六巻第一号、二〇一四、七五―九六

Carter, Ronald, and Michael N. Long. *Teaching Literature*. Harlow, Essex Longman: Distributed in U.S.A. by Longman Pub., Print. 1991.

Collie, Joanne, and Stephen Slater. *Literature in the Language Classroom: A Resource Book of Ideas and Activities*. Cambridge: Cambridge UP. Print. 1987.

Fitzgerald, F. S. *The Cut-glass Bowl and Other Stories*. Retold by Margret Tarner. Macmillan Readers. Print. 2005.

——. *The Great Gatsby*. New York: Scribner Paperback Fiction. 1925.

——. *Three Hours between Planes*. Feedbooks. <http://www.feedbooks.com/book/1159/three-hours-between-planes> 16 July 2014

Fuyuhiko, S. "An Effective Way to Use The Great Gatsby in the Language Classroom." <http://www.liberlit.com/2010-conference-proceedings-and-papers/134-an-effective-way-to-use-the-great-gatsby-in-the-language-classroom> 2010.

本稿は「文学教材を英語の教室で用いるならこんな風に——文学教材と四技能育成の共存を目指して」、獨協大学外国語学部交流文化学科紀要 *Encounters* 第五号、二〇一七、一三九—一四八に加筆、修正を施したものである。

13

英語の授業で文学を読む意義

――メルヴィルの短編小説をどう読むか――

小林　徹

文学作品と資格検定英語

昨今、英語の授業で何を教材とするか、様々な学会で話題になっている。各学会において文学教材を英語の授業で取り扱うことの意義を問う研究発表および実践報告が相次いで行われている背景には、大学入試改革の問題が少なからず影響していることは周知の事実である。実践的な英語を身に付けさせる、という大義名分のもと、いわゆる資格検定英語を入試の代わりに用い、それを英語能力の指標にしようという動きが見受けられる一方、その流れを問題視している大学も決して少なくはない。この対立関係の中、文学を研究する大学教員の間で、再度、文学教材の価値を見直し、大学で学ぶ英語とはどのようなものであるかを再定義することが、結果的に資格検定英語によって測られる英語力への反論という意味合いを醸し出している。

このような混乱状態の中、斎藤兆史は英語を教える職につく者の心構えについて、日本英文学会の会員に向けて以下のように述べている。

そもそも本学会会員の多くが大学の英語教師だということ、そしてまた会員たちが教える「英米文学概論」、「英語学概論」、「英米文学講読」といった授業の教室には、それを教職科目として履修している教員志望の学生がたくさんいるということを忘れてはならない。そしてまた、英語教育・学習と英語・英文学研究とは截然と区別できるものではなく、前者の延長線上に後者があるということ、さらには、英語好きの延長として英語文学や英語学に興味をもつ中高生・大学生を育てることが我々の重要な使命であり、それが本学会の発展にもつながることをあらためて確認しておきたい。(斎藤、三八)

教員である我々の多くは、いわゆる一般教養の英語に関連する科目を教えた経験を持ち、その内容をどのように学生に教えていくかについて多くの時間を費やし、試行錯誤を繰り返しているはずである。その原点に立ち返った上で、自らの経験に頼るだけでなく、幅広く多くの英語教育の研究内容に耳目を傾け、より一層教育内容の充実を図ることに、我々が自らの研究活動に注ぐのと同じような精力を傾けることは当然であると思われる。

現在、研究者の端くれとして文学作品を研究している傍ら、授業では資格検定英語を教えている私のような立場の英語教員は決して少なくない。どちらの立場も理解できるが故に、どちらかが正解であるとも言い切れないし、どちらかのみが正解であると言い切ってしまった段階で自分の一部を否定することにもなってしまい、結論を出さないでおく、もしくは思考停止状態になるしかないというのが本音ではないだろうか。

このような現状において一つの有益と思われる案を提示することが、この論文の目的である。具体的には、私の研究対象であるハーマン・メルヴィルの短編小説「バイオリン弾き」("The Fiddler")を英語の授業で取り扱う場合、どのような意義がそこに込められているかを論じ、この作品だけでなく、広く英文学（英語で書かれた文学作品）のテキストが英語の授業で取り扱われることの重要性を示しつつ、資格検定英語で問われるような英語力を養う上でも、文学教材を用いて学ぶことが効果的になり得るという可能性についても、できるだけ主張していきたい。

「原典」か「リトールド版」か

まず「英文学のテキスト」という定義について、最初に限定しないといけない。前述した通り、「英語で書かれた文学作品」という意味合いを含むこの言葉には、いわゆる「原典」とされる文学作品そのものと、初級学習者用にやさしい英語で書き直された「リトールド版」の両者が含まれることになる。ではどちらのテキストが学習者にとって有益なのだろうか。この両者を学習者のレベルに合わせて使い分けていく必要性を最初に明確にする。

まず「原典」を用いることを主張する先行研究を見ていく。原田範行は「英語力の不十分な学生に、文学テキストを使って教えるために」と題した論文において、英語力を付けるために文学のテキストがいかに有効であるかを説いている。文学が含有するフィクション性により「時間的・空間的に現実を超えた領野に思索を及ぼす必要がある」（原田、二六）ことを主張しながら、翻訳と原文を比較することで、「日本語と英語も一対一対応であると考えることがいかに不十分であるかということ」（原田、二八）を認識する大事さを訴え、以下のように締めくくっている。

英語力が必ずしも十分ではない学生にとっても、英語学習に関して、若干の文学テキストを原文で扱うことの意味は大きい。説明文や評論、広告・宣伝といった他の言語表現ジャンルと、そしてまたリスニングやスピーキング、ライティングなど他の言語技能と、バランスを取りながら適切に組み合わせること、そして、作品の全体であれ、一部であれ、英語学習に採用すべき適切な文学テキストを具体的に収集したアンソロジーなどを早急に製作すること――そういう点にこそ、今、専門家による集中的な検討が強く求められている。（原田、二八）

中野学而はメルヴィルの「書記バートルビー」（“Bartleby, the Scrivener; A Story of Wall-Street”）を授業で扱うことの意義を、「長さとしてもそう長くなく、語彙レベルもほどほど、何よりも当時の『無関心』な一般読者にとってもまたいまの学生にとってもがぜん親しみやすいと考えられるようなリアルかつ卑近な設定を確信犯的に用いる」（中野、二一六）点にあると述べている。作品の舞台となっているウォール街の持つ象徴性そしてアメリカの拡張主義という時代背景と、今の時代との関連性を学生に感じ取らせるには最適な作品であると中野は主張する。

両者に共通している点としては、文学作品を丁寧に読んでいくという作業を重視している一方で、現実社会で起こっている事象を伝える英語メディアについても、決しておろそかにすべきではない、ということだろう。授業で扱うテキストとして良質である文学テキストを扱うことと、現代社会で流通しているメディアなどで用いられている英語を並行して授業で扱うことの必要性を両者は説いているように思われる。

次に、「リトールド版」を用いることの意義について論じる研究を検証する。多読とＴＯＥＩＣの関係性についての論文として、豊田工業高等専門学校（以下、豊田高専）の西澤一らによる研究内容に着目する。二〇〇二年度から授業の中で文学作品のリトールド版も含めた多読を取り入れ、数年に渡って試行錯誤しながら、累積読書量がまずは三十万語に到達することを目指したカリキュラムを編成する中で、とにかくやさしい英語をたくさん読ませるよう指導している点が特徴として挙げられる。具体的な成果については、学生の読書量が多いほど、ＴＯＥＩＣの点数が上昇傾向にあったデータを示した上で、以下のような結論を出している。

本報の結果は、「そんなにやさしい英文ばかりを、いいかげんに読んでいるだけで、本当に英語力がつくのか?」なる疑問への回答となろう。高専生が直面するＴＯＥＩＣ３００〜５００点レベルの英語運用能力向上を、語彙や文法の知識の増強で達成するのは難しいと感じる場合、また、大量の英語インプット訓練から学生が脱落してしまうことが問題の場合、本報の取組みは参考になるものと考える。（西澤他、「苦手意識を自信に変える、英語多読授業の効果」、四）

さらに豊田高専では近年、国際交流を目的とした海外研修、学生交流、短期留学を行っており、その活動の前後に英語力向上に関する活動の一環として、多読に関する授業が行われている。その成果について、西澤らは以下のように結論付けている。

本報告では、高専生の英語運用能力向上に関し、数百万語の英語多読が、一〇ヶ月の高校留学に匹敵する効果を持つこと、また、数十万語程度の英語多読が、留学の事前・事後学習として英語運用能力向上を促進する可能性があることを示した。

英語多読授業は、学習期間と運用能力向上の関係、学生の実効感の面で、国際交流活動と相補関係にあるので、例えば、短期の国際交流活動の事前事後に多読の授業を配置し、五年間で過半数の学生が一〇〇万語の英文を読破するプログラムには、現状打破を期待できる。

（西澤他、「国際交流活動と英語多読による工学系学生の英語運用能力改善」、一五二）

ＴＯＥＩＣの点数が改善されるという結果のみならず、総合的な英語運用能力の向上にまでつながるとする主張に対しては、読書量が数十万語から百万語を超えることができた学生、つまりそこまで持続的に学習することができた学生だからこそ、という感は否めない。しかしやさしい英語をたくさん読むという点については、そこからスタートし、ゆくゆくはより難しい英文へとチャレンジさせる（もしくはしたくなるよう学生を促す）教員の努力が必要とされることは言うまでもないことである。授業内容の中に多読を具体的にどう取り入れていくのかという点については、更に他の先行研究を見ていく必要がある。

どちらの立場においても、主張している内容に大きな誤りがあるようには思えない。つまりどのような学生を教えるか、どのくらいの能力を持っている学生に英語を読ませるか、それ次第によって「原典」も「リトールド版」も使用可能ということである。その選択に関しては教員に委ねられているが故に、学生の能力を見極める作業こそが教員の責務であり、その選択に基づいて、文学作品の、どの部分まで深く、広く教えていくか、といったカリキュラム作成に時間をかけていくことに、英語を教える教員は真摯に取り組んでいかなければならない。髙橋和子は「リトールド版」教材について、以下のように論じている。

> それでも、リトールド版を〈準文学教材〉と見なし、やがてオーセンティック教材である文学に至るための、足場掛けにすることは可能だろう。リトールド版を学習者の英語力に合わせて活用しながら、適宜原作も導入して、両者の差異を明確に示せば、しっかりとした足場を組める可能性が高い。（髙橋、二〇七）

以上のようなポイントを踏まえた上で、今回扱うメルヴィルの「バイオリン弾き」について、どのような作品であるか先行研究を参照しながら確認していき、この作品が授業で扱うテキストとして適したものであることを明らかにしていく。この作品はリトールド版ではなく原典だが、前述した中野が論じていたように、長さも決して長くはなく、語彙のレベルも決して難しくはない、という点において、多くの学生に使用可能であると思われるテキストであるため、今回取り扱うことにした。

「バイオリン弾き」における「失敗」

この作品は一八五四年九月に *Harper's Magazine* に掲載された、メルヴィルが書いた短編小説の中でも、非常に短い作品である。語り手であり主人公であるヘルムストーンは自分の書いた詩がひどく酷評されたことにイライラしているところで、古くからの友人スタンダードに会い、その場で彼の知り合いであるホートボーイなる人物を紹介され、三人でサーカスに出かけていく。なぜか初対面からホートボーイの人となりに惹かれていくヘルムストーンだが、自分の詩の評価が低かったことに納得ができなかったため、ホートボーイの明るさにある種の親近感を覚えながらも、彼を凡人扱いすることで、自分の不平不満を解消しようとする。しかしスタンダードのリクエストにより、ホートボーイの部屋に招いてもらい、そこで彼のバイオリンの演奏を聞いた瞬間、その素晴らしさにヘルムストーンはすっかり魅了される。ホートボーイはかつて数多くの名声を手にした天才バイオリン弾き少年で、今の姿かたちから少年の面影を察知する人は誰もいないが、それでも彼は今や「王様よりも幸せ」("The Fiddler," 267) である、とスタンダードは語る。自分の悩みの卑小さをつくづく思い知ったヘルムストーンは、翌日には自分の作品を破り捨て、ホートボーイの指導の下でバイオリンを習うことを決断し、物語は終わる。

この作品を執筆した当時のメルヴィルは、彼の代表作である『白鯨』(*Moby-Dick or The Whale*)、『ピエール』(*Pierre or The Ambiguities*) が思ったほどの成功を収められなかった一方で、家族を養わなければならないという責務から、まさに「金のため」に次から次へと短編小説を執筆していた時期である。[1] *Harper's Magazine* の編集者は「センチメンタルな文体」であることを好んだため (Post-Lauria, 167)、ヘルムストーンやホートボーイの挫折感の違いなどを読者に意識させつつ、彼らの悲哀を分かりやすい形で表現したのは、次の作品も是が非でも雑誌に掲載してもらいたいというメルヴィルの編集者への心からの願いが投影されていると考えても不思議ではない。自分の詩を酷評されただけで悲観的になる主人公と、名声を得ていた過去よりも、今の慎ましい暮らしの方が幸せだと感じるホートボーイの対比は、メルヴィルの作品としてはあまりにも単純明快な構造ではあるものの、この雑誌の読者にとって非常に分かりやすいスタイルにするために、あえてこのような形式にしていることは明確である。

野間正二は主人公ヘルムストーンがあっさり自分の詩を破り捨てて、ホートボーイにバイオリンを習いに行く姿に着目し、以下のように述べている。

このようなヘルムストーンの感情にまかせた振幅の激しい言動は、軽薄で愚かしいだけでなく、その激しさゆえに読者の笑いを誘う。作者メルヴィルの意図も、元神童の理想的な生き方を示し読者に感動を与えることにあるのではなく、語り手のこのような生き方の軽薄さと愚かさを読者とともに面白がることにあったと思われる。（野間、二二五）

教訓的なニュアンスというよりも、主人公の浅はかさに笑いの要素を読み取れるとする解釈だが、それでも読者の感情に訴えかけようとする点においては、「センチメンタルな」要素を備えていると言えなくもない。

しかし、そこにさらに付け加えるとすれば、ヘルムストーンもホートボーイも何らかの失敗もしくは挫折を経験している、という点ではないだろうか。William B. Dillingham はこれまでの先行研究を踏まえて、ほぼ同じ時期に執筆された短編「幸福な失敗」("The Happy Failure") とこの作品との類似性に触れながら、ホートボーイの人物像について、以下のように述べている。

In Hautboy, Melville has personified the temptation that sensitive and unusual people feel in moments of severe disappointment, the temptation to play the game of self-deception, to pretend that they can live the quiet and simple life and by accepting things as they are find happiness. Sometimes their disappointment is so keen that the desire for escape is overwhelming, and they become hypnotized, spellbound, by the call to be just an average person. There is much mystery surrounding Hautboy's characterization in the story because what he represents is a kind of magic spell calling Helmstone out from himself. (Dillingham, 150–51)

ホートボーイがどのような経験をして今に至ったかは謎のままであるが、挫折して自暴自棄になっているヘルムストーンがあっさりとホートボーイのバイオリンの魔力に魅入られてしまった点、そしてスタンダードによって明らかにされた天才少年としての過去を知ってしまったことを鑑みれば、ホートボーイが自分とは比べ物にならないような失敗を経験し、今に至ったのではないか、とヘルムストーンが考えたことは容易に想像できることである。完全な勘違いかもしれないが、この両者が失敗というキーワードによって結び付けられ、その勘違い加減を読む読者は思わず笑ってしまうということもこの作品の興味深い点の一つなのだろう。[2]

これほど語り手であるヘルムストーンの軽さが際立ちながらも、この短い作品の中において、彼の語りの中に作者メルヴィルの主張を読み取ろうとするのは決して的外れなことではない。三人でサーカスの帰り道に寄ったレストランでの場面である。

As the conversation proceeded between the brisk Standard and him [Hautboy]—for I said little or nothing—I was more and more struck with the excellent judgment he evinced. In most of his remarks upon a variety of topics Hautboy seemed intuitively to hit the exact line between enthusiasm and apathy. It was plain that while Hautboy saw the world pretty much as it was, yet he did not theoretically espouse its bright side nor its dark side. Rejecting all solutions, he but acknowledged facts. What was sad in the world he did not superficially gainsay; what was glad in it he did not cynically slur; and all which was to him personally enjoyable, he gratefully took to his heart. It was plain, then—so it seemed at that moment, at least—that his extraordinary cheerfulness did not arise either from deficiency of feeling or thought. ("The Fiddler," 264)

Richard Harter Fogle はホートボーイをメルヴィルが描いた「鋭敏で、完全中立の理想的存在」(Fogle, 61) であると述べている。その姿はある意味ではメルヴィルにとってのあるべき形だったのかもしれない。生活のため作品を書き続けなければならないという自分自身の環境、一方で自分を賭して作り出した長編小説への世間の酷評、様々な苦しさを背負い短編小説を紡ぎ出していかなければならない中で、メルヴィル自身のその当時の思いが短編作品に投影されていると考えるのは妥当だろう。たとえこのような短い作品であっても同様である。メルヴィルは読者から期待されているセンチメンタルで読みやすく面白い作品であることを念頭に置きつつ、読み手だけでなく自らのセンチメントもそこに込め、読者が笑っているのはヘルムストーンというキャラクターであると同時に、ホートボーイの描写の一部に自分自身の願望を投影させながら、自嘲しているように思える。[3]

「バイオリン弾き」を授業でどう読むか

この作品を授業でどう扱うかについて論じていく前に、まず今の学生の文法力不足について、教員側は大いに認識しておく必要がある。いわゆる「コミュニケーション英語」が中学、高校での英語の授業のメインであった学生にとって、必然的に文法を学校の授業で教わる時間は少なくなっている。大学入試センター試験を大きく変えようという流れが出てきた中でも、語彙や文法教育中心の学校教育が批判の的となり、文法を教えることが授業でしづらくなっている状態が今も続いている。しかしその結果として、会話レベルの英語は理解できたとしても、文章を深く読むために必要な最低限度の文法力すら身につかずに大学に入学している学生の多さに閉口してしまうのは、決して私だけではないだろう。自分の担当する学生がどれほどの文法力を持っているのかをまず確認し、足りない文法力をつけさせる努力を惜しまないということを肝に銘じておかなければならない。せっかく学生に読ませるべきすばらしい名著をじっくり時間をかけて選定したとしても、授業がいざ始まったら、文法が分からずにまったく内容の解説ができないということでは、教員側の努力が無になってしまう。メインの授業の流れに支障がない程度に文法学習の時間も組み込んでいくことは必要である。そして当然、文法学習は資格検定英語のためにもなる点を強調しておくことで、文学作品を読むこととの関連性も明確にすることも重要である。

以上のような前提を踏まえた上で、今回述べた「バイオリン弾き」に関する一つの解釈から、英文学のテキストを授業でどう学生に読ませていくかについての一つの方法論を提示していく。まず学生に最初から最後まで読んでもらい、各々が持った印象もしくは作品に込められていると思われるテーマ性は何だと思うかを発表してもらう。事前にこの作品が書かれた時代背景や作者の当時の状況などを説明してしまうと、特に昨今の学生はその内容を踏襲するような形で、「上手くまとまった」感想を作り出してしまう傾向にあるので、何の知識も吹き込まずに自由に思ったことを述べてもらう方が良い。

学生が挙げてきたテーマ性の中で、例えば前述したような、野間が主張している「語り手の浅はかさ」だったり、Dillingham が述べているようなホートボーイというキャラクターに込められた神秘性といった先行研究と関連したものが出てきたとすれば、その段階ではじめてそれぞれの研究者が同じような意見を述べているということを紹介し、学生の読みの正確性を評価してあげることは教員側としては必要であろう。

学生が感じた作品のテーマ性がある程度、発表された後に、この作品が掲載された *Harper's Magazine* の「センチメンタルな文体」を編集者が好んでいた点や、メルヴィルの執筆当時の状況、さらに前述した中野が「書記バートルビー」を授業で読む際に学生に示していたように、当時のアメリカの社会情勢なども合わせて教えた上で、再度、学生が気になる点などを確認させていけば、これまで気づくことができなかった文章の奥深さを彼らは認識してくれるはずである。

私が掲げた「失敗」というテーマ性から話を発展させた場合、同じ時期に執筆された短編「幸福な失敗」を続けて読んでもらった上で、その関連性を示しつつ、二つの作品でメルヴィルが描こうとした「失敗」から学ぶことのできる教訓とは何か、という点について議論を深めていくことも可能である。それぞれの主人公はまったく立場が異なっているが、その中で学生自身が共感する部分などがあるかどうか、逆になぜ登場人物がそのような行動に出るのかが理解できないといった意見など、作品を自分の人生観とオーバーラップさせることができたなら、教員側としては、この作品を扱った意義を学生に理解させることができたと言っても過言ではないだろう。

文学を読むことと自分の人生を考えることが重なった瞬間、学生にとっても教員にとっても、その授業がかけがえのないものに変容する。そういった経験を少なからずしてきた我々、英語教員だからこそ、まだ経験したことがない（もしくは経験が少ない）学生にその機会を提供することができる。その中で文法演習などの資格検定英語の対策にもつながる作業を自然と付け加えることによって、文学を読むことがより一層身近に感じられるようになるはずである。

大学で学ぶ英語の未来

最初に述べたように、資格検定英語をセンター試験の代わりに取り入れようという流れと、それに反対しながら、改めて文学教材の意義を主張する流れが、今は完全に対立関係にある。どちらの主張もある一定程度は理解できる私にとっては、今の状況は大変、嘆かわしい事態であると思わざるを得ない。

日本の人口は減少し、当然、大学生人口も減少することで、定員に満たない大学は経営が成り立たずに淘汰されていくことは避けられない現状であり、若者人口が減り、さらに海外で学ぼう、働こうと考える人も減少傾向にあるのはメディアで報道されている通りである。この日本の憂慮すべき状況において、両者の主張のどちらかだけが正解である、と自信を持って答えられる人はどれだけいるだろうか。どちらかだけを大学で教えていれば、「すばらしい未来が君たちには開けるぞ」と学生に主張できる根拠が私には見つからない。まだまだ暗中模索の日々は続くであろう。

しかし今回述べたような内容で英語の授業を展開することができれば、まだ大学で英語を教えることの意義は保ち続けられると私は考える。どのような学生を入学させたいか、どのような人材を育成したいか、それを可能な限り明確にする必要性が今の大学には求められている。だからこそ、コミュニケーションツールとしての英語を必修科目として展開している大学であるならば、より幅広い形での英語能力を入試もしくは入学後の授業の中で学生に求めていくことが必須である。資格検定英語で問われる能力も、文学を読む際に必要な能力も決して相容れないというわけではなく、それぞれが関連している（関連させなければならない）のだ、ということを認識した上で、大学関係者は入試の形態および英語カリキュラムの内容を決定すべきである。文学に携わる私のような教員が心の底から教えたいと感じる英語を学生に教えることができ、学生が積極的に英語に取り組めるような環境が整った時、ようやく大学で英語を学ぶ意義が明らかになるのではないだろうか。

注

1　ホートボーイの姿がメルヴィル自身の当時の挫折感と関連している点については、R. Bruce Bickley, Jr. が指摘している。(Bickley, 59)

2　Marvin Fisher は、ホートボーイの姿に、アメリカの芸術家が陥る可能性のある状況（社会による芸術の低俗化、つまり創造性の消滅）を悲観的に映し出している要素が込められている、と述べている。(Fisher, 154–55)

3　メルヴィルの家庭人としての苦労については、やはり同じ時期に執筆された短編小説「私と私の煙突」("I and My Chimney") と「リンゴ材のテーブル」("The Apple-Tree Table") においても、「夫としてのアイデンティティーの不安定さ」（小林、四八）という要素が見受けられる。

引用文献

Bickley, R. Bruce, Jr. *The Method of Melville's Short Fiction*. Durham: Duke UP, 1975.

Dillingham, William B. *Melville's Short Fiction, 1853–1856*. Athens: The U of Georgia P, 1977.

Fisher, Marvin. *Going Under: Melville's Short Fiction and the American 1850s*. Baton Rouge and London: Louisiana State UP, 1977.

Fogle, Richard Harter. *Melville's Shorter Tales*. Norman: U of Oklahoma P, 1960.

Melville, Herman. "The Fiddler." *The Piazza Tales and Other Prose Pieces 1839–1860*. Ed. Harrison Hayford, et al. Evanston and Chicago: Northwestern UP and The Newberry Library, 1987, 262–67.

Post-Lauria, Sheila. *Correspondent Colorings: Melville in the Marketplace*. Amherst: U of Massachusetts P, 1996.

小林徹「メルヴィルの『私と私の煙突』と『リンゴ材のテーブル』における『夫』の役割」、『防衛大学校紀要』第百十輯、二〇一五年、三九―五〇。

斎藤兆史「日本英文学会になぜ英語教育部門があるのか」、『日本英文学会第九〇回大会Proceedings』、二〇一八年、三七―三八。

髙橋和子『日本の英語教育における文学教材の可能性』、ひつじ書房、二〇一五年。

中野学而「小説への誘い――18、19世紀文学を教える」、『教室の英文学』、研究社、二〇一七年、二一四―二二三。

西澤一・吉岡貴芳・伊藤和晃「国際交流活動と英語多読による工学系学生の英語運用能力改善」、『工学教育』六一―一、二〇一三年、一四七―一五二。http://www.ee.toyota-ct.ac.jp/er_english/paper20130819.pdf.（二〇一九年七月二日参照）

西澤一・吉岡貴芳・伊藤和晃「苦手意識を自信に変える、英語多読授業の効果」、『高専教育教員研究集会』、二〇〇六年、一―四。http://www.ee.toyota-ct.ac.jp/er_english/paper200608.pdf.（二〇一九年七月二日参照）

野間正二『読みの快楽――メルヴィルの全短編を読む――』、国書刊行会、一九九九年。

原田範行「英語力の不十分な学生に、文学テキストを使って教えるために」、『教室の英文学』、研究社、二〇一七年、二二一―二二九。

14

文学の必要性に関する論考

田中　浩司

『文学に飽きた者は人生に飽きた者である』という、そもそも命題としてすら成り立たない、すなわち真偽判定のできないタイトルの下で何を書くべきか、かなり迷った。しかし、本著を執筆する際には「人間が生きる上での文学の重要性、文学を読んだり研究したりする意義」を書くようにというのが編者の意向であり、それに「文学など不要だ」という声も時折どこからか聞こえてくるので、この機会に文学の必要性について、今さらながらに考察してみることにしたい。

文学（部・科）不要論

「文学など不要だ」と、一体どこの誰が言ったのか、犯人捜しをするつもりはない。しかし、近年日本の多くの大学・短大が文学と名のつく学部学科を改廃していることに、その声の反響が見て取れる。

文部科学省のウェブサイト「大学等の名称変更など」を見ただけでも、平成一五年三月三一日の慶應義塾大学による文学部文学科の廃止を筆頭に、短大を含む三大学四学科が「文学」と名のつく学科の廃止、一〇大学一一学科が名称の改変を行っていることがわかる。

平成二七年六月に文科省が国立大学の人文社会系の縮小の方針を通知すると、文化人やマスコミがその是非を巡って全国的に物議を醸したことは記憶に新しい。

その後吉見俊哉が、通知の意図を十分検証もせず日本の大学改革に対する理解不足のまま騒ぎ立てた当時のジャーナリズムの不適切さを批判し（吉見　二五―二六）、「儲かる理系」「儲からない文系」という構図の「常識」化こそ、「文系学部廃止問題」によって提起された事態の背後にある根本的な問題」であり（二七―二八）、これが契機となって一般社会に「理系は役に立ち、文系は役に立たない」との通念が蔓延してきたことを指摘した（五七）。

しかし、文科省が国立大学の人文社会系の縮小方針を通知し、物議を醸したのは、平成二七年六月なので、それらの大学・短大のほとんどは、文科省の通知とは関係なく、自主的に文学部を改廃したことになる。しかもすべて国立ではなく私立である。

私立の大学・短大は、少子化に伴う経営難のために、応募者の少ない文学と名のつく学部・学科を自主的に次々と改廃した。文科省の通知を待つまでもなく、彼らは、文学ではもはや客寄せができないと判断し、文学のネームバリューを否定したのである。

しかし、こうした大学・短大による文学不要論の具現化が、イコール文学が不要であることの証にはならないのは、言わずもがなである。

救済としての文学

文学というと広範なので、物語と言い換えてもいい。そもそも人は物語なしには生きて行くことができない。レヴィナスが「徹底的に知的な考察の果てに、人間は『物語なしには生きられない』という悲痛で平凡な心理に到達した」と、内田樹が指摘している通りである（内田　二七八）。

物語には、人が人生で経験する数々の悲嘆をつなぎ合わせ、そこに様々な意味を与える働きがある。人は現実の中に意味を見出すことによって生きているからだ。意味のない現実はあまりに厳しくて生きて行くことができない。換言すれば、人は物語を作ることによって現実を認知し、自ら認知した現実を生きることによって、過酷な現実の中を生きている。

河合隼雄は、「現実を認知することはすなわち realization なのである」（河合　心理療法序説　四八）、「心理療法においては、クライエントが自分に適した『神話の知』を見出してゆくのを援助する」と述べ（一〇九）、更に物語の効用について、「心理療法においてクライエントは各自にふさわしい『神話の知』を見出すのであり、治療者はそれを援助するのだとさえ言うことができる。神話とまで言って、『神』を持ち出すこともないと思う人に対しては、各人が自分にふさわしい『物語』を作りだす、と言ってもいいであろう。症状とか悩みとかいうものは、いうなれば本人が自分の『物語』のなかにそれらをうまく取り込めないことなのである。それをどうするかと苦心しているうちに、それらの背後（あるいは上位）に存在しているものの視点から見ることが可能となり、全体としての構図が読み取れるようになる。そこに満足のゆく物語ができあがってくるのである」と述べている（一九二）。

河合の述べる「神話の知」とは、中村雄二郎が「神話の知の基礎にあるのは、私たちをとりまく物事とそれから構成されている世界とを宇宙論的に濃密な意味をもったものとしてとらえたいという根源的な欲求」と説明する人間の持つ根源的な物語への欲求のことである（中村　一五〇）。

人間の根源的な欲求である物語を指して、そんなものは不要であるということは、人間に物語なしで現実をありのままに受け止めて生きよ、と言っているのと同じで、あまりにも酷なことである。根源的な欲求は、人間が抱える悲嘆にさえも意味を与え、それを物語にし、人を悲嘆から救い出す力がある。否それだけでなく、悲嘆を物語としてまとめあげるために必要な力を人に付与する。以下に、物語の力で生きのびることができた三人の文学者たちの声に耳を傾けてみよう。

アウシュヴィッツ強制収容所に抑留され強制労働をした経験を持つイタリアの化学者プリーモ・ミケーレ・レーヴィの『これが人間か』は、『アンネの日記』『夜と霧』と共に「アウシュヴィッツの古典記録文学」と並び称される。この本は単にアウシュヴィッツでの悲惨な体験や実態を綴っただけのルポルタージュではなく、聖書やギリシア神話に関する箇所を入れ、文学性の豊かな作品となっている。本の冒頭でレーヴィはいきなり「暖かな家で／何ごともなく生きているきみたちよ／夕方、家に帰れば／熱い食事と友人の顔が見られるきみたちよ。／これが人間か、考えてほしい／泥にまみれて働き／平安を知らず／パンのかけらを争い／他人がうなずくだけで死に追いやられるものが。……」と始める（レーヴィ　三）。

このように読者に語りかけるレーヴィの本を手にして、私たちは姿勢を正さないではおれない。間違いなくこの文学は私たちに語りかけ、伝えるために、駆動されたレーヴィの根源的欲求によって書かれたものだ。レーヴィに生きる力を与えた物語への根源的欲求は、「『他人』に語りたい、『他人』に知らせたいというこの欲求は、解放の前も、解放の後も、生きるための必要事項をないがしろにさせんばかりに激しく、私たちの心の中で燃えていた。だからこの本は何よりもこうした欲求を満足させるために書かれた」という言葉に見て取れる（六）。

同書中の「オデュッセウスの歌」に、同じ収容所の友人ジョンのために「きみたちは自分の生の根源を思え。けだもののごとく生きるのではなく、徳と知を求めるため、生をうけたのだ。」というダンテの『神曲』「地獄篇」の台詞を引用し、自分で語っておきながら「私もこれを初めて聞いたような気がした。ラッパの響き、神の声のようだった。一瞬、自分がだれか、どこにいるのか、忘れてしまった」と語る場面がある（一四五）。竹山博英はこの場面について「未知の境界に挑んだオデュッセウスが神に罰せられて、難破する様と、ファシズムに挑んだ囚人たちが強制収容所で苦難の生活をする様が重ねあわされ、それが「苦しむ人間のすべてに関係があることを、苦しむ人間のすべてに関係があることを、特に私たちにはそうなのを、感じとったのだ……この部分は、極限状態の中で文学作品がいかに人間の心を揺さぶり、勇気を与えるのか、説得力のある形で書かれていて感動を呼ぶ」と注釈する（三〇二）。文学は強制収容所の中においてすら人に生きる力を与えることができるということだ。レーヴィは語る、「ラーゲルとは人間を動物に変える巨大な機械だ。だからこそ、我々は動物になってはいけない。ここでも生きのびることはできる、だから生きのびる意志を持たねばならない。証拠を持ち帰り、語るためだ」と（四六）。

こうしてラーゲル（収容所）という極限状況から命懸けで持ち帰った過酷な体験の記憶をもとに綴ったレーヴィの文学を不要であるというのは、それ自体ナチスの所業に近いのではなかろうか。レーヴィに生きる力を与えたのが文学の力でなくて何であろう。

広島に原爆が投下された直後、瓦礫の中から立ち上がった原民喜は「今、ふと己れが生きていることと、その意味が、はっと私を弾いた。このことを書きのこさねばならない、と、私は心に呟いた」と「夏の花」のなかで語っている（原　一七）。原が書くために生き残り、生きている限りは書かねばならないことを悟った瞬間である。

原は「鎮魂歌」のなかで何度も繰り返している「自分のために生きるな、死んだ人たちの嘆きのためにだけ生きよ。僕を生かしておいてくれるのはお前たちの嘆きだ。僕を歩かせてゆくのも死んだ人たちの嘆きだった」（三九一）という言葉は、原の文学が、単に自分や後世のためだけでなく、嘆きのなかに死んだ人たちのためであり、死者のためのグリーフケアでもあることを示している。

また、「美しき死の岸に」の中では、弱った人にとって文学がいかに大切なものであるかということについて、「死ぬる半年程前のこと、妻はプーシキンの『ベールキン物語』を読んでひどく喜んだ。いかにもプーシキンの短編は病人に読ませていい書だ。私は病人に向く小説というものを考えてみたし、そんなものを書いてみたかった」とか（一〇九）、「彼は歩きながら『奥の細道』の一節を暗誦していた。これは妻のかたわらで暗誦したこともあるのだが、弱い己の心を支えようとする祈りでもあった。……幻のちまたに離別の泪をそゝく」（一六四）、あるいは「彼が結婚したばかりの頃のことだった。妻は死のことを夢みるように語ることがあった。……もし妻と死別れたら、一年間だけ生き残ろう、悲しい美しい一冊の詩集を書き残すために……と突飛な烈しい念想がその時胸のなかに浮上ってたぎったのだった」と述べている（二三三）。

これらの他に原は「花というものが人間の生活に必要だということをつくづく感じるようになった、以前は何だかつまらないものだと思っていたが……」（二〇一）という友人の言葉を掲載しているが、文学もまた花のような存在であると言えよう。文学も花と同様、普段は無用に見えても、いつか人にはなくてはならないものである。文学などいらないという人は、花の一輪も無用であるに違いない。

ジョーン・ディディオンの『悲しみにある者』は、発表の二〇〇五年に全米図書賞を受賞したノンフィクション文学である。一緒に食事をしていた夫ジョン・グレゴリー・ダンを心臓発作で突然失い、その間も敗血症性ショックと肺炎でニューヨークのＩＣＵに入院していた養女のクィンターナを翌年に失ったディディオンは、自ら主人公となり、その喪失感と悲哀に向き合い、その意味を探究し、夫の突然の死から一年と一日を描いた。

ノンフィクションとは言え、様々な作家・作品の言葉を引用し、ジェームズ・ジョイスのごとく意識の流れにまかせて、過去・現在・未来の時間を自由に行き来する叙述形式の文学作品となっている。彼女は「この本で私がしようと思っているのは、その事の起きた後の時期の意味を理解することだ。私がそれまで抱いていた死について、病について、蓋然性と巡り合わせについて、幸運と不運について、結婚と子どもたちと思い出について、悲しみについて、人々が命は尽きるものだという事実を扱ったり扱わなかったりする仕方について、正気であることの皮相さについて、そして命自体についてのいかなる固定観念をも解き放った、その事の起きた後の数週間、数か月間を理解することだ」と説明している（ディディオン　五）。

悲嘆に打ちひしがれた自分自身を、第三者的な目で見つめ、物語を書くという行為を通じて悲嘆を乗り越えようとした著者の苦闘の記録である。ディディオンにとって、物語を書くということは一種の宗教的な儀式に近い。文学不要を唱える人も、さすがにこのディディオンに文学なんか不要だと言うことはできまい。

レーヴィや原に比べたら、ディディオンの扱う悲嘆は余りに日常的で、誰にも普通に訪れそうな家族の死を巡る物語ではあるが、悲嘆と文学とのつながりは、悲嘆の程度に関係なく密接であることを示してやまない。

彼女の悲嘆の発生から、この本の完成に至るまで、どれだけ文学が彼女の支えになったか、作中でシェイクスピアを初めとする一四人の作家や作品に言及していることからも伺える。とりわけエミリー・ポスト『エチケット』については、「私が読んだどの本よりも、こうした今とは異なったかたちでの死に方への理解において鋭く、悲しみの扱いにおいて規範となることが判明した」と語り（六二）、T・S・エリオット『荒地』については、「そうした時の私の頭に浮かんだのは、これらの断片をもって私の廃墟を支えてきた、というT・S・エリオットの詩のフレーズだった。これらの断片は私には大切だった。私はそれらを信じていた。（二〇一、強調原文）」とコメントしている。彼女が様々な作家の言葉を著書の中で引用しているのは、「困った羽目に陥ったなら、読書し、学び、調べ、文献にあたれ」（四三）という子供時代以来の親の教えをずっと守り続けているからである。ここで言う「文献」は必ずしも文学だけのことを指すわけではないかもしれないが、彼女の引用している文献のほとんどが文学作品であることからわかるように、夫と娘を失った彼女に最も力を与えたのが文学であることは明らかだ。

文学不要を唱える人は、現代を楽園とでも思っているのだろうか。だとしたら、彼らには、廃墟にあって詩の「断片」を大切にしたディディオンの気持ちなど解する余地もあるまい。

悲劇としての文学

アリストテレスは『詩学』において、悲劇の規定の一つとして「同情と恐怖を引き起こすところの経過を介して、この種の一聯の行為におけるパトス（苦難）のカタルシス（浄化）を果たそうとするところのものである」と挙げている（アリストテレス　二一九）。悲嘆から生まれた現代の文学もまた、悲劇と同様の作用を持つ文学と言っていいのではないだろうか。

岡道男が、ギリシア悲劇が観客に与える衝撃について「悲劇では舞台から神がしりぞいているため、人間が良かれと願って行なったことが破滅を招くとき、あるいは大きな過ちを犯したわけではないのに思いもかけない不幸に陥るとき、彼の不幸は彼自身の行為に比してあまりに大きなものと感じられ、観客に強烈な衝撃を与えることになる」と語るように（岡　viii）、神のいない現代の悲嘆から生まれた文学もまた、読者に強烈な衝撃を与える。

ナチスによる強制収容、被爆、家族の突然死——神が舞台から退いた現代にあって、本人に何の落ち度もないのに陥る大きな不幸を描いた文学が悲劇でなくて何であろうか。三大悲劇詩人アイスキュロス、ソポクレス、エウリピデスがそれぞれの方法で描いた限界状況におかれた人間と、彼らは何ら変わるところはない。

特にエウリピデスは『バッカイ』において、神ディオニソスが登場して、人間を罪ある者も罪なきものも、等しく冷酷な仕方で破滅の縁に突き落とし、『トローアデス』では、ヘカペーをはじめとするトロイアの女たちは、彼女たちの意志に基づく行為の結果によらず、すべて神々と運命のなせる業として、ギリシア人から数々の苦難をこうむる(ix)。それらの苦難は、人間が自らの意志で行動を起こして、その結果招いた破局や危機、いわゆるアーテー（愚行、迷妄）による苦難ではなく、割り切れない不合理による苦難である。

本稿に取り上げた三人の作家も、そのこうむった苦難はすべて自らのアーテーによらない不合理な苦難だった。

ディディオンは、悲しみに暮れる「ある日『アルケスティス』を読み直すのが大切なことに思えた」と言っている（ディディオン　一五九）。『アルケスティス』とは、エウリピデスの悲劇の一つである。彼女の苦難がギリシア悲劇に通底する苦難であったことを示す一節であると言ってよい。

イーグルトンが「物語とは、慰撫の淵源である」（イーグルトン　二八四）、「文学が存在可能なのは、なにをおいてもまずそうした社会状況が存在しているからである」と言うがごとく（三二九）、いくら文学不要論を説いたところで、悲嘆に満ちた社会状況がいつの時代にもあって、その中に慰めを求めて生きている人間がいる限り、文学そのものが不要になることはないのである。

文科省通知を再読する

最後に文学不要論を加速する契機となった先に言及した文科省による二〇一六年の通知「第一章人文学の課題」を読んでみる。すると意外や、ここに書かれていることは実にまともであることがわかる。特に「第二節『研究の細分化』に伴う課題」に述べられていること、すなわち、研究が余りにも細分化されてしまっている現状において、「『人間』とは何か、『歴史』とは何か、『世界』とは何か、『真理』とは何」といった文明史的な課題に対する『認識枠組み』の創造が十分になされてきていない」という一文には、思わずうなずいてしまう。

昨今の文学に関する学会の大会プログラムを見れば一目瞭然であるように、そのほとんどがマニアックな作家・作品の個別研究に終始している。文明史的な課題に対する「認識枠組み」の創造がそこにあるようには思えない。

文学の研究者のほとんどが行っていることは、好きな作家や作品の細部の研究である。「認識枠組み」の創造につながるとは思えないトリビアルなことを発掘して研究発表しているその姿は、専門外の人たちから見れば単なる文学オタクである。

そして更に深刻な問題は、特に文学研究者が論文や研究発表で、オタクにしか通じない言辞を弄び、その言辞の難解さをもって余人に理解されることを拒んでいることである。

しかして、そのような言葉で発表された研究成果は、文学の内部世界では、意味が不明であっても有り難い経文のように崇め祭られている。その言葉は難解であればあるほど発表者は「学識の高い人」として崇められる。下手をすると、同じ文学の世界でも、同じ作家を専門とし、同じ参考文献を読んでいなければ、その人の語る言葉は理解されないかもしれない。まして学会の外の社会において理解されることはあるまい。彼らはなぜそのような言葉を振り回すのか、それはそれこそ彼らの護身術だからである。文学研究の成り立ちを批判するイーグルトンの「英文学が、（正統学問）のいとこととしてその名に恥じない地位を確保するには、英文学研究全体をもっと威圧的で無味乾燥なものにしておく必要があったわけだ」（イーグルトン　一九三一―九四）、「批評の言説の権力は、さまざまなレベルで稼働している。……それは、対他的権威を成立させる権力である――その言説を定義し温存する万人たちと、その言説を使うのを許され選抜された者たちとの権力支配関係の確立。それは、批評の言説をうまく使いこなせると判定された者には資格証明を、下手だと判定された者には資格を留保する権力である」という言葉に耳を傾けるがよい（三一二）。

難解な言葉こそが彼らの武器であり、防護服であり、彼らは自分たちの間で、否、もしかしたら自分にしか通用しない言葉で、些末な発見と虚ろな自分を覆って保身を図っているのである。その実体はあたかも立派な神社や神輿に収め、崇め奉られている中身が空っぽのご神体に似ている。河合隼雄が明らかにした日本の中空構造にいかにもふさわしい現象といってよい。

しかし、文学がオタクに搾取され、文学部にオタクが跋扈していることもまた、文学や文学部そのものの無価値性の証明にはならない。かつて文学部が夏目漱石、芥川龍之介など、幾多の英才を輩出したことを今さら想起しても手遅れかもしれないが、文学部で学ぶことがなければ触れることのないような作品に接する機会が失われ、また過去の英知を読み解くすべを教えてもらう機会も失われてしまうという意味において、文学部を廃止することは、過去に蓄積された人間の英知と日本人との断絶をますます深めることにつながる。

川島重成によると、古代ギリシア人は「詩人たちによって再創造された神話に養われて、世界の中の人間の位置を的確に測り、人間存在に関わる究極的な問題をきわめて具体的に、抽象的な論理では到底不可能なほどの説得力のある仕方で思い描き、みずから思案することを促されていた」という（川島　一七）。

神を見失い、神話も解体されてしまった現代にあっては、「世界の中の人間の位置を的確に測る」こと自体が「学識の高い人」たちに愚弄されかねないが、日本人から文学に接する機会を削減するのは、「人間存在に関わる究極的な問題」について「みずから思案する」機会を削減するのと同義である。

古代ギリシア人は「人間の発見者」と称され、「かれらは人間が人間であること、世界が世界であることに『感嘆』した」と言われる（一〇）。その感嘆は「タウマゼイン」と称せられ、ルーベンシュタインは、身近な日常の中にある些細な出来事の中に知的理解が及ばない物事を見いだした時、自分の周囲すべてがアポリア（謎・困惑）に包まれている感覚を覚え、このとき体験される驚き、驚異、驚愕のことであると説明し (Rubenstein 3)、ドイツの古典学者スネルはその原義を「びっくりしてじっと見つめること」であるとも説明している（スネル　六五）。

文学はいわば人間の中にタウマゼインを発見する重要な契機を与えるものである。我々の日常はまだまだ知的理解が及ばないアポリアに満ちている。すなわちタウマゼインすべきものに満ちている。

文学部の廃止や文学不要論を唱えたりすることは、もはやこの世にタウマゼインするほどのものはないと悟った「覚者」の叫びかもしれないが、この世がアポリアに満ち溢れ、それにタウマゼインする作家がいて、作品が生まれ続けている限り、文学は不要ではないし、文学部も存続の意義があるのである。文学に飽き、人間にも飽き、そして当然自らの人生にも飽きた者とはまさにこの「覚者」に他ならない。

参考文献

Mary-Jane Rubenstein, *Strange Wonder: The Closure of Metaphysics and the Opening of Awe*. Columbia University Press, 2009.

内田樹『ためらいの倫理学』角川書店，二〇〇三．

岡道男『ギリシア悲劇とラテン文学』岩波書店，一九九五．

河合隼雄『心理療法序説』岩波書店，一九九二／『中空構造日本の深層』中央公論新社，一九九九．

川島重成，高田康成『ムーサよ、語れ――古代ギリシア文学への招待』三陸書房，二〇〇三．

中村雄二郎『哲学の現在』岩波書店，一九七七．

原民喜『原民喜戦後小説集』講談社，二〇一五．

吉見俊哉『「文系学部廃止」の衝撃』集英社，二〇一六．

アリストテレス「詩学」今道友信・村川堅太郎・宮内璋・松本厚訳『アリストテレス全集 一七』岩波書店，一九七二．

ジョーン・ディディオン『悲しみにある者』池田年穂訳，慶応義塾大学出版会，二〇一一．

テリー・イーグルトン『文学とは何か――現代批評理論への招待』大橋洋一訳，岩波書店，一九八五．

ブルーノ・スネル『精神の発見』新井靖一訳，創文社，一九七四．

プリーモ・レーヴィ『これが人間か――アウシュヴィッツは終わらない 改訂完全版』竹山博英訳，朝日新聞出版，二〇一七．

文部科学省研究振興局振興企画課学術企画室「第一章 人文学の課題」http://www.mext.go.jp/b_menu/shingi/gijyutu/gijyutu4/siryo/attach/1337671.htm（二〇一九年一〇月一〇日参照）

文部科学省高等教育局大学設置室「大学等の名称の変更など」http://www.mext.go.jp/a_menu/koutou/ninka/henkou.htm（二〇一九年一〇月一〇日参照）

15

文学とオルタナティブな自己について[1]

瀬上　和典

本の読み方を知っている人間はみな自在に自らを拡大することができる。つまり、いくつもの生き方を持つことができ、人生を充実した、意義のある、興味深いものすることができるのだ。[2]

オルダス・ハクスリー

文学部の消滅

日本の大学から文学部が姿を消しつつあるという。東京大学創立時から存続する文学部は、日本で最も歴史のある学部の一つといえるわけだが、「外部からの資金誘導を望みにくい」、「就職の役に立たない」といった理由から運営側からも大学進学希望者からも敬遠される傾向がある。さらに、少子化などによる大学運営の危機もあいまって、文学部の存在感が薄まり、文学を読む意義が昨今ますます問われている。[3]

そもそも文学とは何か。J・ヒリス・ミラーによれば、近代西洋的な文学という概念が生まれたのは十九世紀である。この文学という概念の形成に寄与したのは、真理を探究する「学問」と近代民主主義的市民育成のための「教育」という二つの社会的責務を当時担っていた大学をはじめ、新聞や雑誌、在野の批評家や評論家たちであった。[4] つまり、当初大学における文学は「学問」と「教育」の素材という役割を期待され生みだされたのだ。

現在の日本の大学においても、文学を「学問」と「教育」の素材としてとらえることに違和感はない。というのも、わが国の教育基本法においても、その目標に「真理の探究」と「民主主義的な国民の育成」が掲げられているからだ。[5]

しかし、十九世紀のヨーロッパの大学と現在の日本の大学とにおける「教育」の背景には大きく異なる点がある。それは目標とする民主主義的市民・国民のあり方だ。十九世紀には、特定の国家が「その国民国家にふさわしい精神」に基づいて市民の育成を目指したのに対して、現在の日本ではグローバリズムの影響により文化や人種、言語、経済などの差異を理解したうえで他者との共存が可能な国民の育成が目標とされている。つまり、民主主義という枠組みは等しくとも、交流すべき他者の範囲と多様性が広がっているのだ。二一世紀の現在、人種、民族、宗教だけでなく国家をも乗り超えて、より大きな世界主義的な統合を目指す必要性が依然として求められているといえよう。

本稿では以上の前提を踏まえて、文学を読む意義を二つの観点から検討したい。はじめにミラーが主張する「文学を読む理由」を下敷きとして文学を読むことが読者の生き方に与える影響を考え、つぎに文学を読むことが社会的にどのような意義をもちうるかを検討する。

なぜ文学を読むのか

人生が一度きりであることは当たり前であるけれども、本を読むことによって疑似的にほかの人生を生きることができると考える人は少なくない。アメリカの作家ウィリアム・スタイロンはすぐれた本を読むことの効果を次のように述べている。

すぐれた本は多くの経験をもたらしてくれるが、読み終わったときにはわずかではあるが疲労感を覚えるものだ。その本を読んでいるあいだに複数の人生を生きることになるのだから。[6]

読書は有限の時と肉体に閉ざされたわれわれを疑似的にではあるが解放してくれる。J・ヒリス・ミラーも同様に、文学が「他の方法では知りえないバーチャル・リアリティへ導いてくれ」(九九)ること、そして「人間は想像の世界に住みた」いという「明白な欲求」を持っていることを指摘している。さらにミラーは、バーチャル・リアリティを生みだし読者をそこに誘い込む文学が、その構造ゆえに二重の意味で読者のアイデンティティに働きかけるという。文学はアイデンティティの構築しつつ、その相対化と再構築をも行う。

文学を読むことの確かな理由は、その行為が、良かれ悪しかれ、人をその文化に同化させ、文化のなかに入り込ませ、文化に所属させる最も手っ取り早い方法の一つであるという点にある。……文学を読むことはまた、ほかの文化のなかに入る——そのことがともかく可能であり、人がそれを望んでいるのなら——最も手っ取り早い方法の一つなのである。

（二〇九―二一〇）

人は言葉の学習をとおして言葉が有する社会的な慣習や文化などの価値観を内面化する。そして、その過程で社会という価値体系の中に自らのアイデンティティを見出し、そこに所属するようになる。人が言葉を学習する素材として、家族との会話やテレビなどのメディア、幼稚園・学校などの教育機関におけるコミュニケーションなど様々なものが挙げられるが、ミラーが指摘するとおり、文学もその有効な素材となりうることは間違いない。

そして、ここでミラーが指摘している文学のもう一つの重要な働きは、文学が「ほかの文化のなかに入る」ことも「手っ取り早」く可能にしてくれることである。「ほかの文化のなかに入る」ということは、未知の文化・社会を知ることであり、新しい価値体系を内面化することでもある。結果として読者は自分が有する価値観や生き方だけが唯一のものでないことを知り、既存のアイデンティティを相対化し、それを再構築することが可能となる。つまり、冒頭のハクスリーのいう「いくつもの生き方をもつことができる」可能性に気付くのである。

もちろん、新しい価値体系が内面化されるだけのことが起こるには、読書を通して出会うバーチャル・リアリティやその登場人物への強い感情移入が伴わなければならないだろう。ミラーは、この強い感情移入（共感／sympathy）を呼び起こすことが文学の強力な効果であると述べる。

カントは私が文学を好むのと同じ理由から文学を嫌っている。つまり、文学とは虚構の世界に共感しながら暮らすことへの招待であるという理由から。カントによれば、私たちは現実世界においては、共感することなく冷静に私たちの倫理的責務は何であるかの判断を下すべきであるのに、小説は純粋に虚構の世界の人物たちに熱狂的に共感を示す。（ミラー、一一四―五）

以下の学生のとったカントによる講義のノートによれば、カントは小説が読者の共感を呼び起こし、その生き方を大きく変えてしまうほどの大きな力を持っていることを確信していたようだ。

小説読みを妻にもつ男は不運である。なぜなら彼女は心のなかで、グラディソン（サミュエル・リチャードソンの『チャールズ・グラディソン』［一七五三―四年］の主人公であり、十八世紀のドイツでは大変有名であった）とすでに結婚したことがあるのは確実であり、今ではもう未亡人となっているからだ。そんな女が台所に入ろうなどと望むわけがない。（ミラー、一一五）

こうした経験は文学を嗜むものであれば経験のあることであろう。家族との会話やテレビから聞こえてくる言説は、社会的に正常な価値観をわれわれに教え込もうとする。「ふつうは」、「世間では」、「お兄ちゃんなんだから」、「女の子なんだから」などという修飾語句を伴って。そうした言葉と言葉がもつ社会的価値を受け取りつつわれわれは特定の価値観を内面化するわけだが、文学は容易くそうした既存の価値観に揺さぶりをかける。

たとえば、モービィ・ディックに象徴される世の不条理に復讐をはたさんとするエイハブは、この世的な出来事や世界そのものを形而上学的に象徴化すること、そして自らの直観にもとづき仲間の命さえも顧みない極限的な個人主義的生き方を教えてくれる。人種や世代を超えた友情を引き裂こうとする大人や社会に対して宣戦布告するハックルベリー・フィンは、子供時代を抜け出し成熟したはずの大人たちがいかに不完全な存在であるかをまざまざと見せつけてくれる。

バーチャル・リアリティとの邂逅からオルタナティブな自己へ

バーチャル・リアリティやそこに登場する人物への感情移入の度合いが強ければ強いほど、その同化は深くなり、「いくつもの生き方」が存在することへの気付きも強いものとなるだろう。『チャールズ・グラディソン』を読んで未亡人となってしまった人妻が現実の夫を無視して台所に入ることを止める生き方を現実に選択するような例は、その典型かもしれない。

文学を読む者はテクストを通して生き方を変容させる可能性がたしかにある。もちろん、同じ作品を読んだものがみな同じ反応をするわけではないし、一つの作品から気づかされる「ほかの生き方」が一つに限られるというわけでもない。『チャールズ・グラディソン』を読んでなお、台所仕事を続ける女性もあるだろう。ただし、「ほかの生き方」を予兆させる疑念が彼女になかに芽生えている可能性はつねにある。「なぜこんなことをしているのだろう」と。

文学が読者の生き方を変えるか否か、またどのように変えるのかはケースバイケースである。しかし、思いもよらない世界、人物、出来事、価値観に出会い、感情移入し、新たな価値観の内面化がおこれば、「エイハブだったらこんなときどうするだろう」、「ハックルベリー・フィンの周辺にいる大人ではなく、ハックルベリー・フィンの友達になれる大人になりたい」などと、自分の生きる現実を新しい視点から分節化する地平がひらけ、「生き方」に多様性が生まれることは間違いない。この多様性がある状態を「オルタナティブな自己（alternative self）」と呼びたい。

「オルタナティブ（alternative）」という形容詞は、辞書的にいえば「従来の規範とは異なる、もしくはそれに反する」状態と「別の可能性として入手・利用可能な」状態とを指す。[7] 文学の提示する「自己のオルタナティブな状態」は、この二つの意味に合致する。文学はバーチャル・リアリティを通して「従来の規範とは異なる、もしくはそれに反する」価値体系や価値観を提示し、自分の生きる現実のみが唯一の現実ではないし、自分の目に映っている現実だけがその真実の姿ではないと気づかせてくれる。また、バーチャル・リアリティをとおして現れる「オルタナティブな」価値観や物の見方は、想像だにしなかった「別の可能性として選択しうる行動や生き方」に気づかせてもくれる。

もちろん、「オルタナティブ」という形容詞につきものの「二者択一的」な性質も無視できない。人生は選択の積み重ねであり、選択をした瞬間にほかの選択肢は不可能なものになる。あたりまえのことであるが、「オルタナティブな自己」は複数の人生を可能にしてくれるわけではない。あくまでも主体的な選択の機会を増やしてくれるだけである。しかし、はじめに内面化した価値観にのみ従って世界を眺め人生を生きるのと、そこに複数の自己のあり方を認識しつつ、主体的に取捨選択して世界を眺め人生を生きることには大きな隔たりがあるはずだ。常に複数の可能性に開かれていることは、生きづらさの袋小路から抜け出す道標となり得るし、本来の自分らしさを追求することを可能としてくれる。

エッセイの文学的作用

具体的に文学がどのように「オルタナティブな自己」を可能にするのか、つぎにその読みの例を考えてみたい。先の章で参照したJ・ヒリス・ミラーは主にフィクションを念頭においた議論をしているのだが、ここではラルフ・ウォルドー・エマソンの“Nature”を例にエッセイという形式の文学にもバーチャル・リアリティと「オルタナティブな自己」の可能性があるのかを検討する。

エマソンは一九世紀に活躍した講演家・思想家である。ユニタリアニズムやドイツ観念論の影響を受け、「個人の無限性」を追求する思想活動をおこなった。詩人でありたいと願っていたエマソンであったが、今日の文学界において中心的作品として考えられているのは講演の原稿やエッセイである。エマソンはフィクショナルでない現実的世界を読者と共有しつつ、その世界を解体・再分節化することによって、「オルタナティブな自己」の可能性を提示する。

もともと牧師であったエマソンだが、キリスト教神学だけでなくインド文学やヒンドゥー教の聖典などにも影響をうけた。[8] そして、その超絶的な思想はエマソンのなかでプラトンの「一なるもの(the One)」という概念と結びつき、汎神論的な世界観が描かれる。

むき出しの大地に立つと、私の頭は陽気な空気につつまれ無限の空間へと持ち上げれ、すべてのつまらない自己執着は消え去る。私は透明な眼球になる。私は無であり、すべてが見える。普遍的な存在が私を駆け抜けていく。私は神の一部である。(Emerson, 10)

自然のなかで人がその神性を発揮するさまは、エマソンの世界観を端的に表すと同時に、その極端な筆致により戯画化されることも少なくない。[9] しかし、こうした突飛な描写は、「オルタナティブな自己」を可能にするエマソンの本質ではない。形而上学を用いて「オルタナティブな自己」へ読者をエマソンが導く方法はより具体的なものだ。

このように自然について語るとき、はっきりとしているが、このうえなく詩的な感覚がこころに生まれる。それは多様な自然の物質によってわれわれが覚える印象が完璧であるということである。その完璧さこそが、きこりが扱う材木と詩人の扱う樹木を区別するものである。今朝私が見た魅力的な景色は、二十から三十あまりの農場から成り立っているのは間違いない。ミラーが所有しているのはこの畑、ロックはあちら、マニングは向こうの林といった具合に。（しかし、）その地平線にはべつの資産が存在し、それはすべての分割された部分を統合することができる目をもつ者だけが所有しているのだが、その所有者とは詩人である。この詩人が所有する資産こそが、先に挙げた人々が所有する農場の最上の部分であり、農場の所有者らの権利書もこの部分については誰にも所有権を認めていない。（Emerson, 9）

ここに描かれる世界（読者にとってのバーチャル・リアリティ）は形而上学的なものではなく、われわれにもなじみのある何の変哲もない風景だ。しかし、エマソンはこの物質的な風景を二つの方法で分節化してみせる。それは資本主義的な世界認識と形而上学的な世界認識である。エマソンはまず朝に見かけた農場を所有者という観点で分節化する。現在とは違い当時のアメリカの産業は農業が中心であった。農場の所有権は大多数の人々の大きな関心ごとであったに違いない。しかし、エマソンはそうした資本主義的な価値とは別の価値を農場に見出す視点を導入する。それは透明な眼球ではなく、詩人の目だ。

そもそもエマソンが同著において詩人を称揚するのは、「詩が歴史よりも本質的な真理に近づく」(45) と考えているからであり、また彼が真理を求めるのは「個人の無限性」という人の普遍的要素を確認し、それを世に訴えるためである。そのために、エマソンは普遍的な人間精神のあり方を暗示してくれる自然を重視するのだが、とうぜん自然のなかに人間精神の暗喩を認めるには、目に映る農場が誰のものであるかなどという資本主義的な観点から自然を見て論じても詮ないことと考える。

エマソンが提示する世界は架空の登場人物たちが登場し、架空の物語が進行する世界ではない。しかしそれでも、農場のような読者にとってより現実に近いバーチャル・リアリティを紡ぎだし、それを読者と共有しつつ、そこに普遍的なものを志向するオルタナティブな視線、つまり新しい分節化を行うオルタナティブな自己を直接的に提示する。

エマソンは、また自然が象徴する普遍的な人間精神の探究において、読者の感情移入もたくみに呼び起こす。そもそもエッセイとは作家の独白であり、その精神世界にどれだけ読者を惹きつけることができるかがその作品の良し悪しの判断基準となる。言語や国籍、時代を乗り越えてエマソンが現在でもここ日本で読み継がれている事実は、それが日本人の心の琴線にふれるからであるといえよう。

次の引用でエマソンは、現実の自然から「世界の理（形而上学）」という「ほかの世界」へと読者を連れていくのだが、そこには日本人にも感情移入をうながす馴染みの暗喩があるとSuzuki[10]は指摘する。

深い思索にふけっているとき、川を見て万物の流転を思わないものがいようか？　川に石を投げ入れれば、広がる波紋があらゆる影響力の美しく例示してくれる。人は自らの個々の命のうちか背後に普遍的な魂があることを意識しており、天空におけるのと同じように、その普遍的な魂のなかにおいて、「正義」や「真理」、「愛」、「自由」などの本性が立ち現れ、かがやくのである。この普遍的な魂を人は「理性」と呼ぶ。それは私のものでも、あなたのものでも、だれかのものでもなく、われわれが理性のものなのだ。われわれは理性の所有物であり、理性の信奉者である。さらに、私的な土地を覆う蒼穹、永遠の静けさと不滅の星々を湛える空も「理性」の典型である。知的に頭を働かせるときにわれわれが「理性」と呼ぶものを、自然との関係で考える場合にはわれわれは「霊」と呼ぶ。「霊」は「創造主」である。「霊」は自らのなかに命をもっている。そして、あらゆる時代、あらゆる国の人は、自らの言葉でそれを明確に表現する。「父」という言葉のように。(Emerson, 21)

冒頭の一行でエマソンは川の流れをみて「万物の流転」を見出しているが、Suzuki はこのメタファーと、無常の観を表す代表的な随筆である鴨長明の『方丈記』の冒頭「行く河の流れは絶えずして、しかも、もとの水にあらず。よどみに浮かぶうたかたは、かつ消え、かつ結びて、久しくとどまりたる例なし。世の中にある人とすみかと、またかくのごとし」（安良岡康作、十三）の川のメタファーとの類似性ゆえに、日本人にとって受け入れやすいのだろうと言う。鈴木章能はさらに、「川」と「万物の流転」はオウィディウスの『転身物語』やヘラクレイトスの思想にも見出せるものであると述べ（「多様性の中の類似性」参照）、こうした言語対比による文学や哲学の読みをとおして、時代や言語、文化等の差異を越えた人間の想像力や発想の類似性を見出し、人間同士の共感理解や連帯の潜在力、そして文学や思想がその発祥地を越えて世界に流通する事実を説明する。

さらにこのメタファーを掘り下げてみると、西洋世界を間接的にしか知らない日本人の大多数にとってエマソンのこの描写は大きな価値を持つことがわかる。それは、エマソンが川を見て万物の流転を思うその心情がその背後に日本人にはなじみのない「理性（Reason）」、「霊（Spirit）」、「父（Father）」などのキリスト教的語彙や観念と結び付く可能性のあることを教えてくれる点である。「理性」という言葉は一八八一年に「reason」という言葉に与えられた訳語であり、[11]日本語の語彙としての「霊」や「父」について西洋のようにそこに創造主的要素を見出すことは一般的ではない。しかし、十九世紀を生きたアメリカ人のエマソンが「万物の流転」を思う心情を、「理性」、「霊」、「父」という語彙と結び付けることで、その心情を頼りに時代と国を超えた他者の世界観・宗教観を垣間見ることが可能となっている。「キリスト教圏において神を感得するときの感情とは、日本人における世の無常を思う感情に似ているのではないか」と。

以上のように、エマソンは自然というバーチャル・リアリティを言葉で構築し、複数の分節化の可能性を示し、オルタナティブな自己の可能性を提示する。この意味で、エマソンの例に見るようなエッセイという形式の文学もオルタナティブな自己に開かれる契機であり、また歴史や国、文化を超えた他者への共感へとつながる契機でもある。

おわりに――相対主義を乗り越えて世界主義へ

これまで、J・ヒリス・ミラーの文学を読む理由を下敷きに、文学がバーチャル・リアリティを通してオルタナティブな自己の可能性を開き、他者への感情移入（共感）を可能にすることを見てきた。

ここではじめにみた文学を取り巻く現代の背景に立ち返ろう。はたして文学は真理の探究という「学問」と民主主義的な市民・国民の育成のための「教育」を担うことができるのか。結論として、グローバリズムを契機とする他者理解の教育に文学は応えることができる。鈴木は、文学作品の「声」に「それが生まれた、あるいは読まれる地域の文化、伝統、歴史、社会的現実、法等へのローカルかつ多元的なまなざしとともに耳を傾け」（「ポスト理論」、一七）、ゲーテが中国の詩に対して示したような、文学的「声」に対する「共感」がどうして生まれるのかを、ローカル性を乗り越えて積極的に読んでいくことが世界文学の中心的仕事であると指摘している。

ただし、文学が言語や文化、国籍によって隔てられた他者との邂逅を容易にすることは間違いないが、その読み方によっては人々の分断に加担する可能性も孕む。例えば、文学理論とも連動していたポストモダン思想に顕著にみられる極端な相対主義が、最終的には力による支配を追認し、世界を分断する大きな潮流を成してしまっていると、竹田青嗣は指摘する。

宗教や近代哲学が提示する「世界の成り立ちに関する説話や理論」としての「形而上学」こそが、かつては竹田のいう「普遍暴力」――ホッブズの言葉でいえば「万人の万人に対する闘争」――に対抗する有力な手段だったが、宗教間の対立やマルクス主義に代表される原理主義による惨事をも生みだし、結局は古代ギリシアの哲学者ゴルギアスに源流を持ち、ポストモダン思想においてすべてを破壊しつくすまでに成長した相対主義理論によって葬り去られてしまった。

竹田は形而上学にかわって「普遍暴力」へ対抗し、人々を統合する原理を打ち立てるために、普遍的認識の条件を探ろうとしてフッサール的現象学に注目する。まず誰しもが内省によって検証可能な普遍的認識の条件として、魂や意識、美の概念などの起源を探るのではなく、「快―不快」、「きれい―きたない」などの情動や欲望の内的プロセスを検証し言語化することで、それを他者のプロセスと比較可能なものとすることを提唱する。

対象に対する人間の情動や欲動のプロセスを検証し、人々がともに議論し調和を目指すことを目的とする竹田の理論は、まさに鈴木のいう世界文学の世界主義的研究目的に合致する。

世界文学は文学を世界的視野で捉え、ローカルな特徴とともに文学の、したがって人間の想像や精神の普遍性を考察することによってしかも、世界中の人々が協力して考察することによってその成果と研究の方法自体が人類の調和と平和に寄与する世界主義的研究である。
（「日本の世界文学小史」、一一八）

さまざまな文学作品のなかに見られる多様な人物や世界観に普遍的な要素（人間の想像性や精神）を見出すことができれば、さまざまな差異を超えた人々との対話の可能性がひらかれ、合意形成への地平が広がる。われわれ個々人が主権者として理想の社会について責任を持って議論を行うことこそ民主主義の本質であるわけだから、適切な統治について議論ができる条件を創出することは、民主主義を維持・発展することに寄与することは間違いないであろう。

人間の普遍的な性質を探究すべき真理とする「学問」と健全な民主主義的社会の維持と発展に資する人材を育成する「教育」との素材としての文学の「声」に耳を傾け、自らのアイデンティティに基づいた読みを世に訴えることがまさに今こそ求められるのではないだろうか。

注

1　本稿は、西洋の文学理論を乗り越え、世界主義的な合意形成に資する文学の新しい読み方を模索する世界文学という鈴木章能（「ポスト理論」、「日本の世界文学小史」など）が提示する比較文学論に依拠している。

2 Bradfield, p. 29より。
3 倉部第二章を参照。
4 ミラー pp. 4–5を参照。
5 教育基本法の「第一章 教育の目的及び理念」や「第二章 教育の実施に関する基本」に、「民主的な国家及び社会の形成者として必要な資質を備えた心身ともに健康な国民」を育成することや、「真理を求める態度を養」うことが大学を含めた教育システムの目的であると定められている。
6 Bradfield, p. 55より。
7 Oxford Dictionary of English 2nd Editionより。
8 市村（三三〇―三四四）を参照。
9 Matthissen, pp. 10–11を参照。トマス・カーライルや同時代の仲間からもその筆致が観念的になりすぎる傾向があると批判されている。
10 Suzukiの韓国での講演内容については鈴木章能氏本人より個人的にご教示いただいた。ここに伏して御礼申し上げる。
11 『世界大百科事典 第二版』（平凡社）を参照。

参考文献

市村尚久『エマソンとその時代』玉川大学出版、一九九四年.
倉部史記『文学部がなくなる日』主婦の友社、二〇一一年.
J・ヒリス・ミラー『文学の読み方』馬場弘利訳、岩波書店、二〇〇八年.
鈴木章能「ポスト理論と世界文学の時代――日本的まなざしから英語英語圏文学を読むことを巡って――」、『East-West Studies of American Literature as World Literature & Essays』鈴木章能編、二〇一四年、pp. 2–45.

――「多様性の中の類似性、類似性の中の多様性」、『シルフェ〈本の虫〉が語る楽しい英語の世界』金星堂、二〇一八年、pp. 120–133.

――「日本の世界文学小史と今後の展望としての言語対比研究――土居光知と銭鍾書を例に――」、『片平』54、二〇一九年、pp. 117–141.

竹田青嗣『欲望論 第一巻「意味」の原理論』講談社、二〇一七年.

――『欲望論 第二巻「価値」の原理論』講談社、二〇一七年.

安良岡康作『方丈記』講談社、一九八〇年.

Bradfield, Bill, ed. *Books & Reading A Book of Quotations*. New York: Dover Publications, inc, 2002.

Emerson, Ralph Waldo. "Nature." *Essays and Lectures*. New York: The Library of America, 1983.

Matthissen, Francis Otto. *American Renaissance: Art and Expression In The Age of Emerson and Whitman*. New York: Oxford University Press, 1941.〔F・O・マシーセン『アメリカン・ルネサンス 上・下』飯野友幸・江田孝臣・大塚寿郎・高尾直知・堀内正規訳、SUP上智大学出版、二〇一一年〕

Suzuki, Akiyoshi. "Affinities in Diversity: From Perspective of World Literature." Speech delivered at the Symposium at the International Seminar on "Regional Cooperation in East Asia" in Seoul on February 20, 2019.

16 筒井正明先生とは何だったのか？

佐藤　努

Gatsby believed in the green light, the orgastic future that year by year recedes before us. It eluded us then, but that's no matter—to-morrow we will run faster, stretch out our arms further . . . And one fine morning—

So we beat on, boats against the current, borne back ceaselessly into the past.　　Fitzgerald (1926, 188)

本書の編者である鈴木章能先生と安藤聡先生から筒井正明先生の「喜寿」記念論文集への寄稿のお誘いを受けました。現在、文学研究・教育からは全くの門外漢でありますため躊躇しましたが、私が明治学院大学の学部生だった、今から三十五年以上も前に筒井先生の御指導のもと卒業論文を執筆したことを覚えていて下さったことに対して大変有難く、かつ光栄に感じ、僭越ではありますが、お引き受けさせていただくことにいたしました。以下、明学で「アメリカ小説」を講じておられていた頃の筒井先生、卒業論文執筆に至るまでの経緯、論文指導と論文執筆を通して与えていただいたもの、の順に稿を進め、筒井正明先生への「感謝」の意を表したいと思います。

誰もが履修していた名講義「アメリカ小説」

「おい、すごく面白い先生がいるぞ!」

友達に誘われるまま行ってみると、大教室が溢れんばかりの学生で埋め尽くされていました。筒井先生をはじめてお見かけしたのは、一九八四年、明治学院大学文学部英文学科での三年次が始まったときでした。大きな図体に加え、あまりにどでかい板書の文字、後ろ髪がやや伸びかけた長髪を振り乱し、白いシャツがズボンの後からはみ出ていてもいっこうにかまわず、初回から教壇を動き回り、これから始まろうとする通年制の講義概要を熱く語るそのお姿にはただただ圧倒されっぱなしでした。現代アメリカ小説の作家を毎回一人ずつとりあげ、代表的な作品を先生の豊富な人生経験も交えながら解説する形式の講義は、評判をはるかに凌ぐ、かなり深い内容で、回数が重なるにつれてグイグイと引き込まれていきました。とくに印象に残っているお話は、John Updike の *Rabbit, Run*、Saul Bellow の *Henderson the Rain King*、Carson McCullers の *The Heart is a Lonely Hunter* などです。期末試験では、授業であつかった作品を一つとりあげ論じなさい、という問題があり、McCullers による *The Ballad of the Sad Café* を引き合いにしながら、大学生だった自分の、何かやるせない気持ちや孤独感を解答用紙にぶちまけさせていただいたことをよく覚えています。当時の先生のハンドアウトは手書きを印刷したもので、毎回必ず作品の原文からの引用があり、少しでも英語で原作を味わい、教室全体で楽しむ配慮もなされておりました。それらのハンドアウトはすべて茶封筒にまとめられ、三十五年以上経った現在でも私の個人研究室にあります。

卒業論文のきっかけ——ホープ・カレッヂでのリサーチ

「アメリカ小説」の講義を一方的に聴いていた私にとって筒井先生はまさしく「雲の上のお方」でしたが、四年次になると個人的に接する機会に恵まれました。卒業論文指導教授になることを承諾していただくため、連絡をとらせていただいたのです。英語に絡んだ専門分野で卒業後には大学院進学をしようと入学時から希望していた私は、英文学科での三年目を終え、大学院では言語学を専攻することをほぼ決めていました。そのこともあり、卒業論文執筆を大学での文学研究の集大成とすることにより一つの区切りをつけようと考えました。「アメリカ小説」を通してその魅力を教えていただいた筒井先生にその指導を仰ぐことは、自分にとって最も望ましい、全く迷うことのなかった自然な選択でした。しかし、果たして引き受けていただけるだろうか。

このときのいきさつや実際の先生からのご指導については後程詳述させていただくこととし、以下ではアメリカ文学を題材とした卒業論文を選ぶこととなった直接的な、いわば「内容的な」きっかけについて簡単に触れてみます。

同じく三年次に明治学院大学との交換留学提携校であるHope College（アメリカ、ミシガン州）に短期留学しました。一九六四年から始まったこのプログラムは現在も続いており、私が参加した一九八四年はちょうど二十周年目にあたる年でもありました。当時の正式名称はHope-Meiji Gakuin International Seminar on Contemporary Social and Economic Issuesといい、明治学院からの十五名の短期留学生のために用意された講義やフィールドトリップなどが用意されていたり、正規の授業にも希望すれば聴講できる制度でした。そのプログラムの締めくくりとしてResearch Projectという参加者各自が行うプレゼンテーションがあり、そのテーマとして私はAmerican Dreamを選んだのでした。どんな国に生まれついても自分の将来に対して夢を抱くのは不思議ではありませんが、なぜアメリカ社会において特別に「アメリカン・ドリーム」と呼ばれているのか、その背景やアメリカ人のメンタリティーについて調査したくなったのです。方法としては、以下の各項目が自分の人生においてどのぐらい重要であるかを示せるようなアンケートを作成し、十歳代から八十歳代までの約五十名に回答をお願いしました。

Religious freedom
Education
Equality (Sexual, Racial, Employment)

Money
Free enterprise for profit
Frontier spirit
Individualism
Social mobility

短期留学していたミシガン州在住の方たちが中心でしたが、自分がかつてホームステイなどでお世話になったカリフォルニアやニューヨークから親切にも回答したアンケート用紙を郵便で送って下さった方々も含まれています。結果として各世代に属する回答者各自の「夢」の実現についての様々な要因が明らかになったと同時に、当時のアメリカ社会が抱える問題点も浮き彫りとされました。アンケートの中に自由記述欄も設けましたが、少なからぬ方々が指摘した代表的な意見を集約すると以下のようになります。「成功のみを追求する、物質・実利主義的、個人主義的な競争社会を脱して、持っているものを分かち合えるような共生社会をつくる」ということ、そして、比較的上の世代の意見の多くが「その実現にはキリスト教における神の教えが基盤となる」というものでした。私のプレゼンテーション原稿の最後には 'it is time to simplify their lifestyles and to share what they have with those who have less in the world' と述べられています。

卒業論文——アメリカ文学におけるアメリカの夢の変遷

当時のアメリカ社会で実際に暮らしていた方々を対象としたこのリサーチ・プロジェクトで一定の結果を得ることができましたが、「夢」の実現と、一方でそれをとりまくアメリカの様々な問題点についてアメリカ文学作品を通して考えてみたくなりました。卒業論文指導教授として筒井先生にお願いしようとヘボン館五階の個人研究室を訪ねてみたところ御不在でしたので、向かいの英文学科共同研究室で電話番号を教えていただきました。先生との電話のやりとりは以下のようなものでした。


「筒井だけど、何?」

「アメリカ小説を履修した者ですが、先生の御指導のもと是非とも卒業論文を書きたいのですが……」

「テーマは何?」

「アメリカの夢の変遷をアメリカ文学を通してみてみるようなことを考えているんですが……」

一瞬の沈黙の後、力強く、

「それは面白いテーマだね」

この先生の一言がすべてを決めてくれました。受諾いただき、選んだテーマは決して間違ってはいなかったという安堵感、とりあげる作品読破への自信の芽生え、そして執筆を終えるまでの大きな支えとなったのです。

数日後、先生の研究室を訪れ、論文の基本的な構想をお伝えし、アドヴァイスをいただきました。夢と希望に満ち溢れたアメリカン・ドリーム誕生の象徴としての Benjamin Franklin の自伝からスタートし、Gatsby や Dreiser などの作品を経て「夢」の変質、最後には Richard Brautigan の作品で問題提起して締めくくりたい、とお伝えすると、一言「そうそう、American Nightmare だよね、いいんじゃないかな」。Brautigan なら *Trout Fishing in America*、Arther Miller の *Death of a Salesman* も入れたらどうか、とも御教示いただきました。執筆中は区切りのよいところで先生に経過を報告し、アドヴァイスをいただきました。決して口数は多くはなく、強調すべき箇所などをハイライトして言って下さり、それがかえって良い効果を与えてくれました。ときには作品の引用箇所について話がはずみ、楽しく執筆できたのも先生のおかげでした。結果として、「アメリカの夢の誕生」、「アメリカの夢の変質」、「ダーク・サイド」、そして「アメリカの夢の終焉?」の四部から構成され、最終タイトルは、*The Changing Nature of the American Dream in American Literature* となりました。

「アメリカの夢の誕生」

まず、論文の冒頭にMcKuen (1980, 17) から引用しました。

> America is an idea. Born out of need, nurtured into something from nothing—but everything; the hands and headaches and hearts of God's great handfuls needing freedom. Despite the years that pass or are passing, the country is still in its first days. Youth affords everything and the young see daylight first.

論文の構成として、論を進めるうちにこの引用部分に対して「果たしてそうであろうか」という疑問を呈するといった流れを思いついたのです。

続いてFranklin (1961, 95) より成功への秘訣として以下の十三から成る格言を引用しました。ここでは、各々のタイトルのみを示します。

1. Temperance
2. Silence
3. Order

4. Resolution
5. Frugality
6. Industry
7. Sincerity
8. Justice
9. Moderation
10. Cleanliness
11. Tranquillity
12. Chastity
13. Humility

全体を通して日々の生活を送る上での勤勉さと倹約が強調されています。

各章を終えるにあたってアメリカの「夢」がどのように形容されるであろうか、要約する一文を加えていったのですが、この章は以下のようにまとめられています (Sato 1986, 4)。

The American Dream was born, grown, and vivid, so far.

「アメリカの夢の変質」

続いて予定していた Fitzgerald (1926) *Great Gatsby* と筒井先生に勧めていただいた Miller (1949) をアメリカの夢の「変質」の例としてとりあげました。

両者の共通点は「夢」の対象やその実現への過程には「愛」または「愛情」が大きく係っているという点です。Fitzgerald (1926) では、まさしくその対象は Daisy であり、Miller (1949) においては息子 Biff への愛情を指しています。両者の夢の実現を妨げる要因の一つとして、外的な社会的要因があったということも共通していると論は進みます。前者では、前述した Franklin の格言を彷彿とさせるような日課を自分に課し、巨額な富を築いた Gatsby ではあるが、Daisy の夫とは異なり、家柄や社会的な地位を欠いた、所詮成り上がり者にすぎなかったという点であり、後者では、かつてのような偉大なセールスマンに戻りたくてももう時代遅れの行商では夢の実現は不可能であったという点です。両者とも「夢」の実現はおろか、「死」を迎えることとなってしまいます。しかしながら、「愛、または愛情」に大きく根付いた「夢」であったことを称え、この章は以下のように結ばれています (Sato 1986, 21)。

The American Dream by degrees began to bear its dark side, but it still had love, so far.

「ダーク・サイド」

前章とは対照的にアメリカン・ドリームが「愛、愛情」を失い、悪夢と化してしまった様を描くのに、Dreiser (1925) *American Tragedy* と筒井先生にも助言をいただき、Albee (1961) *The American Dream* を選びました。Dreiser (1925) では、社会的な成功と富を手に入れる上で自分に有利な Sondora を選ぼうとし、自分を愛してくれている Roberta を見殺しにしてしまい、死刑を宣告される Clyde の悲劇が描かれています。成功を手中にしたいという「本能」とそれを阻もうとする「キリスト教の道徳観」との間で葛藤し、ついには Roberta への殺意を消し去ることができなかった様が見事に表現され、貧しくても布教活動に献身的だった Clyde の両親にとって受け入れがたい結末を迎えることとなります。Albee (1961) では、筋肉隆々で素晴らしい容姿を持つ Young Man がアメリカン・ドリームの象徴として表されており、見かけとは裏腹に他者を愛することができない、感情を全く失ってしまった存在として描かれています。他のことでは満足しえない両親、Mommy and Daddy は、そんな Young Man のみに満足感を覚えるという風刺的な喜劇に仕上がっています。

この二作品に加え、Cleaver (1968) の *Soul on Ice* をとりあげ、完全な自由を与えられていない黒人の苦悩についても「ダークサイド」の例として考察しました。締めくくりとして次のようにまとめました (Sato 1986, 24)。

Does the American Dream completely change itself into a nightmare?

「アメリカの夢の終焉？」

筒井先生のアドヴァイスのおかげもあり、論文を締めくくるにあたりふさわしい Brautigan (1967) をとりあげました。タイトルこそ *Trout Fishing in America* ですが、単純に釣りの話ではなく、解釈が困難な作品でした。少なくとも理解できたのは、作品を通してかつての古き良きアメリカと現在のアメリカが描かれているということでした。作品の最後に以下のような描写があり、この小川だけではなく、それをとりまく the Cleveland Wrecking Yard の動物、花、昆虫など、すべてが売りに出されているのです (Brautigan 1967, 168)。

USED TROUT STREAM FOR SALE
MUST BE SEEN TO BE
APPRECIATED

論文では、この光景こそが「悪夢」と化してしまったアメリカン・ドリームの終焉を暗示しているのではないか、と解釈し、以下のようにまとめました (Sato 1986, 30)。

The American Dream nearly varies into a nightmare in danger of losing its emotion, but it is barely alive, so far.

いよいよ論文の結びです。ゼロの状態からスタートし、未来に対する「夢と希望」を持って生まれたアメリカも成長するに従い様々な問題を孕み、結果として過去と現在を持つ存在となり、アメリカン・ドリームの変遷がまさにその変貌を表しているとして、以下のように書きました (Sato 1986, 31)。

America was born from nothing.
Ahead was a bright future there.
America has been growing.
As a result, America has had the past and the present.

続いて Brautigan (1967, 3) から以下を引用し、最後にこの論文の趣旨として「本当に健全で楽観的でいられるのか、もはや McKuen (1980: 17) の言う 'first days' ではないのではないか」という強い疑問を提示したのです。

Was it Kafka who learned about America
by reading the autobiography of Benjamin Franklin . . .
Kafka who said, "I like the Americans because they are healthy
and optimistic."

But will America still be able to be healthy and optimistic as it was?
Is it still in its first days? (Sato 1986, 31)

答えはアメリカン・ドリームの流れにこれからも自ずと顔を出すだろう、と書かれ稿は閉じられています。

結語

前述しました様に、卒業論文執筆動機として、大学院進学前の、大学学部での文学研究の成果を示すこと、加えて、ホープカレッジでの短期留学の際のリサーチ・プロジェクトで扱ったアメリカン・ドリームについて、その変遷を文学作品の中で考察したかったという二点をあげましたが、論文の前書きにおいて、さらに大きな、もう一つの理由が以下のように述べられています。

The final reason is that I am a human being. As long as I am a human being living in the world today, I feel I should read literature. In that sense, American literature, especially after 1890, gives me quite a few topics to think of the world.

筒井正明先生とは何だったのか。

文学を通して世界を見る、世界の中で今を生きる意義を考えること、そして文学とともに生きることの意味を全身全霊、魂を込めて教えてくださった、まさにその方に他ならないのです。

参考文献

Albee, Edward. *The American Dream and The Zoo Story*. New York: New American Library, 1961.
Brautigan, Richard. *Trout Fishing in America*. New York: Dell, 1967.
Cleaver, Eldridge. *Soul on Ice*. New York: Dell, 1968.
Dreiser, Theodore. *An American Tragedy*. New York: New American Library, 1925.
Fitzgerald, Scott F. *The Great Gatsby*. Harmondsworth: Penguin Books, 1926.
Franklin, Benjamin. *The Autobiography and Other Writings*. New York: New American Library, 1961.
Mckuen, Rod. *The Power Bright & Shining: Images of My Country*. New York: Simon and Schuster, 1980.

Miller, Arthur. *Death of a Salesman.* Harmondsworth: Penguin Books, 1949.

Sato, Tsutomu. *The Changing Nature of the American Dream in American Literature.* Senior Thesis. Meiji Gakuin University, 1986.

あとがき

学部時代を思い返すと、三年次の火曜二限の「アメリカ小説」は最も感銘を受けた講義の一つであった。二年次の秋の終わり頃、何か長編小説を英語で読もうとふと思い立って、『ライ麦畑でつかまえて』を読み始めたものの、辞書を引いても載っていないような単語が多く、苦労しながらそれでも一カ月ほどでどうにか読み終え、それなりに感動したような気がしたのだったが、その感動を上手く言葉で言い表すことが出来なかった。

春が来て三年次の前期が始まり、「アメリカ小説」の初回の講義で戦後のアメリカの状況と、ユダヤ系作家と黒人作家の活躍が顕著であることが説明され、二週目の講義はユダヤ系作家の代表とも言うべきJ・D・サリンジャーの代表作『ライ麦畑』であった。その九十分間、筒井先生の鮮やかな解説にまさに目から鱗が落ちる思いで聴き入っていたことを今も鮮烈に記憶している。「ライ麦畑」とは無垢の表象で、主人公 Holden の想像の中で子供たちはそこで自由に駈け回っている。「崖」から「落下」するというのは無垢の喪失、世俗化を暗示し、無心に遊んでいる子供は気づかずにこの崖から落下して、Holden の言う 'phoney' な世界に嵌り込んでしまう。子供たちが崖から落ちないように、この主人公はライ麦畑の 'catcher' になりたい、と言うのである。このように解説して頂いた時、漠然としていた感動の理由を明確に理解することが出来、「これが文学だ」と思うに到った。文学作品をただ読んで楽しむだけでなく、それを自分で分析し自分の言葉で語れるようになることが学問としての文学だと、遅蒔きながらこのとき初めて実感した気がする。

筒井先生の「アメリカ小説」はどの回も印象的だったのだが、『ライ麦畑』と並んで特に強く印象に残っているのが後期の最後から二回目の、ジョン・アーヴィングの『ガープの世界』であった。当時はアーヴィングがまだ新人作家とか新進気鋭の作家とか言われていた頃で、『ガープの世界』と『ホテル・ニュー・ハンプシャー』が映画化されて脚光を浴び始めていた。『ガープの世界』は敢えて世俗的な設定で現代のキリスト的人物を描いた長編小説で、筒井先生が訳されていたので翻訳で読み（当時はサンリオ文庫、現在は新潮文庫）、それから英語でも読んだ。筒井先生の講義を受講していなければ、この時アーヴィングという作家とこのような形で出会うことはなかった（後に村上春樹を通して知ることになっていたであろう）。

その後私はイギリス文学の方に進んだので、筒井先生に教わったのはこの一科目だけであったが、その影響は多大であった。大人気の講義だったので大きな階段教室の文字通り末席で拝聴していたのだが、筒井先生の文学に対する熱い想いは充分に感じられた。一学生として受講した印象だが、おそらく先生はこの講義でお好きな作家・作品しか取り上げられていない（あるいはアメリカ小説全般、文学全般を愛しておられると言った方が正確かも知れない）。だから毎回の講義に大きな愛が感じられたのである。私も先生に倣って、講義科目では好きな作品を愛を込めて講義している。

本書は筒井先生の喜寿を記念して編纂された。先生の愛弟子の鈴木章能君から本書を秘密裏に出版する計画について相談された時、そういうわけで先生から多大な影響を受けた者の一人として、喜んでお手伝いさせて頂くことにした。全体の構成上、字数制限や書式などの制約で苦労された執筆者も少なくなかったと思われる。原稿の一部の割愛をお願いした執筆者もいる。皆様のご協力にこの場を借りて御礼を申し上げます。

二〇二〇年二月　安藤　聡

＊＊＊

筒井正明先生の「アメリカ小説」の講義室はいつも満員だった。講義室の外で講義を聴いている学生もいた。専攻を問わず、とても多くの学生たちが、筒井先生の講義を愛し、文学を愛した。あれから三〇年の月日が流れた。母校の現状はまったくわからないが、一般的に言って、文学はいま、マイノリティ化している。そのような状況について、筒井先生なら何とおっしゃるだろうかと考えたことが数年前にあった。そのとき、ふと思い浮かんだのが、サミュエル・ジョンソンの言葉を捩った「文学に飽きた者は人生に飽きた者である」だった。

筒井先生は、毎回異なるアメリカ小説を取り上げ、原文に触れつつ、自己、他者、生、愛、幸、命、死、永遠性など、人間や人生にとって欠かせないことを講じられた。私たちにとって「アメリカ小説」とは、アメリカの小説についての講義であると同時に、人生の達人たちによる人間のあり方をめぐる講義であった。それは、日ごろ悶々としながらも言葉にならない思いを、「お前が日ごろ思い悩んでいることはこれだろ?」と腹に手を突っ込まれて、目の前に取り出して見せてくれるような思いのする講義だった。小説のプロットを聴きながら、「私が日ごろ考えていることと同じだ」と頷いていると、目の前が一瞬のうちに明るくなるような意義深い原文が引用される。そこへ筒井先生ご自身の笑いあり、涙ありの実人生の話が挟まれ、様々な人文科学の学説、ときには自然科学の学説が引かれながら、さらにプロットの紹介と原文の引用が続き、講義が終わる頃にはひとつの作品を読み終えた感じがすると同時に、胸のすく思いがした。「筒井節」と我々が呼んだ名調子で進められる講義「アメリカ小説」は毎回、頭も心も十二分に満たしてくれた。人生に勇気が湧き、人間が愛おしくなり、文学をもっと読みたいと思った。

だからこそ、文学がマイノリティ化したいまの状況について、筒井先生なら「文学に飽きた者は人生に飽きた者である」と言うのではないかと思ったのだった。本書所収の論考も指摘しているように、文学のマイノリティ化の要因のひとつには、通信工学の発達があろう。また、性差と社会的・政治的構造の産物たる二重労働市場が維持されているグローバル経済下では、競争力と資格がものをいう男性の市場と、たいした資格のいらない低賃金の女性の市場のうち、女性も男性も男性の市場に参入しようと、人間教育ではなく職業訓練を受けるため、文学は女性の市場の仲間として避けられることもあろう。だが、雇用と給与がいくら保障されようと、法がいくら整備されようと、人生の安全システムがいくら構築されようと、それらから取りこぼされる人々が必ずいる。取りこぼされずとも、世の中がいくら便利になろうと、社会でどれだけ自己実現しようと、物がどれだけあろうと、心が常に満たされるわけでもない。ユートピアはどこにもない。不完全な人間社会はこの先もなくならない。それに、女性の市場で抑圧をいまなお受けている人々もいる。法やシステム等に具現化された理想と現実のギャップを文学が、この先も埋め続けていくであろうし、説得力のある解釈とともに、よりよい人生、よりよい社会について議論が続けられていくことであろう。

そのためには、解釈と議論にとどまらず、行動が伴う必要がある。これも筒井先生の教えである。筒井先生が常々おっしゃられていたことのひとつに、「論語読みの論語知らずになるな」というものがある。たとえば、人間愛を描いた作品を読み、他人に意地悪をするのでは、作品の字面は読んだかもしれないが、作品を理解したこと、言い換えれば、作品を真に読んだことにはならない。人間愛を描いた作品を読み、そのストーリーに感動し、作中人物に共感し、他人をあたかも自分や自分の家族のように愛する行動がとれること、たとえわずかであっても、とれるようになることが、その作品を読み理解したことになる。ストーリーへの感動とともに、作中人物への共感とともに、読者の精神と行動を変え、よりよい人生、よりよい社会につながっていくこと、それが文学に期待されることである――それを理想と呼んだとしても、理想だと切って捨てることと理想として行動することとは随分異なる。よりよい人生、よりよい社会の実現のために、筒井先生は学生たちに全身全霊で毎回、講義をなさった。

そのための準備も、もちろん全身全霊をかけて行われた。たとえば、筒井先生がサバティカルでハーバード大学に一年行かれていたとき、翌年度からアメリカ文学史を担当することになるからということで、文学史上の作品を通時的に読破――正確には二度目の読破、というのも、先生は学生時代、英文学科の学生としての義務だと自分に言い聞かせて、文学史に出てくるほとんどすべての作品を読了しておられるからだ――、サバティカルの一年間で書かれた講義ノートは七〇冊にも及んだ。その読書量にハーバード大学の図書館員が舌を巻いたと聞き及んでいる。既存の文学史の本を借りて講義をするのではなく、すべての作品を自分の目で確かめ、自分の声で語るという先生の姿勢。講義に耳を傾ける学生に対する愛情以外のなにものでもない。だからこそ、先生の授業はいっそう魅力的に感じられたのであろう。

そうした筒井先生の講義を聴いて育った大学教員が、文学受難のいま、作品論であれ文学論であれ何であれ、文学の重要性や意義を踏まえた論を書いて、筒井先生の学恩に感謝し報いるとともに喜寿をお祝いするプロジェクトとして本書は編まれた。大妻女子大学の安藤聡氏にプロジェクトのことを話すと、すぐに大賛成して頂いた。二〇一九年の春、筒井先生にゆかりのある人々に声をかけると、みなプロジェクトに賛同して頂いた。ただし、プロジェクトは筒井先生には内緒で進めた。「喜寿記念の本を出そうと企画しています」などと言おうものなら、筒井先生から「やめてくれ」と必ず中止命令がかかると踏んだためだった。筒井先生は、「お祝いされる」ことがあらかじめわかっているプロジェクトにはなかなか首を縦に振らない。したがって、本書のプロジェクトは水面下で進められ、出版日であり筒井先生の誕生日である三月二六日に世に出るというサプライズ出版となった。そのような計画にもかかわらず、筒井先生から原稿を頂けたのは、私が架空の文学論集をでっちあげ、一筆お願いしたからである。こうでもする以外になかったのだが、筒井先生をだましてしまったことには相違ない。先生に、ここに深くお詫び申し上げる。

本書は、この筒井先生からの特別寄稿を冒頭に置き、続くミラー論文、編者である安藤氏と私の論考の計三篇を本書の基調論文として一～三章に置いた。以下、アメリカ文学論、イギリス文学論を議論対象の作家・作品の年代順に並べた後、中国文学論、文学を用いた英語教育に関する論考、文学の意義をめぐる論考を置き、文学以外の専門家が筒井先生の講義や教えについて述べた一章で締め括っている。

本書には翻訳論文が二本収められている。これらの論文について少し説明しておきたい。J・ヒリス・ミラー氏の論は、二〇一〇年九月に中国の広東外語外貿大学で開催された国際会議 "International Conference on Literature Reading and Research: Cross-Cultural Perspectives" における講演論文 "Should We Read or Teach Literature Now?" の翻訳である。同会議では、凄まじい経済発展のなか文学研究が隆盛していた中国で、文学ならびに文学研究がすでにマイノリティ化し始めていた欧米の学者を交えて、今後の文学研究ならびに文学を読むことをめぐる議論が活発に行われた。様々な意見やアイデアが交わされたが、文学理論を文学の読みの枠組みに用いるのではなく、自分の嗅覚に従って読むことが何よりも重要であるというのが会議における統一した見解だった。ミラー氏も同じ意見だった。現在国際比較文学会名誉会長を務めるチャン・ロンシー氏が、文学のマイノリティ化の要因と、文学研究の今後の可能性を論じたとき、一つの理論を文学の読みの絶対的地平に据えるのではなく、自分の嗅覚に従い、かつ多元的に読むことが重要であること、すなわち作品への回帰、読みへの回帰の重要性を述べると、私の隣に座っていたミラー氏がすぐに手をあげて、"I absolutely agree."と言ったことをいまも鮮明に覚えている。いま「私の隣に座っていた」と述べたが、私を含め、海外から招かれた六名は宿泊先が一緒だったため、会議だけでなく、朝食から夕食まで、常に行動を共にしていた。とくに、ミラー氏は当時、右手があまり自由ではなく、ペットボトルの蓋を開けたり、ものを取ったり、お手伝いをしているうちに、どちらからともなく、よく隣に座るようになっていた。朝から夜までミラー氏と様々なことを話し、それまでの文学研究についての意見、今後の文学研究の行方、ジャック・デリダ氏との日常の交友の話など、色々と教えて頂いた。ミラー氏が講演を終えたあと、率直な感想を述べ、日本にも伝えたいためにいつか翻訳してもよいかとミラー氏に尋ねたところ、快諾とともに講演原稿をくださった。もっとも、原稿を頂いてから、翻訳をどこに出そうか、しばらく考えあぐねていた。というのも、当時の日本はまだ、「自分の嗅覚で読む」であるとか「読みへの回帰」であるといったようなことを主張するには、いささか時期尚早といった様相で、機運がなかったためだ。そうこうしているうちに、本論は修正が加えられて、ある英語版の論文集の一篇となって出版されたが、そのオリジナル原稿がここに訳出したものである。本書を編むことになり、ようやく機は熟した(熟しすぎた感もあるが)と考え、ここに訳出することにした。それ以上に、広東でミラー氏と意見を交わしているときに、先述したような筒井先生の講義について話をしたのだが、ミラー氏は、文学を読み、語るというのは、そういうことだと言われたことが何よりもの理由である。

なお、訳出した論文から、ミラー氏は文学に冷めてしまっていると捉えるのは間違いで、ミラー氏の文学への思いは熱い。ミラー氏は国際会議中に開かれた各パネルを精力的にまわり、かなり厳しい突込みを入れたり、熱く意見を語ったりしておられた。私が司会進行を預かった会場では、この先、永遠に止まらないのではと思うほど、意見を述べ続け、スケジュール管理の都合上、恐る恐る途中でミラー氏の発言を止めさせて頂いたことをいまも忘れない。

当時、私は中国に頻繁に出かけていた。というのも、中国の様々な大学が名だたる研究者を頻繁に招いて、国際会議を開いていたためだった。様々な最新の学説や意見を一挙に得るには欧米よりも中国の方が適していると感じていた。そうこうしているうちに、そうした国際会議と縁を結んでいただくようになったのが鄧犂氏だった。ミラー氏との出会いも鄧氏のおかげである。高校時代から学位を取得するまで、シンガポール、ドイツ、中国、アメリカ、日本で学び、途中にはアメリカにある某国際機関で働いたこともある鄧氏の見識とネットワークはとてつもなく広い。常に、様々な情報が世界から集まってくる。そうした情報と専門的知見と実人生の経験から、なにが真の問題であり、なにが今後起こるのか、適切に指摘するのが氏の特長である。かなり前、私は筒井先生に鄧氏を紹介した。それ以来、筒井先生の人間的魅力に惹かれてきた鄧氏に本書の企画を話したところ、すぐに快諾を得た。アメリカでＭＢＡを取り、教育学の博士号をもち、かつてアメリカ文学等について新聞で連載記事を書いていた鄧氏には、経営の分野のマジョリティ化と文学のマイノリティ化、そしてそれを促進する今日の教育という状況を踏まえて、文学論を書き下ろして頂いた。原題は「中国乡土文学的生命力」である。

なお、ミラー氏の論文も鄧氏の論文も訳注は〔 〕に入れた。文字数が多寡になる場合は訳注を本文末に入れた。いずれの論文も誤訳をはじめとする誤りがあれば、すべて訳者である私の責任である。

本書のプロジェクトを進めるにあたり、共編者の安藤聡氏には大変お世話になった。私が業務多忙のときは、いつも助けて頂いた。ここに厚く御礼申し上げる。また、本書の執筆者の方々には、細かな注文にもかかわらず、有意義な論考を寄せていただき、心より御礼申し上げる。

最後に、筒井正明・明治学院大学名誉教授の喜寿をお祝いして、有志が集まって執筆した本書の出版にあたり、音羽書房鶴見書店の山口隆史氏には、大変お世話になった。秘密裏に進めるというプロジェクトに賛同していただき、そのためのお気遣いも多大に受けた。心より御礼を申し上げる。

二〇二〇年二月

鈴木　章能

松本 一裕（まつもと かずひと）

明治学院大学文学部教授。主著：*Doing English in Asia: Global Literature and Culture*（共著、Lexington Books, 2016）、『アメリカン・ロードの物語学』（共著、金星堂、2015）。

三井 美穂（みつい みほ）

拓殖大学商学部准教授。主な近著：『先生が薦める英語学習のための特選映画100選「大学生編」』（共著、スクリーンプレイ、2017）、論文：「沈黙の言語——トニ・モリスンの『ラヴ』の語り」『人文・自然・人間科学研究』41 (2019)。

山木 聖史（やまき さとし）

明治学院大学文学部英文科非常勤講師。主著：『帝国と文化』（共著、春風社、2016）、『歴史で読む英米文学』（共著、英光社、2014）。

常名 朗央（じょうな あきお）
東京電機大学非常勤講師。主著：『ヘルメスからの饗宴――英語英米文学論文集』（共著、音羽書房鶴見書店、2012）。

関戸 冬彦（せきど ふゆひこ）
白鷗大学法学部准教授。博士（英文学）。主な近著：『学習学にもとづくコニュニュミケーション豊かな小学校外国語活動（英語）のつくり方』（共著、中村堂、2019）、論文：「主体的で対話的で深い学びを促す文学講義科目：『英語圏の文学』授業実践報告」『マテシス・ウニウェルサリス』20巻2号 (2019)。

瀬上 和典（せのうえ かずのり）
東京工業大学リベラルアーツ研究教育院非常勤講師。主著：『機械翻訳と未来社会』（共著、社会評論社、2019）、『晩年にみる英米作家の生き方』（共著、港の人、2014）。

田中 浩司（たなか こうじ）
防衛大学校総合教育学群教授。主著『日本人として英語を学び・英語を使う――グローバル時代を生きる若者たちへ』（新評論、2017）、翻訳『フラナリー・オコナーのジョージア――20世紀最大の短編小説家を育んだ恵みの地』（新評論、2015）。

鄧　　梨（とう　り）〔桑村テレサ（くわむら てれさ）〕
京都先端科学大学経済経営学部准教授・京都大学大学院東アジア研究センター研究員。博士（学術）。主著：*An Approach to Motivational and Academic Challenges*（共著、Ichiryu, 2017）、*WorldCALL*（共著、Routledge, 2011）。

平沼 公子（ひらぬま きみこ）
名古屋短期大学准教授。博士（文学）。主著：*Narratives of Marginalized Identities in Higher Education: Inside and Outside the Academy*（共著、Routledge Research in Higher Education, 2018）、『〈法〉と〈生〉から見るアメリカ文学』（共著、悠書館、2017）。

著　者

J. Hillis Miller（J. ヒリス・ミラー）

ハーバード大学大学院博士課程修了。Ph.D. ジョン・ホプキンズ大学教授、イェール大学教授、カリフォルニア大学アーヴァイン校教授を歴任。著書：*Charles Dickens: The World of His Novels* (1958), *The Form of Victorian Fiction: Thackeray, Dickens, Trollope, George Eliot, Meredith, and Hardy* (1968), *Charles Dickens and George Cruikshank* (1971), *The Lesson of Paul de Man* (1985), *The Ethics of Reading: Kant, de Man, Eliot, Trollope, James, and Benjamin* (1987), *Ariadne's Thread: Story Lines* (1992), *Speech Acts in Literature* (2001), *On Literature* (2002), *For Derrida* (2009), *The Conflagration of Community: Fiction Before and After Auschwitz* (2011), *Reading for Our Time: Adam Bede and Middlemarch Revisited* (2012) ほか多数。

（以下あいうえお順）

青山 加奈（あおやま かな）

関東学院大学法学部非常勤講師。主な近著：『シルフェ〈本の虫〉が語る楽しい英語の世界』（共著、金星堂、2018）、『英語圏文化・文学の基礎知識』（共著、開拓社、2017）。

大木 理恵子（おおき りえこ）

白百合女子大学キリスト教研究所所員。主著：『ジョンソン博士に乾杯――英米文学談義』（共編著、音羽書房鶴見書店、2016）。

小林　徹（こばやし とおる）

防衛大学校総合教育学群准教授。主な論文："Complicated and Compelling Depictions about 'Gaze' in Melville's Works",『英語表現研究』(2019)。

佐藤　努（さとう つとむ）

明治学院大学文学部教授。Ph.D (Phonetics), London。主な論文："The Duration Ratios of Short and Long Segments in Mele and their Linguistic Functions". *SIL Language and Culture Documentation and Description* 42, 2018. Issue Co-editors: Brenda H. Boerger and Paul Unger. https://www.sil.org/resources/publications/entry/76983, https://www.sil.org/resources/publications/entry/82335

執筆者一覧

特別寄稿者

筒井 正明（つつい まさあき）

明治学院大学名誉教授。東京大学大学院文学研究科修士課程修了。東京大学文学部助手、中央大学法学部講師、助教授、明治学院大学文学部助教授、教授を経て、2013年退職。主著：『ヘンリー・ミラーとその世界』（南雲堂、1973）、『真なる自己を索めて――現代アメリカ文学を読む』（南雲堂、2010）、主な訳書：『ガープの世界』（サンリオ、1983／新潮文庫）、『ニューヨークのユダヤ人たち――ある文学の回想 1940–60』1、2（共訳、岩波書店、1987）、『サイラス・サイラス』（トレヴィル、1995）。

編著者

鈴木 章能（すずき あきよし）

長崎大学人文社会科学域教授。明治学院大学文学部英文学科、同大学院文学研究科博士後期課程修了。甲南女子大学教授等を経て2014年より現職。博士（英文学）（明治学院大学）。主な近著：『帝国と文化』（共著、春風社、2016）、『ウィズダム和英辞典』第3版（共著、三省堂、2018）、*Recent Scholarship on Japan: Classical to Contemporary*（共著、Cambridge Scholars Publishing, 2020）、主な訳書：『アレゴレシス』（共訳、水声社、2016）、『比較から世界文学へ』（水声社、2018）。

安藤　聡（あんどう さとし）

大妻女子大学比較文化学部教授。明治学院大学文学部英文学科、同大学院文学研究科博士後期課程満期退学。愛知大学教授を経て2009年より現職。博士（文学）（筑波大学）。主著：『ファンタジーと歴史的危機』（彩流社、2003）『ナルニア国物語 解読』（同、2006）『英国庭園を読む』（同、2011）『ファンタジーと英国文化』（同、2019）、『ウィリアム・ゴールディング――痛みの問題』（成美堂、2001）、『英国ファンタジーの風景』（日本経済評論社、2019）。

文学に飽きた者は人生に飽きた者である

2020 年 3 月 26 日　初版発行

編 著 者　　鈴 木 章 能
　　　　　　安 藤 　 聡
発 行 者　　山 口 隆 史
印　　刷　　シナノ印刷株式会社

発行所　　株式会社 音羽書房鶴見書店
〒 113–0033 東京都文京区本郷 4–1–14
TEL 03–3814–0491
FAX 03–3814–9250
URL: http://www.otowatsurumi.com
email: info@otowatsurumi.com

Printed in Japan
ISBN978-4-7553-0420-0 C3098

組版　ほんのしろ
装幀　熊谷有紗（オセロ）
製本　シナノ印刷株式会社